Jicoténcal

Félix Varela

Edición de
Luis Leal y Rodolfo J. Cortina

Recovering the U.S. Hispanic Literary Heritage Project Publication

Arte Público Press
Houston, Texas
1995

This volume is made possible through grants from the National Endowment for the Arts (a federal agency), the Andrew W. Mellon Foundation, and the Rockefeller Foundation.

Recovering the past, creating the future

Arte Público Press
University of Houston
Houston, Texas 77204-2090

Cover design by Mark Piñón

Varela, Félix, 1788–1853.
  Jicoténcal / por Félix Varela ; Luis Leal y Rodolfo J. Cortina.
      p.   cm.
  ISBN 1-55885-132-1
  1. Cortés, Hernán, 1485–1547—Fiction. I. Leal, Luis, 1907– . II. Cortina, Rodolfo J. III. Title.
PQ7389.V38J53   1994
863—dc20   94-38161
                                                         CIP

The paper used in this publication meets the requirements of the American National Standard for Permanence of Paper for Printed Library Materials Z39.48-1984. ∞

Dedicatoria

Al pueblo de las Américas

Agradecimiento

Este libro es el fruto del trabajo, conocimiento y sabiduría de muchas personas. En primer lugar los editores quisieran dejar constancia de su agradecimiento a Nicolás Kanellos por su apoyo y a Roberto Trujillo de las Bibliotecas de la Universidad de Stanford por su gentileza en conseguirnos una copia de la edición de 1826 de *Jicoténcal*. Ofrecemos nuestras sentidas gracias a Ivette Cortés-Bailey por ayudarnos con revisiones textuales y traducciones, a Jacinth Taylor y a Hiram Cobas por su trabajo en la elaboración de los índices onomástico y analítico, respectivamente, a Helvetia Martell por la revisión del analítico y a Catherine Barry por su ayuda en la preparación del texto en forma electrónica. Los editores quisieran también agradecer los comentarios y sugerencias ofrecidos por el Comité de Publicaciones del Proyecto de Recuperación del Legado Literario Hispano de los Estados Unidos. Los errores corren por nuestra cuenta.

Indice General

Félix Varela

Introducción

¡Xicoténcatl! el nombre es duro, como de piedra,
pero el eco se queda en el aire, como un ala.

Angel Falco
Hermano de bronce

Vida y obra de Félix Varela

Félix Varela (1788-1853) fue el primer pensador cubano moderno. A diferencia de otros cubanos, por ejemplo José Martí, Varela es poco conocido fuera de su país natal. Han sido sólo los cubanos quienes se han interesado lo suficientemente en él como para leer su obra y escribir sobre su filosofía. Se ignoran sus contribuciones al desarrollo del pensamiento liberal latinoamericano; si se examina la historia sobre la filosofía hispanoamericana y el ensayo, se puede observar que la presencia de Varela queda reducida a una o dos oraciones. Sin embargo, los críticos cubanos no han olvidado a Varela. Más bien han redescubierto su importancia en la historia de las ideas, no sólo filosóficas, sino también políticas. En 1878 el cubano José Ignacio Rodríguez, escritor en Washington y Nueva York, publicó la primera biografía de Varela, donde reprodujo algunos de sus artículos, cartas y discursos, los cuales de otro modo se hubieran perdido.[1] Otros biógrafos han continuado la tarea de recopilar y organizar los datos concernientes a la vida y obra del insigne personaje. Entre ellos se encuentra Ramiro Guerra que en 1911 publicó una relación biográfica. Antonio Hernández Travieso, el cual con el apoyo material de una beca de la Fundación Guggenheim, ha confeccionado la mejor biografía del Padre Varela hasta el momento y que apareció en 1944. En La Habana en 1953 Diego González Gutiérrez dio a la luz un relato biográfico. En el 1959 Joseph y Helen McCadden construyeron una biografía poniendo énfasis en su actividad pastoral en Nueva York. Y en 1982 la Unión de Escritores y Artistas de Cuba patrocinó la biografía de Varela por Joaquín G. Santana. También existe un folleto de Monseñor

Teodoro de la Torre que no brinda datos editoriales. Biografías parciales supeditadas a tesis y estudios discretos sobre la obra intelectual, política, pastoral, o docente de Varela también forman parte del cuadro de relatores de su vida. Mas, a pesar de los trabajos de José Ignacio Rodríguez y de Antonio Hernández Travieso, todavía falta documentación por recoger y por analizar.

Félix Varela nace el 20 de noviembre de 1788 en La Habana. Sus padres, Francisco Varela y María Josefa Morales, oriunda ésta de Santiago de Cuba, habían contraído matrimonio en la Iglesia del Espíritu Santo en La Habana en 1783. Tienen dos hijas, María de Jesús y Cristina antes de nacer Félix. A la semana de su nacimiento, el 27 de noviembre, se bautiza en la Iglesia del Santo Angel Custodio y dos años más tarde Felipe José de Trespalacios, el Obispo de La Habana le administra el sacramento de la Confirmación en la Catedral. No sabemos si cuando muere su madre Félix tiene dos o tres años, pero su padre, en segundas nupcias le da un hermanastro, Manuel. Pero el huérfano, que había estado rodeado de mujeres, sus dos hermanas y sus dos tías Rita y María Morales, va a sus cuatro años a la Florida oriental, acompañando a su abuelo, Don Bartolomé, a quien le acababan de ascender a coronel destacado a San Agustín. Allí aprende un elegante latín a los pies del Padre Michel O'Reilly, quien también le enseña música. De él también recoge su compasión por los indios semínolas a quienes ve bautizar y recibir aguinaldos para la época navideña. De ahí que al prepararse para su regreso a Cuba para continuar sus estudios, ya haya tomado su decisión de ser sacerdote de la iglesia y no soldado como sus antepasados masculinos.

De vuelta en La Habana en 1801, continúa sus estudios, ingresando en el Real y Conciliar Colegio de San Carlos y San Ambrosio como alumno externo. Allí estudia filosofía ecléctica con el Padre José Agustín Caballero de quien aprende a leer el *Novum Organum* de Bacon más que el *Organum* aristotélico, el cual utiliza el Padre Agustín para fustigar de forma clara todo el aparatoso escolasticismo. En 1804 ya ingresa en la Real y Pontificia Universidad de San Jerónimo, donde estudia Física con el maestro Juan Bernardo O'Gaván y conoce al nuevo Obispo de La Habana, Juan José Díaz de Espada y Fernández de Landa, el cual le da por visitar las clases donde se dicta texto aristotélico. El nuevo Obispo acepta la propuesta del Padre Agustín Caballero de reformar la enseñanza y de desmontar algunas de las prácticas religiosas más supersticiosas. En 1806 recibe el Bachillerto de Artes y la tonsura de sus cabellos de manos del Obispo. En sus momentos de ocio se dedica al violín y a componer décimas guajiras. Su dominio del latín que tan bien le había enseñado el Padre

O'Reilly, le sirve ahora para que el Obispo le permita ejercer el cargo de Preceptor de Latinidad en el Colegio Seminario sin haberlo nombrado a él. Da clases de día y estudia de noche Moral y Teología con el Padre Agustín y en la Universidad continúa leyendo a Santo Tomás de Aquino con el Presbítero José Ricardo Martínez. En 1808 recibe el grado de Bachiller en Teología y concursa a la cátedra de "Santo Tomás y Melchor Cano", compitiendo con su maestro Martínez, a sabiendas de que no prevalecerá, pero para hacer méritos aprobando las oposiciones, lo cual logra. Al año siguiente recibe las cuatro órdenes menores y el subdiaconado que, aunque desprovisto de la mínima hacienda personal, puede recibir debido a la generosidad del Obispo que le ampara. No nos sorprende cuando en 1810 es ordenado diácono por el Obispo Espada en la Catedral de La Habana: ya es el "soldado de Cristo" como le había dicho al abuelo al despedirse de él en San Agustín de la Florida. En 1811 hace oposiciones a las cátedras de "Mayores de Latinidad y Retórica" y a la de "Filosofía", obteniendo esta última. El mismo año en la Catedral de La Habana el Obispo lo ordena Presbítero y el Padre Félix Varela ofrece su primera misa en la iglesia del convento de Santa Teresa en La Habana.

Un estudio sobre las reformas filosóficas introducidas por Varela no puede llevarse a cabo sin mencionar el trabajo preparatorio de Juan Bautista Díaz de Gamarra (1745-1783) en México y el de los propios maestros de Varela en Cuba, José Agustín Caballero y Bernardo O'Gaván. Estos representan a los pioneros de la revuelta en contra del escolasticismo en el pensamiento latinoamericano. Gamarra, nacido en México, recibió su doctorado en la Universidad de Pisa, donde comenzó a familiarizarse con la nueva filosofía. Al regresar a México en 1774, publicó su *Elementa recentioris philosophiae* (Elementos de la filosofía moderna), donde declara que el filósofo debe investigar con ahínco la verdad sin adherirse a ninguna secta, sea la de Aristóteles, Platón, Leibniz o Newton.[2] Debe buscar la verdad sin reconocer ningún tipo de autoridad.

Antonio Caso, en sus comentarios sobre la mencionada declaración de principios ha dicho: "He aquí la más alta consagración de la libertad de pensamiento en las aulas de la Universidad de la Colonia".[3] En 1781 Gamarra publicó, bajo el pseudónimo de Juan Bendiaga su *Errores del entendimiento humano*, y es sabido que su obra definitivamente influyó a Varela, ya que en 1840 éste escribió a un amigo: "puedo afirmar que cuando estudié filosofía en el Colegio San Carlos en La Habana era *cousiano* (seguidor de Cousin), al igual que todos los estudiantes de mi ilustre maestro José Agustín Caballero, quien siempre defendió las ideas puras intelectuales siguiendo los pasos de Jacquier y Gamarra".[4] No se sabe con certeza si Varela realmente leyó la obra de Gamarra o si aprendió sus ideas a través de su maestro Caballero, el cual usaba el libro de Gamarra. Caballero representa en Cuba el punto de transición entre el escolasticismo y la nueva filosofía; sin embargo, nunca se separó completamente del escolasticismo, aunque el título de sus notas, escritas en 1797, fue *Filosofía ecléctica*. No obstante, fue él quien introdujo las reformas en la enseñanza de filosofía en las universidades cubanas.[5] Las reformas de Caballero fueron continuadas por Bernardo O'Gaván, con quien Varela completó sus estudios de filosofía. O'Gaván rechazó las ideas de Locke y Condillac. Sus artículos de 1808 en el diario *La Aurora*, reproducidos en varios diarios mexicanos, fueron condenados por la Inquisición. Varela en su carta de 1840 dice: "El Sr. O'Gaván, sucesor de Caballero, y con el cual completé mis cursos de filosofía, cambió esta doctrina [la de Cousin], al adoptar lo que hoy elegantemente llaman sensualismo, lo cual yo también enseñé, aunque sin tanto *aparato*, cuando me convertí en su sucesor [el de O'Gaván.]".[6]

Varela llegó a ser el sucesor de O'Gaván en la enseñanza de filosofía en la Universidad en 1811 e inmediatamente comenzó a reformar los cursos al introducir las ideas de Descartes y abandonar el escolasticismo. Su primer *Elenco*, impreso en 1812, sirvió de bosquejo para la enseñanza del curso. Este folleto ha sido catalogado como "el primer ensayo sobre filosofía moderna escrito por un autor cubano".[7] El *Elenco*, el cual estuvo perdido hasta 1873 cuando Bachiller y Morales encontró una copia en Nueva York, está constituído por 226 proposiciones en latín. La proposición número 13 declara que el método cartesiano siempre debe ser admitido, y la proposición número 14 dice que la mejor filosofía es la ecléctica. Dentro de las proposiciones en torno a las ciencias físicas, se declara que la experiencia y la razón son las únicas fuentes de conocimiento en las ciencias.[8]

Este *Elenco* sirvió como base para la obra *Institutiones philosophiae eclecticae* (Principios de filosofía ecléctica), una obra en cuatro volúmenes, donde los dos primeros fueron escritos en latín en 1812.[9] Los volúmenes tercero y cuarto aparecieron en 1813 y 1814 respectivamente, en español. Este libro fulminó la enseñanza de la filosofía escolástica en Cuba. En el año académico de 1813-1814 el latín fue descartado como idioma dentro del salón de clases. Las ciencias naturales se enseñaron por primera vez en español utilizando el método experimental. De este modo, Varela precede a otros pensadores latinoamericanos, ya que las reformas introducidas en

Argentina por Juan Crisóstomo Lafinur comenzaron en 1819, al igual que en otros países.

El primer trabajo de Varela en filosofía fue seguido por sus *Lecciones de filosofía* (1818) y su *Miscelánea filosófica* (1819), ambas escritas en español.[10] En la última Varela reafirma su oposición al escolasticismo y su creencia en las ciencias experimentales. "No existe otro camino", dice, "excepto el de proceder a través de la observación de hechos, examinar con atención las relaciones, tener cuidado en la formación de ideas que contengan elementos exactos y tratar de no alterar esas ideas al formular nuestras deducciones" (p. 37). Es interesante observar que Varela, al igual que los conductistas y los semiólogos contemporáneos, creía que para pensar uno debe hacer uso de los signos. Al respecto expresó:

> En el presente estado de nuestro conocimiento, donde todo ha sido adquirido a través de sensaciones y está unido a signos, es imposible pensar sin la ayuda de los mismos. No importa cuanto esfuerzo hagamos en excluir estos signos, se nos hace imposible, y la experiencia prueba que cada vez que pensamos parece que nos escuchamos hablar y con frecuencia pronunciamos las palabras en voz alta sin darnos cuenta y es por esta razón que se dice que nos hablamos a nosotros mismos. A través de esto se deduce que pensar es equivalente a utilizar signos y que pensar bien es utilizar los signos correctamente.[11]

Este libro también incluye un ensayo sobre las doctrinas de Kant, el cual tal vez sea el primer ensayo sobre el filósofo alemán escrito por un autor latinoamericano. Nada menos interesante es su ensayo sobre el patriotismo, una de las páginas más importantes de Varela.

Hernández Travieso ha expresado muy bien la transición en la filosofía cubana del escolasticismo al sensualismo:

> Debemos considerar a Caballero como el eslabón entre el escolasticismo y las nuevas ideas, sin romper definitivamente con la tradición como lenguaje utilizado en su texto; también a O'Gaván como el primero en romper con la versión teológica-medieval de Aristóteles de manera concluyente hasta el punto de desafiar al poderoso Tribunal de la Sagrada Inquisición, a pesar de haber sido clérigo. En Varela vemos como los ataques de Caballero y de O'Gaván contra el escolasticismo se convierten en vocación. El llegará a convertirse en el maestro de filosofía de los cubanos del futuro.[12]

Se debe notar que aunque Varela siguió, en su formulación de conceptos filosóficos, las ideas expresadas por Locke en su *Essay Concerning Human Understanding* (1666), por Condillac en *Traité des sensations* (1754) y las de Testutt de Tracy en *Elements d'ideologie*

(1804), no siguió estas ideas de manera religiosa. Varela fue un sacerdote que logró retener sus creencias religiosas y nunca se alejó de la Iglesia. No obstante, su filosofía socavó las creencias religiosas de sus discípulos, ya que éstos no prestaban atención a sus declaraciones de fe. A su vez, sus ideas prepararon el camino hacia la independencia política. Varela ha sido frecuentemente catalogado como el precursor de la independencia cubana.[13]

Félix Varela, al igual que muchos de los pensadores latinoamericanos del período de la independencia, no sólo se interesó en la filosofía y las ciencias, sino también en las funciones sociales y políticas. Sus contribuciones en este aspecto de la vida cubana son tan importantes como las contribuciones al campo de las ideas. En España, en 1820, la declaración liberal del General Riego trajo consigo la implementación de la muy olvidada constitución liberal de 1812. Por un decreto real se establecieron cursos especiales para enseñar a la gente el significado de la constitución. En La Habana el Padre Varela fue designado para enseñar este nuevo curso; comenzó las clases en 1821 y tenía alrededor de 100 estudiantes. Esta clase llegó a ser conocida como "la clase de la libertad, los derechos humanos, la garantía nacional y la regeneración de España". Sus notas para el curso fueron publicadas el mismo año bajo el título de *Observaciones sobre la constitución política de la monarquía española*.[14] En la primera observación, titulada "Soberanía", Varela expresa: "Para estar seguros, todos los hombres por Naturaleza tienen igualdad de derechos y libertades" (p. 11). Su curso fue tan exitoso que al siguiente año Varela fue nombrado, junto con sus amigos Tomás Gener y Leonardo Santos Suárez, representante a las Cortes Españolas durante el período de 1822-1823.

Las actividades en las Cortes durante 1823 demostraron que Varela era un gran patriota y un profeta. Participó activamente en los debates y presentó proyectos, resultado de su deseo de salvar a España del desatre. Presentó entre otras, propuestas para la reorganización del clero, la abolición de la esclavitud,[15] y la reorganización de las provincias americanas. Fue obviamente derrotado. La esclavitud era un negocio lucrativo, al igual que degradante, para el gobierno español, y el reconocer la independencia de las provincias americanas en 1823 era imposible. Para defender su tesis sobre la concesión de la independencia Varela escribió: "No importa lo que suceda, España perderá lo que no puede retener...pero si reconoce su independencia, no perderá su amistad...Si España espera, sólo podrá beneficiar a otros países absteniéndose así de toda cooperación con Hispanoamérica".[16] Los miembros de las Cortes decidieron que no había razón por la cual debían considerar la propuesta de Varela. Al cabo de un corto tiempo Fernando VII abolió las Cortes y los miembros liberales huyeron hacia Sevilla, y de allí pasaron a Cádiz. En Cádiz algunos de ellos, incluyendo a Varela, firmaron un documento propuesto por Alcalá Galiano donde se declaraba que Fernando era incapaz de gobernar y debía ser reemplazado por un Consejo de Regencia. Todos los que firmaron el documento fueron condenados a muerte en su ausencia. Con la ayuda de los ingleses, Varela pudo refugiarse junto a otros en Gibraltar. Desde allí lograron partir hacia los Estados Unidos, llegando a Nueva York en diciembre 17, 1823. Despúes Varela se trasladó a Filadelfia, donde permaneció por un tiempo. Nunca se fue de los Estados Unidos; murió en San Agustín, Florida, en 1853.

Durante su estadía en España Varela no abogó por la independencia de Cuba. Siguiendo los pasos de su maestro Caballero, Varela estaba a favor de la autonomía de la Isla y en 1823 preparó un *Proyecto de gobierno autónomo*,[17] documento que fue ignorado por el gobierno español. Como resultado de sus vivencias en las Cortes, Varela cambió su actitud e ideas y se convirtió en un ferviente partidario por la independencia de Cuba. Para promover su causa publicó el diario *El Habanero* en Filadelfia, considerado como el primer periódico revolucionario cubano.

En Filadelfia Varela no se encontraba sólo en su lucha por la independencia de Cuba. Pudo fundar allí un grupo de liberales que simpatizaban con sus ideas —Filadelfia estaba considerado como un centro de conspiradores durante esa época.[18] Entre los que trabajaban junto a Varela o simpatizaban con sus ideas, se encontraban sus amigos Tomás Gener y Leonardo Santos Suárez, quienes habían venido con él desde Gibraltar; José de la Luz Caballero, sobrino del maestro de Varela; el escritor Domingo del Monte; el poeta José María Heredia; el incansable ecuatoriano Vicente Rocafuerte; el hombre de letras colombiano José Fernández Madrid; el venezolano Nicanor Bolet Peraza y el argentino José Antonio Miralla. Todos publicaron trabajos originales y traducciones al español en Nueva York y Filadelfia. Varela mismo tradujo el *Manual of Parliamentary Practice* de Jefferson y *Elements of Chemistry Applied to Agriculture* de Davy en 1826, año en que también publicó *Jicoténcal*.[19]

De los siete números publicados de *El Habanero,* tres aparecieron en Filadelfia en 1823 y 1824, y los últimos cuatro en Nueva York entre 1824 y 1826. A pesar de la severa censura, Varela logró poner el periódico en las manos de sus amigos en Cuba, con lo cual produjo un efecto sensacional al ser el primer periódico que abogaba por la independencia. El gobierno español denunció el periódico y emitió una orden real para prohibir su circulación.[20] Hasta llegaron a tratar de asesinar al editor, acto que fue fuertemente condenado por Varela en un suplemento del tercer número de *El Habanero* (1825), en el cual escribió en contra de un gobierno cuya única preocupación era la de perseguir al editor del *Habanero* y enviar un asesino para lograrlo.

Aunque continúa más tarde su labor patriótica fundando otro periódico junto con José Antonio Saco entre 1828 y 1831 y que llevó por nombre *El mensajero semanal*, Varela se encuentra en su mejor momento cuando escribe para *El Habanero*. En él está luchando por una causa en la cual cree sinceramente y considera correcta, expresando sus ideales con fervor y escribiendo en un estilo que, aunque no oratorio, es muy efectivo en mover al lector a actuar a favor de la causa por la que aboga. Aquí se encuentran algunos de sus mejores ensayos; desde el primero, "Máscaras políticas", hasta el último, "Consecuencias de la rendición del Castillo de San Juan de Ulúa, respecto de la Isla de Cuba", todos reflejan las ideas liberales del autor, su humanismo y su patriotismo. No odiaba a los españoles *per se*. Sólo odiaba a los que estaban en contra de la libertad, los derechos humanos y la libertad de expresión. Los ensayos de *El Habanero* han sido comparados, con mucha razón, al tañido de las campanas que sacaron a los cubanos de su sueño colonial.

Su vida de sacerdote recomienza en Nueva York en los primeros meses del año 1824 cuando el Obispo Connolly le permite desempeñar el ministerio. Es importante recordar, sin embargo, como nos lo recuerda Felipe J. Estévez en su obra *El perfil pastoral de Félix Varela*, que sus tareas anteriores habían consistido de dictar clases, escribir libros y luego servir de diputado en las Cortes españolas, y que es en Nueva York donde su obra pastoral relumbra. Ya en 1826 es teniente párroco en San Pedro y al año siguiente consigue por mediación de su amigo español Lasala que se adquiera la iglesia episcopal "Iglesia de Cristo", y recibe el nombramiento de párroco de la misma. No contento con la iglesia, vendiendo subscripciones a los bancos de la iglesia y pidiendo donaciones a sus amigos, logra fundar dos escuelas, una para mujeres y otra para niños. La de mujeres ya no lleva el propósito de educarlas en las ciencias como pretendía llegar a hacerlo en la Isla de Cuba, pues allí habría estado trabajando con las hijas de la burguesía. En Nueva York sólo puede instruir a las pobres irlandesas —casi todas analfabetas y, como nos recuerda Hernández Travieso, destinadas al servicio doméstico o a ser mozas de tabernas— en la lectura, en la aritmética y en las labores típicas de las mujeres en la época. Dos años más tarde, después de ejercer un ministerio de los pobres fieles irlandeses recién llegados a Nueva York, obtiene el cargo

de Vicario General de Nueva York, cargo que le permite representar a su diócesis en el 1ᵉʳ Concilio Provincial que tiene lugar en Baltimore. Ese año da a la luz las poesías de Manuel de Zequeira. Ya el anterior había publicado la tercera edición de sus *Lecciones de filosofía*.

Varela había estado involucrado en una disputa teológica contra unos presbiterianos que publicaban un periódico llamado *The Protestant*, al que él contestó con otro *The Protestant Abridger and Annotator* y que continuó en otro periódico, *The Truth Teller*, todo esto entre los años 1830-41. Como se ve, Varela fundó varios periódicos en los Estados Unidos. Además de *El habanero* (1824-26), *El mensajero semanal* (1828-31), y *The Protestant Abridger and Annotator* (1830-31), fundó el *New York Weekly Register and Catholic Diary* (1833-36), *The Catholic Observer* (1836-37), *The New York Catholic Register* (1839-41), y *The Catholic Expositor and Literary Magazine* (1841-43?). Además ayudó a fundar el *Truth Teller*, que llevaban oficialmente dos laicos, George Pardow y William Danman, y *The New York Freeman's Journal and Catholic Register* que, bajo el control del Vicario General John Power, absorbió a ambos, el *Truth Teller* y al *Catholic Register*.

El año de 1835 encuentra a Varela preocupado por la juventud. Ese año saca a la luz el primer tomo de su obra final que va dirigida a la juventud, *Cartas a Elpidio*, y funda un asilo para huérfanos. Al año siguiente establece la nueva Iglesia de la Transfiguración a la cual va de párroco. En 1837 asiste al tercer Concilio Provincial en Boston representando a su Obispo. Y en 1838 publica el segundo tomo de las *Cartas a Elpidio*, el cual parece ser el último, aunque tenía proyectados tres. No se sabe si llegó a escribir el tercero. Recibe en 1841 el grado de Doctor del Seminario de Santa María en Baltimore que le concede el claustro de teología. En 1846 asiste al sexto Concilio Provincial como uno de tres teólogos representantes del Obispado de Nueva York. Empero, sus recuerdos de la juventud de Cuba y de Nueva York no logran renovar su cuerpo que envejece abrumado por el frío norteño y en 1850 se traslada definitivamente a San Agustín de Florida donde en 1853 muere solo, pobre, pero no olvidado.

Autoridad de la novela

La novela *Jicoténcal*²¹ de Félix Varela es la primer novela histórica en el Nuevo Mundo y posiblemente en lengua castellana.²² La obra apareció en Filadelfia en 1826 en forma anónima y aunque se hayan limitado los críticos a discutir si el autor es español o hispanoamericano, no se ha propuesto más que un solo nombre, el de

Félix Varela. Esta propuesta de más de treinta años no se ha podido rechazar, aunque una sola vez, por lo menos, se ha dado por desconocida de manera intencionada.[23] De todos modos aquí vamos a resumir los argumentos presentados entonces y añadir otros que esclarezcan de una vez y por todas la situación, e iluminen la autoridad de Varela de manera lógica y convincente, aun cuando es, creemos, casi imposible obtener algún documento autógrafo que provea la prueba empírica definitiva, ya que el autor pretendía ocultar su autoridad por razones abajo expuestas aunque, a su pesar, revela demasiado de sí mismo para identificarse ante sus discípulos. Mas antes de entrar en materia nos parece conveniente hacer una descripción de la obra, hasta hoy casi desconocida debido a la escasez de los ejemplares.

Al examinar la novela descubrimos que según reza el pie de imprenta, la obra, en dos tomos de tamaño pequeño, 13.5 x 8.5 cms. y de 224 y 247 páginas respectivamente, fue publicada en Filadelfia en la imprenta de Guillermo Stavely el año de 1826.[24] Podríamos empezar dudando que la obra fuera publicada en Filadelfia. Dicha duda nos la sugiere el saber que otra obra, que también lleva como lugar de publicación la ciudad de Filadelfia (escrito Philadelphia), fue realmente publicada en La Habana. Nos referimos a la obra *Bosquejo ligerísimo de la revolución de México, desde el grito de Iguala hasta la proclamación imperial de Iturbide*, por un Verdadero Americano. . . Philadelphia, Imprenta de Teracrouef y Naroajeb, 1822. Es evidente aquí que los nombres de los impresores son ficticios. Y en verdad, Teracrouet y Naroajeb es el anagrama de Rocafuerte y Bejarano, verdadero autor de este curioso libro publicado en La Habana y no en Filadelfia.[25] No ocurre lo mismo, sin embargo, con *Jicoténcal*. En Filadelfia existió un impresor y editor llamado William Stavely, quien publicaba el *Episcopal Recorder* en 12 Pear y que vivía, años más tarde, en el número 474 de la calle S. Front.[26] Este editor publicó, además de la obra que nos ocupa, otras en castellano, de las cuales ya daremos razón.

Es de interés notar que *Jicoténcal* fue registrado para los derechos literarios, por un tal Frederick Huttner, según se lee en la página 4: "Eastern District of Pennsylvania, to wit: Be it remembered, that on the eighteenth day of August, in the fifty-first year of the Independence of the United States of America A. D. 1826. Frederick Huttner, of the said District, hath deposited in this office the title of a book, right whereof he claims as Propietor, in the words following, to wit: JICOTENCAL. . ." De lo cual se desprende que el libro pertenecía a Huttner, ya fuera por haberlo escrito[27] o por haber comprado el manuscrito. En Filadelfia vivieron dos Frederick Huttner, el uno (Hutner, con una sola t) profesor de música, con residencia en 264 High, y el otro, médico de profesión en 239 Spruce.[28] La novela, según se anuncia en la primera página, estaba de venta en Filadelfia "en casa del Señor F. Merino, profesor de lengua castellana, en el Instituto de Franklin; y en la del Señor J. Laval, No. 118, Chestnut Street. Y en Nueva York, en casa de Lanuza y Mendía, No. 3. Varick street. Vivía en Filadelfia, por aquellos años un Felix Merino, "teacher and translator of Spanish and French languages" con residencia en el número 88 de la calle Wood.[29] El J. Laval era John Laval, impresor también residente en Filadelfia. Lanuza y Mendía eran libreros en Nueva York. En la última página del tomo segundo de *Jicoténcal* encontramos el siguiente interesante anuncio: "Libros de fondo que se encuentran en casa de Lanuza y Mendía de Nueva York: *Diccionario filosófico de Voltaire*, traducido por C. Lanuza, 10 tomos en 18º N. York, 1825; *Cuentos y sátiras de Voltaire*, puestos en verso castellano por M. Domínguez, un tomo en 18º N. York 1825; *El Vicario de Wakefield*, por el Dr. Goldsmith, traducido por M. Domínguez, un tomo en 18º N. York 1825; *Vida de Jorge Washington*, por Ramsey, 2 tomos en 18º N. York 1825; *Compendio de la historia de los Estados Unidos*, un tomo en 18º N. York 1825; *Auxiliar vocabulario de bolsillo español inglés*, por J. L. Barry, un tomo en 16º N. York, 1825; *Fábulas de Samaniego*, un tomo en 18º N. York 1826; *Ortografía de la lengua castellana*, por la Academia española, un tomo en 18º N. York 1826; *Jicoténcal*, 2 tomos en 18º Filadelfia 1826. EN PRENSA, *Vida de Benjamín Franklin*, escrita por él mismo; *Clotilde, o el Médico Confesor*, por Víctor Ducange; *Persiles y Segismunda*, última obra de Cervantes. —También se hallará un surtido de libros españoles antiguos y modernos, toda clase de encuadernación". En 1828 Lanuza Mendía y Cía. publicaron en Nueva York las *Poesías de un mexicano* (2 vols. en 8º) de don Anastasio María de Ochoa, autor también de "una novela de costumbres mexicanas, de la cual ni el nombre ha quedado".[30]

Por lo anterior nos damos cuenta de que *Jicoténcal* estaba de venta en Nueva York el mismo año que vió la luz en Filadelfia. En febrero del año siguiente el poeta William Cullen Bryant le dedica una larga reseña en su revista *The United States Review and Literary Gazette*,[31] que por aquel entonces publicaba en Boston. Tenemos noticias de que el libro llegó a México en fecha temprana, aunque no creemos que haya tenido amplia circulación. En la lista de libros que pertenecieron al poeta cubano José María Heredia encontramos el título *Xicotencal*, clasificado entre las novelas.[32] El mismo poeta no habla de ella en sus escritos. En 1828 aparecen en Puebla la tragedia en cinco actos *Teutila* de Ignacio Torres Arroyo[33] y el drama *Xicohténcatl* de José María Moreno Buenvecino.[34] Al año siguiente, también en Puebla, José María Mangino publica su comedia en cinco actos *Xicoténcatl*.[35] Las tres obras son el resultado de un concurso celebrado en Puebla en 1828, concurso inspirado por la novela de Filadelfia.[36] En las obras publicadas de 1829 en adelante, y en las cuales aparece Teutila, ya no nos es posible decir si la influencia procede directamente de la novela de Filadelfia o de las obras dramáticas publicadas en Puebla.[37] Teutila—el nombre se deriva de Teutile, general mexicano—es un personaje creado por el autor de *Jicoténcal*.[38]

Pasemos a tratar del contenido de la novela. El tema es la conquista de México por Hernán Cortés y los tlaxcaltecas, sus aliados. Los personajes históricos, además de Cortés, son Xicoténcatl el joven—héroe de la novela—, Xicoténcatl el viejo, Maxiscatzin, doña Marina, Diego de Ordaz, Moctezuma y Fray Bartolomé de Olmedo. En esta parte el autor anónimo sigue fielmente el relato de Solís, a quien cita con frecuencia. En nota a la página 14 del primer tomo, nos dice: "Todo lo que en el discurso de esta obra irá con letra cursiva, será copiado literalmente de la *Historia de la conquista de Méjico* por don Antonio de Solís, que es el escritor más entusiasta de las prendas y méritos de Hernán Cortés". Comparando dichas citas con el original de Solís, hallamos que el novelista sigue fielmente al historiador. Solamente de él se desvía al tratar de la matanza de los nobles mexicanos en el Templo Mayor. En la nota que pone en la página 105 del tomo segundo, en donde se relata el episodio, advierte: "En la relación de este hecho se sigue al venerable frai Bartolomé de las Casas". Esta parte histórica termina con la muerte de Xicoténcatl, a quien Cortés manda ahorcar en Texcoco. El Conquistador se prepara para atacar y tomar la Gran Tenochtitlán.

A la par del tema histórico se desarrolla el amoroso, esto es, el idilio entre Teutila y Jicoténcal, el joven. Al mismo tiempo, el joven Diego de Ordaz, generoso y bien intencionado, ama secretamente a Teutila y es amado, no tan secretamente, por doña Marina. La novela termina con el auto-envenenamiento de Teutila—muere dramáticamente frente a Cortés, a quien pensaba asesinar—y el arrepentimiento de doña Marina.

El fin primordial del autor, sin embargo, parece ser la prédica política. Así lo comprendió su primer crítico, el poeta Bryant, al decir: "It has the merit of containing pretty just and enlightened notions on political government and other important subjects, and to inculcate these, we suppose, was the principal aim of the writer" (págs. 336-37). La narración, sin embargo, no le parecía muy bien urdida: "As a story we cannot give it the praise of being very skilfully contrived, although it is written with about the same degree of talent as the mass of modern works of the kind" (pág. 336).

Aunque parezca increíble, la reseña de Bryant es la única que conocemos escrita durante el siglo XIX. Tal vez existan otras. Sin embargo, hasta hoy nuestras pesquisas han sido infructuosas. En verdad, fuera de la reseña de Bryant y la cita que de ella hace el dramaturgo Mangino—de la cual ya nos ocuparemos—la novela no vuelve a ser mencionada por la crítica sino hasta nuestros días. La obra fue descubierta, podría decirse, por el profesor Read al escribir su tesis doctoral en la Universidad de Columbia, cuya biblioteca posee un ejemplar de *Jicoténcal*.[39] Desde esa fecha en adelante, ya no se puede hablar del desarrollo de la novela hispanoamericana sin mencionarla. A pesar de su importancia, hasta hoy no se ha descubierto el nombre del autor. He aquí lo que la crítica opina sobre la paternidad literaria de la obra.

El poeta Bryant, su primer crítico, nos dejó una idea bastante ambigua sobre la posible nacionalidad del autor. Hela aquí: "Jicotencal, his wife, his father, and the Mexican general Teutile, are very unprejudiced, enlightened, and philosophical savages, and in their notions of government and religion, approach very nearly to the modern liberales of Spain...The character of Cortés is more fairly although very unfavorably represented...The author of *Jicotencal* seems to have made ample allowance for the partiality of his countrymen in their views of the character of Cortés, and has busied himself, without remorse, in bringing out and placing in a strong light its darker features" (p. 343). Lo que puede indicar que el autor es español o mexicano, según se interprete la palabra "countrymen", ya que tanto los españoles como los mexicanos son parciales en la interpretación del carácter de Cortés. Al profesor McPheeters le parece que la cita indica que el autor era español. A nosotros, sin embargo, nos parece que Bryant creía que el autor era mexicano. Nos hace pensar en ello la primera frase de la reseña: "We have been principally induced to notice this book on account of its belonging to the Spanish literature of America" (pág. 336).

Los críticos que han creído que el autor es mexicano son Pedro Henríquez Ureña, Ralph Warner y José Rojas Garcidueñas.[40] Henríquez Ureña basó su juicio en lo exaltado del pariotismo indígena que encontramos en la obra: "Y la especie de patriotismo indígena que alienta en la obra hace pensar que el autor ha de ser mexicano". Algunos años más tarde, repite la idea: "El autor anónimo fue, probablemente, un mexicano...Y hay una especie de patriotismo indio en la novela".[41] Warner, sin embargo, no está muy seguro de que el autor sea mexicano: "No estoy seguro —nos dice— que sea el autor mexicano, pero no sería imposible dado el número de mexicanos en los Estados Unidos y en Filadelfia en aquellos tiempos". Rojas Garcidueñas sigue en su opinión a Henríquez Ureña. Sin afirmar que el autor sea mexicano, defiende la tesis de su procedencia hispanoamericana. La tesis de Henríquez Ureña, en nuestro concepto, no puede ser defendida. He aquí el porqué.

En 1829, el dramaturgo Mangino observó los pocos conocimientos que el autor demuestra, en la novela, de la topografía mexicana; en la página 89 de su obra se halla este comentario: "Los mamarrachos y deformidades de que abunda dicha obra son insufribles, y mucho más los ningunos conocimientos del país, pues el autor nos describe a un país arenoso, seco y árido como es Acatzingo, lleno de frondosas arboledas, hermosísimos arroyos, amenísimos prados; y sobre todo...(nos dice) que Jicotencatl iba todas las noches desde Tlaxcala a Acatzingo...Si el autor supiera que desde Tlaxcala a Acatzingo hay, lo menos dieciocho leguas, y una elevadísima montaña que atravesar, vería que era imposible que un hombre anduviese treinta y seis leguas diarias, y a pie, ocupando en esta tarea la noche, y el día en los deberes de su alto destino..."[42] A lo anterior puede agregarse una razón más convincente: el poco o ningún conocimiento que el autor tenía de las palabras indígenas de uso corriente en México. Las pocas que hemos encontrado—yopales, calpisca, copal, tamemes—están usadas en párrafos sacados de Solís. Lo que denota que el autor no es mexicano es el uso de la palabra yopales. Solís, en el Capítulo XVI del libro II de su obra dice: "Estaban los senadores sentados por su antigüedad sobre unos taburetes bajos de maderas extraordinarias, hechos de una pieza, que llaman yopales". Y el autor de *Jicoténcal*: "Estaban sentados los individuos por su antigüedad en unos taburetes bajos, de maderas exquisitas y de una sola pieza, que se llama yopales" (I, I3). Dudamos mucho que un mexicano no sepa que estas sillas se llaman equipales[43] y no yopales. A lo que hay que añadir que en *Jicoténcal* se usa la **j** para escribir los nombres mexicanos. Don Carlos María de Bustamante, en 1830, hacía la siguiente observación sobre el uso de esta letra: "Jamás, jamás los nombres mexicanos se escriben con **j**, siempre con **x** o (**g**); el extravagante de Mora proscribió la **x** en la obra del padre Clavijero, y no puede leerse sin vomitar su traducción".[44] En la novela de Filadelfia se escribe Jicoténcatl, Méjico, mejicano, etc. La única excepción es el nombre del senador tlaxcalteca Magiscatzin. Hay que hacer notar que el autor usa la grafía **g** frente a **e** en palabras españolas como extrangero, gefe, magestad, bagage, etc. Además en los nombres

toponímicos Zocothlán y Olinteth, el uso de la **th** como ya observó Rojas Garcidueñas (pág. 70) no tiene sonido especial en náhuatl y su uso parece ser arbitrario e indica desconocimiento de esa lengua. Otros nombres propios de origen mexicano están castellanizados de acuerdo con la pronunciación de la época de la conquista, debido a que están sacados de Solís, quien los copió de cronistas del siglo XVI. Entre otros: Tlascala, Popocatepec, Guatimotzin, Quetlabaca, Cualpopoca, etc. En cuanto a otemíes (I, 9), en vez de otomíes, tal vez sea debido a error tipográfico, no escasos en el libro.

Mas si el autor no es mexicano, forzoso nos es decir que tampoco es español. La mayor parte de los críticos que del asunto se han ocupado parece inclinarse a la teoría del origen hispanoamericano del autor. Solamente Anderson Imbert y Lloréns Castillo han discutido la posibilidad de que sea español. El primero basa sus afirmaciones en las siguientes razones:

> Por encima de las fronteras políticas, los liberales de España y de Hispanoamérica trabajaron juntos. La lucha contra el absolutismo los unía. Aun los temas de la Independencia americana, de las tradiciones indígenas y de la condenación a los conquistadores eran comunes. No niego la posibilidad de que un mexicano escribiera Jicoténcatl, lo que digo es que sus censuras a Hernán Cortés están inspiradas no por patriotismo mexicano, mucho menos por espíritu indigenista, sino por las ideas racionalistas, humanitarias y liberales de la ilustración. El autor, quien quiera que fuera, eligió Tlascala como escenario, y a Jicoténcal como héroe, porque esa realidad se prestaba mejor que ninguna otra a su ideología afrancesada. Tlascala es la República; Cortés y Moctezuma, los déspotas; los dos Jicoténcal, el viejo y el joven, simbolizan la libertad, la virtud, la razón; Teutila, la inocencia. Ni siquiera hay color americano en *Jicoténcal*; paisajes convencionales, pocas palabras indígenas, apenas trazos costumbristas en las nupcias de Jicoténcal y Teutila...Es novela discursiva, no descriptiva, y los discursos traducen los hechos de la conquista de México a términos europeos...A Cortés se lo infama, no por ser español, sino por ser tirano...El autor, pues, es más liberal que patriota, más racionalista que indianista, más universal que nacionalista. Las notas indianistas son también europeas: era el tema del indio inocente...Pero mientras no se resuelva este misterio del autor anónimo es legítimo incluir *Jicoténcal* en la historia de la literatura hispanoamericana.[45]

En fecha posterior, Anderson Imbert expone la misma hipótesis, aunque con menos seguridad en cuanto a la clasificación de la novela. Lo que en la cita anterior es una afirmación, se convierte aquí en una interrogante; "¿Es legítimo incluir *Jicoténcal* en una historia de la literatura hispanoamericana?"[46]

El único crítico que ha seguido la hipótesis de Anderson Imbert es Lloréns Castillo. Al hablar de los escritores que colaboraron en la revista *El Aguinaldo*, publicada en Filadelfia en 1829, nos dice: "Heredia da a entender que *El Aguinaldo* estaba redactado principalmente por emigrados españoles. La lectura del correspondiente a 1830, único que conozco, parece confirmarlo...De este grupo de Filadelfia salió en 1826 *Jicoténcal*, la primera novela histórica en español, cuya atribución a autor americano, aunque parezca lo más probable, no es fácil deducir. A sospechar que fue español se inclina, con buenas razones, Enrique Anderson Imbert..."[47]

Ya Rojas Garcidueñas (págs. 73-74) se ocupó de demostrar que había grandes diferencias en la ideología de los españoles y los hispanoamericanos de la época de las guerras de Independencia. Para apoyar sus aserciones, el autor cita el estudio de Lloréns Castillo, y en verdad este autor ha demostrado que existían dichas diferencias en el pensar de los liberales españoles e hispanoamericanos. Al hablar de los emigrados españoles y sus relaciones con los americanos (págs. 248-251) hace la siguiente observación:

> El equívoco fundamental consistió en que los liberales españoles estuvieron dispuestos desde el principio a dar a los americanos todas las libertades menos la independencia, que era a lo que aspiraban éstos en primer término, con libertades o sin ellas.

También cita un juicio que apareció en *El Español Constitucional* en febrero de 1825, en el cual los redactores "creen su deber rebatir con la misma sinceridad algunos de los cargos que se han venido haciendo 'por una rutinaria tradición' contra los españoles en general... Viejas son las acusaciones contra España por la conquista y colonización de América, pero las cosas han llegado a tal punto que 'apenas hay quien no se permita denigrar el ilustre nombre de Hernán Cortés'. No se trata de justificar sus usurpaciones ni sus violencias, sino de tener en cuenta la aspereza de los tiempos en que vivieron aquellos conquistadores".[48] A pesar de que Lloréns Castillo nos dice, como ya vimos, que *Jicoténcal* salió del grupo de escritores españoles emigrados que en Filadelfia publicaban *El Aguinaldo,* en la página anterior (211) nos había dicho que "la novela no fue cultivada por los emigrados más que en lengua inglesa; pero las breves composiciones del *No me olvides* ofrecen ejemplos de la leyenda romántica en prosa y la estampa costumbrista. En estos años de tan extrema indigencia en la prosa narrativa española constituyen una excepción..."

A las anteriores vamos a agregar otras observaciones que nos han hecho pensar que el autor no fue español. Al hablar Solís de la matanza de los nobles mexicanos en el Templo Mayor, dice: "Los escritores forasteros se apartan más de lo verosímil, poniendo el origen y los motivos de aquella turbación entre las atrocidades con que procuran desacreditar a los españoles en la conquista de las Indias; y lo peor es que apoyan su malignidad citando al padre fray Bartolomé de las Casas o Casaus, que fue después obispo de Chiapa, cuyas palabras copian y traducen, dándonos con el argumento de autor nuestro y testigo calificado...Los más de nuestros escritores le convencen de mal informado en ésta y otras enormidades que dejó escritas contra los españoles" (lib. IV, cap. xii). El autor de *Jicoténcal*, al hablar de este episodio, hace precisamente lo que Solís dice que hacen los escritores forasteros, esto es, citar a Las Casas. En nota a la página 105 del segundo tomo leemos: "En la relación de este hecho se sigue al venerable frai Bartolomé de las Casas". Tal vez haya puesto la nota precisamente por lo que dice Solís, para demostrar que no era español.

Nos falta agregar dos notas que tal vez sean significativas. En la página 65 del segundo tomo de la novela hallamos esta frase: "Esta loca de la casa, como la llama una santa española". Si el autor fuera español, ¿llamaría a Santa Teresa "una santa **española**"? Parece que aquí se ve lo español con perspectiva de extranjero. También hemos notado que al citar a Solís se cambia el pronombre le en lo; dice Solís: "Pero el padre fray Bartolomé de Olmedo **le** puso en razón" (Lib. III, cap iv). Y el autor anónimo transcribe: "Y aun refiere el historiador más apasionado suyo, que el capellán **lo** puso en razón" (I, 159).

Aunque no es esencial, es muy probable que el autor de la novela que nos ocupa haya vivido en los Estados Unidos, sobre todo en Filadelfia, o Nueva York. He aquí una lista parcial de los hispanos que vivieron en esa región por los años en que se publicó Jicoténcal: los cubanos Domingo del Monte, Tomás Gener, Félix Varela, Leonardo Santos Suárez, Juan Gualberto Ortega, Luciano Ramos, Gaspar Betancourt Cisneros, José de la Luz Caballero, José María Heredia, José Antonio Saco, Juan de Costa, José Teurbe Tolón, Miguel María Caraballo, Agustín Hernández, José Luis Alfonso y García, y Silvestre Luis Alonso y Soler;[49] los mexicanos Félix Merino, Fray Servando Teresa de Mier, Lorenzo Zavala y Anastasio Zerecero; los colombianos José Fernández Madrid, Juan Garza del Río, Manuel Torres (aunque nacido en España) y José María Salazar; el venezolano Nicanor Bolet Peraza; el argentino José Antonio Miralla; el peruano Manuel Lorenzo Vidaurre; el ecuatoriano Vicente Rocafuerte y los españoles Pedro de Estala y Félix Mejía; además algunos cuya nacionalidad no hemos podido identificar: Manuel Domínguez, José Gertrudis Pinzón, Francisco de la O. García, Melitón Lamar, Cirilo Ponce, Mariano Torrero, C. Lanuza y Juan de Otero. De la anterior lista eliminaremos a los que no son escritores. A los mexicanos y a los españoles, por las razones arriba expuestas, también los podemos eliminar. Nos quedamos, por lo tanto, con los siguientes: Del Monte, Varela, Lanuza, Ortega, Luz Caballero, Heredia, Saco, Teurbe Tolón, Fernández Madrid, Bolet Peraza, Miralla, Vidaurre, Rocafuerte, Domínguez y Betancourt Cisneros.

Luz Caballero no vivió en los Estados Unidos antes de 1828; su primer viaje lo hizo en mayo de ese año.[50] Lo mismo acontece con Del Monte, quien en 1827 hizo un viaje a España y de paso se detuvo en Nueva York para visitar a su maestro el P. Varela. Dos años más tarde, en Filadelfia, publicó los *Versos de J. Nicasio Gallego* en la imprenta del "Mensajero".[51] Es interesante notar que en el erudito estudio de Del Monte sobre la novela histórica (*Escritos* II, 211-244), en el cual discute las primeras obras en el género publicadas en París y España, lo mismo que otras insignificantes manifestaciones del mismo, no menciona la novela de Filadelfia. ¿Acaso ignoraba su existencia? No creemos, sin embargo, que sea obra suya, ya que su estilo es enteramente distinto del de *Jicoténcal*. En la ideología, y sobre todo en las ideas políticas, hay grandes divergencias.

Domínguez, Lanuza y Ortega nos parece que fueron simples traductores. El primero es el traductor de los *Cuentos y sátiras* de Voltaire y del *Vicario de Wakefield*, ambas obras publicadas en Nueva York en 1825.[52] Lanuza, librero de Nueva York, publicó en esa ciudad en 1825 el monumental *Diccionario de Voltaire*.[53] Ortega "tradujo del alemán la tragedia en cinco actos, de Kotzebue, titulada: *Pizarro o los peruanos*, Habana, 1822" (Calcagno).

Aunque el venezolano Nicanor Bolet Peraza y el argentino José Antonio Miralla vivieron en los Estados Unidos, no sabemos que hayan residido en Filadelfia o publicado libros en esa ciudad. El primero fundó y dirigió dos revistas en Nueva York, *La América* y la *Revista Ilustrada*, en las cuales publicaba interesantes cuadros de costumbres, lo mismo que relatos y cuentos breves de escritores norteamericanos.[54] El inquieto Miralla, poeta y traductor de las *Cartas de Jacopo Ortis* (Habana, 1822) de Foscolo y de la elegía *En el cementerio de una aldea* de Thomas Gray, compañero de Heredia en Nueva York y su preceptor en el aprendizaje de la lengua inglesa, murió en Mexico un año antes de que apareciera *Jicoténcal*.[55] Otro amigo de Heredia, José Teurbe Tolón, vivió en Nueva York en 1824, mas de él no conocemos escrito alguno publicado en los Estados Unidos hasta

1858 cuando apareció en Nueva York la antología poética *El laúd del desterrado* de la cual parece haber sido el editor.

Como ya dijimos, Heredia tenía en su biblioteca un libro titulado *Xicoténcal* que aparentemente es la novela de Filadelfia. Sabemos también que al poeta cubano le atraía la figura del héroe tlaxcalteca. En febrero de 1823, estando en Matanzas, comenzó a esbozar una tragedia sobre el tema, que lleva el nombre *Xicoténcatl o los tlaxcaltecas*. Dos de los cinco actos del drama, sin embargo, quedaron sin esbozar.[56] Como es bien sabido, Heredia residió en Filadelfia en 1824. Para 1826, sin embargo, ya se encontraba en México. El 19 de noviembre de ese año escribe a su amigo Del Monte: "Tal vez tienes razón en que escriba yo tragedias originales. Me he resuelto, aunque temeroso, y aún vacilo en la historia de la conquista entre Xicoténcatl y Cuatlpopoca. La última creo que vendrá por fin a ser la preferida".[57] A pesar del interés que Heredia demostró por el tema, dudamos, por las siguientes razones, que él sea el autor de *Jicoténcal*. Al hablar de las poesías de Joaquín María de Castillo y Lanzas, poeta mexicano, Heredia hace esta crítica: "El lenguaje está muy lejos de ser puro. La fraseología es en muchos trozos afrancesada".[58] En la novela que nos ocupa hay rasgos bien definidos del lenguaje afrancesado que critica Heredia y que no son característicos de su estilo. Al hacer Heredia la crítica de una poesía de otro poeta mexicano, Francisco Ortega, dice: "Queríamos que el señor Ortega hubiese economizado las acepciones del subjuntivo por pretérito imperfecto, que a pesar del ejemplo de Meléndez y otros modernos, no deja de ser arcaísmo que da al estilo un aire desagradable de afectación" (*Ibid.*, pág. 194). En la novela, dicha construcción —los tiempos remotos en que Tlascala fuera gobernada por un solo y poderoso cacique (I, ii)— se usa con la mayor naturalidad. En general, el estilo cuidado y correcto de Heredia no tiene semejanza alguna con el afrancesado y a veces incorrecto del autor de *Jicoténcal*. Además, Heredia conocía bien la obra de Walter Scott y, según parece en la novela de Filadelfia no hay influencia del novelista escocés.[59] Como sabemos, Heredia tradujo al español la novela *Waverly, o Ahora sesenta años* de Scott.[60] Sin embargo, en el estudio, "El autor de *Jicoténcal*" (*Uno más uno* 7-12 feb., 1992) Alejandro González Acosta atribuye la novela a Heredia, planteamiento que repite en "Hallazgo en la Biblioteca Nacional de México" en *Historia de América* 114 (1992): 21–40.

Manuel Lorenzo Vidaurre (1783-1841), el inquieto peruano, publicó dos libros en Filadelfia en 1823, sus *Cartas americanas* y su *Plan del Perú*,[61] ambos en la imprenta de J. F. Hurtel. Antes que pasara a Filadelfia había residido en Madrid y La Habana. Llegó a Nueva York el 13 de diciembre de 1822 e inmediatamente se trasladó a Filadelfia. Allí, nos dice en sus *Cartas americanas* (II, 187), "sólo el virtuoso Dn. José Antonio Isnaga previno mis necesidades". El estilo de Vidaurre no se parece al del autor de la novela de Filadelfia; en la ideología también hay grandes diferencias. Las *Cartas americanas* están dedicadas "Al serenísimo señor Don Francisco de Paula, infante de España", y en una dedicatoria que escribió para un libro del Dr. Villalobos, dirigida a Fernando VII, encontrarnos esta frase: "El nombre de V. M. formará su historia, y será lo mismo para la posteridad decir Fernando VII, que el príncipe justo, humano, sufrido, católico, el padre de los pueblos" (*Cartas americanas*, I, 52), y también, al comentar la conducta de las tropas de Buenos Aires en Chile: "Siempre fui opuesto al sistema de la independencia, porque conocía sus resultas" (*Ibid.*, pág. 211). En cuanto al estilo, Vidaurre usa constantemente la palabra **cuasi** en vez de **casi**, variante que jamás se halla en *Jicoténcal*. Además, en su obra hay errores crasos de ortografía, como **sinco**, **usté**, **conbengo**, **precaber**, etc.

Pasemos a hablar de un escritor cuyo nombre ha sido el único mencionado como posible autor de *Jicoténcal*. Trátase de don Vicente Rocafuerte, de quien los editores del *Boletín Bibliográfico Mexicano* (enero-febrero, 1951, p. vii), bajo el número 6970, dicen de la novela: "Es obra que merece un estudio. ¿Será su autor el inquieto Vicente Rocafuerte, que anduvo algún tiempo en Filadelfia y en donde publicó varios trabajos?". Nos parece que lo anterior es una mera conjetura, ya que, como hemos visto eran varios los escritores que anduvieron algún tiempo en Filadelfia y que publicaron trabajos por allá. Sabemos que Rocafuerte estuvo en los Estados Unidos, y tal vez haya estado en Filadelfia—centro entonces de todos los conspiradores y refugiados políticos de España e Hispanoamérica—en 1821. Su *Bosquejo ligerísimo* no fue publicado, como ya vimos, en Filadelfia, sino en La Habana, en donde según parece se encontraba Rocafuerte en 1822. Dos años más tarde pasa a Londres como representante del gobierno mexicano. En 1826 hace un viaje a México para asegurar la aprobación del tratado de amistad entre México y la Gran Bretaña y vuelve a Londres en julio de 1827. En los Estados Unidos publicó tres libros, dos en Filadelfia y uno en Nueva York. Las *Ideas necesarias a todo pueblo americano independiente que quiera ser libre* y la *Memoria político-instructiva* que vieron la luz en Filadelfia en 1821, la primera en la imprenta de D. Huntington y la segunda en la de J. F. Hurtel. El *Ensayo político*, obra sobre el gobierno colombiano, apareció en Nueva YorK en 1823, en la imprenta de A. Paul.[62] Según parece, la *Memoria político-instructiva* pertenece a Fray Servando Teresa de

Mier y no a Rocafuerte. El P. Mier había vivido en Filadelfia de junio (o julio) de 1821 a febrero de 1822. Allí había también publicado su *Bosquejo ligerísimo de la revolución de Méjico* en este año de 1822.[63] Examinando las obras de Rocafuerte, no encontramos mucha semejanza entre su estilo y el de la novela. El único rasgo estilístico usado por ambos autores es la frase **en el interim** (en vez de **mientras tanto**), que se repite con insistencia en *Jicoténcal* y que hemos encontrado en algunas cartas de Rocafuerte.[64] En cambio, escribe la palabra **megicano** con **g** y no con **j**. Nos parece arriesgado adjudicar la paternidad literaria de la obra a base de tan sutiles semejanzas. Por lo tanto, debemos eliminar su nombre de la lista de posibles autores, a no ser que un estudio más detallado revele nuevas semejanzas, o se descubran nuevos datos.

Nos falta estudiar el caso de José Antonio Saco, escritor cubano que, en 1824, abandona su patria y se refugia en Filadelfia, en donde publica, en 1826 y precisamente en la imprenta de Stavely, su traducción de los *Elementos de derecho romano* de Heineccio.[65] En diciembre del mismo año Saco pasa a Nueva York y, tras corta visita a Cuba, vuelve a los Estados Unidos. Con el P. Varela funda en Nueva York el *Mensajero semanal* (3 tomos, 1828-1831), en el cual colaboran otros cubanos, entre ellos Gaspar Betancourt Cisneros, "El Lugareño".[66] Al leer las obras de Saco y comparar su estilo con el del autor de *Jicoténcal* nos damos cuenta de que nada tienen en común. No nos parece, por lo tanto, posible que sea él el autor de la novela.[67]

Pasemos, en fin, a estudiar el caso de otro escritor cubano que, si no podemos decir con seguridad absoluta que es el autor de *Jicoténcal*, la evidencia que hemos recogido apunta en esa dirección. Se trata del P. Félix Varela (1788-1853), quien vivió en Filadelfia en 1824. Su biógrafo, José Ignacio Rodríguez,[68] nos dice:

> Poco después de haber llegado a Nueva York se dirigió el P. Varela a Filadelfia...Allí vivió en los primeros meses de 1824, en la casa número 224 de Spruce Street, ocupada por la señora que se llamaba Mrs. Frazier; y allí publicó la primera producción suya que vió la luz en los Estados Unidos. Pero pronto cambió de pensamiento y regresó a Nueva York...Durante su permanencia en Filadelfia publicó allí, imprimiéndolos en el establecimiento de los señores Stanley [sic] y Bringhurst, número 70 de la calle 3a. del Sud, los tres primeros números de un periódico en castellano, que se denominaba *El Habanero*, papel político... (p. 229).

La imprenta donde se publicó *El Habanero* es, por supuesto, la misma en que se publicó *Jicoténcal*, esto es, la de Stavely, como podemos ver en la portada de la revista. Dos de los tres primeros números de *El Habanero* aparecieron en 1824, y el tercero en 1825. El número 4, también en 1825, se publica ya en Nueva York. En la misma imprenta de Stavely y Bringhurst publicó el P. Varela otra obra, la 2a. edición, corregida y aumentada, de sus *Lecciones de filosofía* en tres volúmenes, año de 1824.[69] ¿Por qué publicó Varela sus obras en la imprenta de Stavely? Según parece, este impresor era episcopalista y Varela, como católico, veía con simpatía a los miembros de esa secta religiosa. En sus *Cartas a Elpidio* leemos: "En cuanto a los episcopales o sectarios de la iglesia de Inglaterra, casi son católicos".[70] Existe, además, otra coincidencia que tal vez sea significativa. El P. Varela vivía, en Filadelfia, en el número 224 de la calle Spruce. El Dr. Frederick Huttner, que fue quien registró la novela, como ya hemos visto, en el número 239 de la misma calle. ¿Trabó el P. Varela amistad con este médico y le dejó el manuscrito de la novela? Es esta una pregunta que casi es imposible contestar. Sea como fuere, el caso es que, entre todos los escritores que hemos estudiado, el estilo y la ideología de Varela son los que más se parecen a los del autor de *Jicoténcal*. Comparemos primero los estilos.

En la ortografía existen algunas semejanzas; la palabra **acia** se encuentra escrita sin **h** en la novela. En una interesante reseña que el P. Varela publicó sobre las *Poesías* (Nueva York, 1825) de Heredia, en el periódico *New York American* en 1825,[71] encontramos la palabra **acia** también escrita sin **h**. Pero es en el léxico, sin embargo, donde abundan las semejanzas; como ejemplos hemos seleccionado el uso de las siguientes palabras, y no son las únicas.

Jicoténcal

1. si me apartara un **ápice** (I, 194)
2. en las **aras** del amor (II, 226)
3. Teutila fue…a recibir los **baldones** (II, 11)
4. **cohonestar** su violencia (II, 9)
5. con una **contra-revolución** apagó el primer tumulto (I, 88)
6. el **Cordero** inmaculado (I, 36)
7. por **cúmulo** de males (II, 18)
8. les parece que se va a **desquiciar** el mundo (II, 60)
9. ideas . . .**diametralmente** opuestas (I, 163)
10. **se empeñó** una batalla tan sangrienta…(I, 95)
11. la prostitución y **envilecimiento**
12. lo toman como **garante** de su seguridad (II, 32)
13. derechos **hollados** por un tirano (II, 15)
14. **la imperiosa lei** de la fuerza (I, 85)
15. crímenes **inauditos** (II, 240)
16. vil e **inicuo** (II, 91)
17. providencia **liberticida** (I, 122)

18. La **perfidia** unida a la franqueza! (I, 188)
19. he **proyectado**...(I, 125)
20. los **satélites** que lo rodean (II, 207)
21. un hombre tan virtuoso y tan **sensible** (II, 91)
22. la **tea** de la discordia (II, 36)
23. **encendiendo los odios** (I, 57)
24. la llama del **amor patrio** (I, 168)
25. ideas **ridículas** (I, 27)

Varela[72]

1. ni un **ápice** (H, 161)
2. en **aras** del poder (E, II, 43)
3. y llenan de **baldones** al ilustre patriota (H, 137)
4. **cohonestar** sus desvaríos (E, I, 6)
5. las más enérgicas **contrarrevoluciones** (H, 139)
6. el **Cordero** de Dios (R, 85)
7. un **cúmulo** de pensamientos (M, 242)
8. **Desquiciado** el edificio...(M, II, 90)
9. sentido **diametralmente** contrario (H, 197)
10. el choque de la libertad contra el despotismo va a **empeñarse** de un modo terrible (E, 137)
11. hasta el **envilecimiento** (H, 207)
12. sin salir **garante** de este hecho (E, II, 103)
13. la impiedad...todo lo **holla** (E, I, 89)
14. la **imperiosa ley** de la necesidad (H, 64)
15. portentos **inauditos** (E, II, 87)
16. **inicuas** opresiones (R, 409)
17. crueles **liberticidas** (H, 129)
18. la más negra **perfidia** (H, 3)
19. **proyectáronse** empresas (H, 207)
20. de quien sería un mero **satélite** (E, II, 102)
21. toda alma **sensible** (H, 62)
22. la **tea** fúnebre (R, 98)
23. sólo sirven para **encender más el odio** (H, 31)
24. el fuego del **amor patrio** (H, 85)
25. epítetos **ridículos** (H, 172)

Otras semejanzas en el estilo las hallamos en el uso del artículo con nombres geográficos que por lo general no lo llevan:

una hermosa parte de **la** América (I, 1)
a nadie se oculta todo lo que puede ser **la** América (H, 82)

las largas guerras que **la** España sostuvo (I, 81)
entre tanto, **la** España ocupada por un ejército (H, 56)

Además, el uso del pronombre **la** como dativo femenino:

El buen anciano hizo traición a su patria, creyendo que **la** rendía un
gran servicio (1, 90)
A no ser que usted dé a esta palabra la acepción que **la** dan los
déspotas (H, 117)
Y manda pedir a ésta el permiso de hablar**la** (1, 192)
Lejos de sobrar**la**, fáltanle brazos (H, 180)

Tanto Varela como el autor de *Jicoténcal* usan del término filósofo para referirse a sí mismos; en las siguientes citas hay similitud
también en la exposición de las ideas:

Todas las naciones han tenido épocas de gloria y de envilecimiento:
y algunas veces han pasado de uno a otro de estos extremos con tanta
rapidez, que al volver una página de su historia le parece al lector
que se le habla de otro siglo y de otro pueblo.
El *filósofo* que examina con imparcialidad estos grandes sucesos,
encuentra su causa en el influjo que ejercen sobre los pueblos las virtudes o los vicios (I, 155).

El ojo perspicaz del *filósofo* sabe distinguir, entre el fango y la
basura que ensucian el papel de las historias, algunas chispas de verdad (II, 169)

La historia es sin duda la maestra de la vida, y un depósito inagotable
de objetos dignos de la contemplación de un *filósofo* (M, 78)

En términos generales, podríamos decir que la prosa de la novela
se parece a la de Varela en el estilo discursivo, aforístico, de giro
rápido y conciso. Ambos autores tienen una inalterable noción de lo
justo y, con frecuencia, expresan sus ideas de la misma manera. Mas es
en la ideología, sin embargo, donde encontramos mayor semejanza. En
Jicoténcal no hay ninguna idea—moral, religiosa o filosófica—que no
pudiera ser atribuída al P. Varela. Al mismo tiempo, en las obras del
filósofo cubano no hemos hallado ideas que contradigan las de la novela. Discutiremos las que nos parecen de mayor importancia.

La actitud ante el indígena americano es la misma; para el autor de
Jicoténcal los indígenas "sucumbieron a las artes e intrigas europeas,
que un puñado de ambiciosos supo manejar contra su sencillez y contra
su diferente manera de vivir" (I, 6-7). Teutila, que simboliza la inocencia, es "un alma sencilla, no corrompida por las artes de la civilización"
(I, 46). En el ya mencionado artículo sobre las poesías de Heredia,
Varela nos dice que ese autor "deja correr su fértil imaginación por las
escenas americanas, y ya presente a nuestra vista los interesantes
cuadros que la naturaleza ofrece en el nuevo hemisferio, ya declame
contra los crueles opresores, ya elogie el amable carácter y las virtudes
de sus naturales, su estilo siempre enérgico, fácil y variado".

La novela de Filadelfia es una alabanza a la libertad—simbolizada por los dos Jicoténcal—y a la vez, una acerva censura de los déspotas y los tiranos, simbolizados por Cortés y Moctezuma. El humanismo del autor se manifiesta en este discurso:

> Cuando se encarecen como heróicas y grandes hazañas la devastación de pueblos enteros; la agresión injusta de países pacíficos y remotos; la muerte y la desolación conducidas por un ambicioso, y acompañadas de todos los crímenes y horrores de una soldadesca sin freno; cuando se veneran como hechos de la piedad más cristiana el haber levantado una cruz sobre los escombros de provincias enteras y sobre los cadáveres de millones de hombres: y el haber contenido a algunos naturales, arrastrados o por el miedo, o por la bajeza o por el interés ¡se osa profanar así el nombre augusto de Libertad! (II, 193).

Varela, en su reseña del libro de Heredia, nos dice que este poeta "presenta la amable libertad y el tremendo monstruo de la tiranía con los colores más vivos"; en sus *Cartas a Elpidio* nos habla de los "infieles a la noble causa de la justicia y santa libertad" (I, 54), y allí mismo caracteriza a los déspotas como "infieles a la noble causa de la justicia y santa libertad" (I, 53). El autor de la novela, hablando de los tiranos dice: "¡Sin duda un Ser poderosísimo conserva la especie humana, que la vemos sobrevivir a semejantes monstruos!" (II, 196) De Maxiscatzin, hombre traidor e inmoral, el viejo Jicoténcal dice: "¡Desgraciados de nosotros si un perverso quiere abusar de la credulidad del vulgo inocente!" (I, 69). Varela hablando de los falsos patriotas, observa: "Es desgraciada toda sociedad, grande o pequeña, donde tienen influjo y aprecio hombres inmorales. Muchos aspiran a este título de patriotas entre la gente incauta e ignorante" (H, 6). En la novela se condena a los tiranos y a los déspotas no por ser españoles—dos de ellos, Maxiscatzin y Moctezuma, son indígenas—sino por sus acciones. El mexicano Teutile le dice a Jicoténcal, refiriéndose a Cortés: "Si ese estrangero cuyas prendas me admiran, se hubiera puesto de parte de la justicia y de la equidad; si nos hubiera dado ejemplos de moderación, de sabiduría y de virtud; ¿qué importa de la parte que nos viniera el bien, como los pueblos fueran felices?" (II, 20). Varela, en su ensayo "Amor de los americanos a la independencia" publicado en *El Habanero*, expresa la misma idea: "Por un error funesto o por una malicia execrable suele suponerse que el amor a la independencia en los americanos proviene de su odio a los europeos, y no que este odio se exita por el mismo amor a la independencia y por los esfuerzos que suelen hacer los europeos para que no se consiga. Los americanos tienen por enemigos a los anti independientes, sean de la parte del mundo que fueren, y aprecian a todos los que propenden a su libertad aunque fuesen hijos del mismo Hernán Cortés...Porque el odio no es a las personas sino a la causa que sostienen" (H. 8I)

En las ideas filosóficas y religiosas del autor de *Jicoténcal* es aparente la influencia del racionalismo de la Ilustración francesa. De las supersticiones, el viejo Jicoténcal dice: "Un milagro es una cosa imposible, y el creerlo ofende la sabiduría y el poder de ese mismo Dios que tú, Fr. Bartolomé de Olmedo llamas infinitamente sabio y poderoso. Todo lo que nuestra inteligencia alcanza a conocer en este mundo, está ordenado por leyes inmutables, y con una relación tan íntima que cualquiera de éstas que se infrinjan, faltaría enteramente el orden de las cosas" (II, 53). El P. Varela sostenía ideas semejantes: en su *Miscelánea* leemos: "Un plan sistemático es un plan absurdo. La naturaleza no conoce estas normas. Inventar un sistema y buscarle pruebas, es un delirio; observar efectos y deducir causas, ésta es una ciencia" (p. 173). A la vez, nos habla de la "imperiosa voz de la naturaleza" (H, 86), de la "imperiosa ley de la necesidad" (H, 64), de la "imperiosa voz de la razón (H, 62) y, hablando de las supersticiones: "A sangre fría sacrifica este monstruo innumerables víctimas para honrar a Dios, cuya clemencia en nada se demuestra tanto como en no arrojar rayos que destruyan a estos crueles profanadores de su santo nombre" (E, II, 90).[73]

De la justicia, base de la moral, leemos en *Jicoténcal*, "La justicia es la única regla que debe rejir todos los intereses de todas las causas; y sin ella no hay ni política ni gobierno, sino despotismo, desorden y tiranía" (I, 2II). Según Varela, "la justicia nos prescribe dar a cada uno lo que le corresponde, y es la virtud que sostiene la sociedad" (R, 68). Y también: "El deber, pues, del verdadero sacerdote, del verdadero ministro del Dios justo, es exaltar, defender, sostener la justicia...y trabajar en retirar al hombre del yugo arbitrario del hombre para ponerlo bajo la protección de la justicia y de la fe divina" (R, 215).

Encontramos también en la novela, además de las semejanzas en el estilo y la ideología, un trozo que tal vez revele un episodio acontecido al P. Varela en Filadelfia. Cuando los primeros números de *El Habanero* llegaron a Cuba, su lectura causó tanto disgusto en los círculos del gobierno que enviaron a un asesino pagado expresamente para matar al P. Varela. Tal vez a ello se deba que no se haya quedado el filósofo cubano en esa ciudad, sino que pasó a Nueva York. En el suplemento al número 3 de *El Habanero* (1825) el P. Varela dice: "Acabo de recibir noticia de que en consecuencia de los efectos producidos por el segundo número, se ha hecho suscripción para pagar asesinos que ya han encontrado y que deben venir de la isla de Cuba a este país sin otro objeto que este asesinato...¡Miserables! ¿Creéis destruir la verdad asesinando al que la dice?" (H, 152). El libro VI, o sea el último, de la novela abre de esta manera: "Cuando el poder arbitrario llega a asesinar a un hombre virtuoso, cubriendo este horrible atentado con una farsa judicial, tan ridícula como insultante; y cuando el despotismo descarga así su mano de hierro a presencia de un pueblo que no le ahoga o despedaza en la justa indignación que debe escitar tan bárbara tiranía; ese pueblo sufre justamente sus cadenas; y aun éstas son poco para lo que merece su cobarde y vil paciencia" (II, I67). Nos falta, por fin examinar algunas observaciones que el profesor Anderson Imbert hizo con referencia al autor. En la nota 5 de su artículo, ya citado, nos dice: "Valdría la pena que se investigara a fondo este pequeño misterio del autor anónimo de *Jicoténcal*. Mis intentos, emprendidos en Filadelfia y en México, no dieron resultado. Me inclino a sospechar que fue español: uno de tantos indicios estilísticos es que habla de 'nuestros antepasados' al referirse a los españoles y ¿con perspectiva europea? califica a México de 'país remoto'". Tratándose del P. Varela, en caso de que tengamos razón y él sea el autor de la novela, no nos parece extraño que llame a los conquistadores "nuestros antepasados". Hay que tener presente que en 1826 Cuba pertenecía a España y que los cubanos eran ciudadanos españoles. La misma cita podría ser utilizada para afirmar que el autor es mexicano ya que se podría decir que los conquistadores son los antepasados de los mexicanos. En cuanto a la referencia que se hace de México como "país remoto", el profesor Anderson Imbert no menciona la página donde se encuentra. Tal vez se trate de esta frase, la única que hemos encontrado en la novela: "Cuando se encarecen como heróicas y grandes hazañas la devastación de pueblos enteros; la agresión injusta de países pacíficos y remotos..." (II, I93). Aquí, el autor está pensando acerca de la conquista de México por España; y se podría agregar, la conquista del Perú también. España, en verdad, conquistó pueblos remotos. El autor, es evidente, no piensa en México como país remoto para él, sino para el gobierno que lo conquistó.

Podría objetarse que las semejanzas ideológicas entre el autor de la novela y el P. Varela que hemos anotado podrían existir también entre la novela y las obras de otro autor, ya que dichas ideas eran comunes entre los pensadores liberales de la época; más es también verdad que existían diferencias radicales, sobre todo cuando se trataba de las relaciones entre España y la América Española. Lo que podemos decir es que, de todos los escritores que hemos examinado, las ideas de Varela son las que van más de acuerdo con las de la novela. Las mismas observaciones podrían hacerse en cuanto al estilo.

Una objeción más. Podría decirse que no se conocen obras de ficción del P. Varela. Esto es verdad. Sin embargo, en la obra de Rexach leemos: "Y también distraía sus ocios con el arte. Alguna vez parece haber escrito una pequeña obra teatral" (p. 68). Y si escribió una obra teatral, ¿por qué no una novela? Que no la haya publicado bajo su nombre es fácil de comprender, ya que el P. Varela era por aquellos años el maestro de las juventudes hispanoamericanas, además de ser padre de la Iglesia. Sus discípulos—Saco, Luz y Caballero, Heredia, Delmonte, Miralla—no se lo hubieran perdonado.

En su vida Varela procuró siempre adherirse a propuestas sobre la Isla de Cuba pensando en sus compatriotas, inclusive en aquellos hacendados adinerados, aun cuando el mismo Varela vivió en la penuria y sólo con la ayuda del Obispo Espada pudo incorporarse al sacerdocio y a la docencia que le sirvió para su sustento personal. Al contrario de Arango y Parreño en cuyas propuestas siempre se podía encontrar el egoísmo personal, Varela siguió tanto su conciencia como un sentido práctico y pragmático de encontrar soluciones que tuvieran sentido para todos. Por ello encontramos proyectos de autonomía y no de independencia, de reconocer la de los otros pueblos de América, la de liberar a los negros esclavos, pero resarciendo a sus propietarios, proyectos de reforma del clero, proyectos de reforma de la enseñanza, en fin, proyectos útiles y llenos de sentido común. Empero, después de su razonable actuación en las Cortes españoles y su confrontación con la idiosincracia fernandina de mandar ciegamente, a la cual se sumaban demasiados de sus colegas peninsulares en las Cortes, Varela salió para los EE. UU. con una honda convicción de que sólo la independencia de Cuba era posible para la prosperidad material y espiritual del pueblo cubano. A sus discípulos les castigaba con el llamado a la lucha, y ellos lo visitaban en Filadelfia, en Nueva York y aun en San Agustín, momentos antes de su muerte, con proyectos de autonomía, de anexión a los Estados Unidos.

Su identificación con su personaje Jicoténcal, el histórico Xicoténcatl, el Mozo, es indiscutible, ya que éste nunca cejó en su clamor por que Tlaxcala se enfrentara a Cortés. Maxiscatzin es su Arango y Parreño, el traidor a la independencia de su patria. Cortés es su Fernando VII, cruel, astuto y engañoso. Tlaxcala es Cuba, Fray Bartlomé, la Iglesia católica. Quizá de ahí su deseo de esconder su nombre. Los parlamentos sobre la Iglesia que coloca en boca de los indígenas revelan una dicotomía en su pensamiento que raya en lo peligroso, aunque Varela siempre mantuvo su fe. Diego de Ordaz es su Alcalá Galiano, y Teutila su gran amor patrio a la libertad. Esta breve lectura alegórica no pretende servir de profunda interpretación de la obra, sino únicamente de señalar los paralelos entre los sentimientos implícitos en ella con los de la biografía interior vareliana que tan bien ha visto Hernández Travieso. Sirva esta lectura, entonces, de una circunstancia más para establecer el nombre de Félix Varela al frente de esta obra.

Por las razones arriba expuestas, atribuímos el nombre del P. Félix Varela como el autor de *Jicoténcal*.

Ubicación de la novela en la historia literaria

Como decíamos anteriormente la novela *Jicoténcal* es la primer novela histórica en Hispanoamérica y posiblemente en lengua castellana. Esta última posibilidad, conviene recordarlo, considerada dentro de los lineamientos arriba expuestos. De cualquier modo, el tema es uno que atrae, ya que si bien a Varela le atrajo el paralelo con la situación que él vivía intensamente, es decir, el drama de la Isla de Cuba, a otros le ha interesado el trágico encuentro de dos sistemas culturales. Es curioso que en nuestra época un escritor de la calidad de Tzvetan Todorov, el crítico ruso-francés, cuyo estudio *La Conquête de l'Amérique* (Paris: Editions de Seuil, 1982) tanto se preocupe del Otro y de acusar a los españoles de sólo ver el Yo, de como sujetos concebir a los indígenas solamente como objetos, no repara ni una vez en Xicoténcatl, uno de los poquísimos líderes que vieron el peligro de la presencia europea en su tierra. El inglés Hugh Thomas en su *Conquest: Montezuma, Cortés, and the Fall of Old Mexico* (New York: Simon & Schuster, 1993) sólo se ocupa de Xicoténcatl como un actor más en el encuentro que tanto él como Todorov ven exclusivamente como un enfrentamiento entre Cortés y Moctezuma. Son los hispanoamericanos los que se han ocupado de inscribir la importancia de Xicoténcatl como un profeta que sintió en su carne la crueldad europea. Y entre ellos, en la provincia hispana de los Estados Unidos debemos sumar a Félix Varela.

Empero, es *Jicoténcal*, indiscutiblemente, la primer novela indigenista, adelantándosele al mexicano José María Lafragua con su *Netzula* del año 1832, al peruano Manuel Ascencio Segura con su *Gonzalo Pizarro* de 1839, a la cubana Gertrudis Gómez de Avellaneda cuyo *Guatemozín, último emperador de México* data de 1846. Se adelanta también a las narraciones primerizas en México sobre el tema como lo fueron *La calle de don Juan Manuel* de José Justo Gómez de la Cortina (1835), *El Inquisidor de México* (1837) de José Joaquín Pesado, *La hija del oidor* (1837) de Ignacio Rodríguez Galván y la *Historia de Welina* (1862) del Presbítero Crescencio Carrillo y Ancona que llegó a ser Obispo del Yucatán.[74]

Quizá tenga mayor importancia para nosotros el que la novela ocupe uno de los primeros lugares en la novelística hispana de los Estados Unidos. Es este campo el que nos preocupa por su calidad de continente sin descubrir y sin clasificar. En su estudio de la novela romántica, Suárez Murias no sabe donde colocarla y en el capítulo dedicado a México (creemos que por su asunto ya que la autora no comenta para nada el tema de la autoridad de la obra anónima) inserta una nota donde, después de enumerar las novelas históricas mexicanas dice los siguiente: "Pudiera encabezar este grupo inicial *Jicoténcal*, obra en dos tomos, escrita en español, publicada en Filadelfia, 1826, de autor desconocido".[75] En ese espacio entre dos mundos, el de los EE. UU. en el cual se ignora la producción literaria de los hispanos, y el de la América hispana que sólo ve a los escritores en el Norte y nunca como del Norte, cabe lo que hasta muy recientemente ha sido el saco roto de las letras hispánicas: la literatura hispana de los EE. UU. Más allá de la clasificación de la novela *Jicoténcal* como obra de un cubano, y por ende, perteneciente al cuerpo literario cubano,[76] o como de un español de la Isla de Cuba, todo lo cual queda concedido, es una obra de un autor que vivió y publicó una gran parte de su obra en los Estados Unidos. El reclamo de esta obra para la literatura hispana de los Estados Unidos, por lo tanto, no es exclusiva de otras posibles clasificaciones. Conviene decir, empero, que esta edición surge de esa preocupación y obedece a esa definición: *Jicoténcal* es una de las primeras novelas de las letras hispanas de los Estados Unidos.

Criterios de esta edición

Esta edición de *Jicoténcal* es una edición documental de la obra hecha en el idioma original de publicación. Al código se le han hecho las siguientes modificaciones que conviene notar. En primer lugar se ha modernizado la acentuación de las palabras. Así mismo se han corregido las erratas evidentes que no pueden equivocarse con características de ortografía ya que aparecen correctamente en otras partes del texto.

No se han modernizado los nombres toponímicos propios de México ya que esta grafía demuestra que el autor no es mexicano. Por ello el lector tendrá que tener en cuenta de que mantenemos la ortografía del autor, a saber:

Varela	Grafía Contemporánea
Motezuma	Moctezuma
Jacacingo	Xacacingo
Zocothlán	Zocotlan

Tlascala	Tlaxcala
Jicoténcal	Xicoténcatl
Tezcuco	Texcoco
Quetlabaca	Cuitlahuac
Vera Cruz	Veracruz
Tezmeluca	Texmeluca
Popocatepec	Popocatepetl
Magiscatzin	Maxiscatzin

Las notas que documentan la procedencia de los pasajes de los cuales se vale Varela (de Antonio de Solís y de Bartolomé de las Casas), vienen marcados en la primera edición de Filadelfia por el propio autor. Nosotros nos hemos limitado a señalarlos en esta edición tal cual él lo hizo en 1826. Esta es la tercera edición de la obra. La primera de 1826 ya descrita anteriormente, la segunda también señalada en nota anterior de Aguilar junto con "otras" novelas del México colonial, de acuerdo con su compilador. (Hay una edición realizada en La Habana por los años setenta que se limita a reproducir el texto de la obra sin aparato crítico ni criterios de atribución, y que no hemos podido consultar.) Esta ha sufrido la mínima interferencia de los editores que se complacen en presentarla a una juventud que la desconoce y a aquellos eruditos interesados en la obra por sus propias razones.

Notas

[1]José Ignacio Rodríguez, *Vida del Presbítero Don Félix Varela* (Nueva York, 1878). Este libro se reeditó en 1944 en La Habana.

[2]J. B. Díaz de Gamarra y Dávalos, *Elementos de filosofía moderna*, ed. Bernavé Navarro (México, 1963), II, 3.

[3]*México; apuntamientos de cultura patria* (México, 1943), pág. 4s.

[4]Esta carta se publicó por vez primera por José Manuel Mestre en su monografía *De la filosofía en La Habana* (La Habana, 1862). Este ensayo y carta se pueden encontrar en José Manuel Mestre *Obras*, introducción de Lolo de la Torriente (La Habana, 1963), págs. 177-260; cita en la pág. 240. La carta también puede encontrarse en Rodríguez, *Vida*, págs. 337-46.

[5]Ver Mestre, *Obras*, págs. 181-83. También Antonio Hernández Travieso, *Varela y la reforma filosófica en Cuba* (La Habana, 1942), págs. 36-38. Las notas de Caballero sobre la filosofía ecléctica no se han publicado.

[6]Rodríguez, *Vida*, pág. 341; sobre O'Gaván ver Hernández Travieso, *Varela y la reforma filosófica*, págs. 42-46.

[7]Rodríguez, *Vida*, pág. 18.

[8]*Ibid.*

[9]El primer tomo de esta obra, *Lógica*, lo tradujo Antonio Regalado González y se publicó en edición bilingüe: *Instituciones de filosofía ecléctica* (La Habana, 1952).

[10]La quinta edición de las *Lecciones de filosofía*, en dos tomos, lo editó la Editorial de la Universidad de La Habana en 1961. Una nueva edición de la *Miscelánea filosófica* con un prólogo de Medardo Vitier había visto la luz en la misma editorial en 1944.

[11]*Miscelánea filosófica*, págs. 55-56.

[12]*Ibid.*, pág. 46.

[13]Ver el "Prólogo" de Roberto Agramonte a la edición de 1940 de las *Lecciones de filosofía*. También ver el de Vitier a la *Miscelánea filosófica*.

[14]Este libro ha sido publicado por la Editorial de la Universidad de La Habana en 1944 con un prólogo de Rafael García Bárcena.

[15]"Memoria que demuestra la necesidad de extinguir la esclavitud de los negros en la Isla de Cuba, atendiendo a los intereses de sus propietarios", Félix Varela y Morales, *Ideario cubano* (La Habana, 1953), págs. 53-61.

[16]*El Habanero, papel político, científico y literario*. Estudio preliminar por Enrique Gay Calbó y Emilio Roig de Leuchsenring (La Habana, 1945), "Prólogo", pág. xxi. Para el texto completo ver *Ideario cubano*, págs. 73-77.

[17]Este documento lo publicó por primera vez José María Chacón y Calvo en el *Homenaje a Varona* (La Habana, 1935), y reproducido por García Bárcena en las *Observaciones*. También se encuentra en el *Ideario cubano*, págs. 65-69.

[18]Véase a Vicente Llorens Castillo, *Liberales y románticos, una emigración española en Inglaterra (1823-1834)* (México, 1954), págs. 248-51. Ernest E. Moore, "José María Heredia in the United States and Mexico", *Modern Language Notes* LXV (1950): 41-46. Luis Leal, "*Jicoténcal*, primera novela histórica en castellano", *Revista Iberoamericana* XXV (1960): 9-31.

[19]Ver Hernández Travieso, *Varela y la reforma*, pág. 122.

[20]Varela reprodujo esta real orden con sus comentarios en *El Habanero* I (1825): 6. En la edición del 1945 págs. 203-06.

[21]En el original, *Jicotencal*, sin acento, no porque se pronunciara como voz aguda sino debido al sistema de acentuación característico de la época.

[22]Es posible que exista una primera edición de *Ramiro, Conde Lucena* de Rafael de Húmara en Madrid: D.M. de Burgos, 1823 en dos tomos registrada por Reginald F. Brown en *La novela española: 1700-1850* Nueva York, 1953. Brown la da por existente debido a catálogos bibliográficos, pero concede que no se conoce ejemplar. Más tarde, después de la proclamación de que *Jicoténcal* era la primera novela histórica en castellano (*vid. infra* n.2), Vicente Lloréns Castillo ("Sobre una novela histórica: *Ramiro, Conde de Lucena*. 1823" *RHM* XXXI (1965): 286-293.) reclama haber visto un ejemplar de esta primera edición (no la que se conoce de París de 1828, que maneja todo el mundo) en la biblioteca particular de un amigo, el crítico musical D. Eduardo Ranch que residía en Villavieja de Nules, Castellón de la Plana. Lloréns ha sido un historiador de la literatura espléndido y un crítico ímprobe, aunque debe reconocerse que tiene tendencia a ser algo hispanófilo. Empero, su reclamación debe tenerse en cuenta, aun cuando no se haya hecho siquiera una

reproducción fotográfica de la portada interior de la primera edición, lo cual hubiera dado mayor información a los historiadores de la literatura con una tecnología asequible en el primer tercio de la década de los sesenta. Por consiguiente, y a pesar de estos lamentos, más que reparos, debe dársele primacía en España a la novela de Húmara. Por lo contrario, existiría la circunstancia algo anómala de que la primera novela histórica fuera escrita por un cubano y publicada en Filadelfia en 1826 con asunto mexicano y dibujando al español, Hernán Cortés, con toda su crueldad, y que la segunda fuera publicada en Londres en 1828 y escrita por Telésforo de Trueba y Cossío (*Gómez Arias or the Moors of the Alpujarras*), junto con la tercera del mismo autor (*The Castilian or the Black Prince in Spain*) del año siguiente 1829 ¡en inglés! Afortunadamente, se ha evitado esta doble pesadilla con el descubrimiento en manos particulares de la edición de 1823 de *Ramiro, Conde de Lucena*.

[23]Ver Luis Leal, "*Jicoténcal*, primera novela histórica en castellano", *RI* XXV, 49 (1960): 9-31. Antonio Castro Leal, en su compendio en dos tomos intitulado *La novela del México colonial* (México: Aguilar, 1964, 1977) se vale del estudio de Luis Leal, pero al no convenirle sus conclusiones, lo excluye de la "Bibliografía General" que aparece al final de su estudio introductorio. Para Castro Leal el autor anónimo es mexicano porque no hay quien haya demostrado lo contrario. Incluye como mexicana a la novela en su compendio por el asunto y por el presunto autor mexicano. Esto, aunque corrige el texto borrando toda evidencia de que el autor obviamente no era mexicano (equivocaciones de toponimia, geografía, costumbres, etc,), poniendo el título como *Xicotencatl*. También la clasifica de colonial por el asunto aun cuando éste sea de la conquista y no de la colonia y cuya fecha de publicación es posterior a la independencia de México de España.

[24]Sobre la novela histórica en España ver Guillermo Zellers, *La novela histórica en España. 1828-1850*, (Nueva York. 1918).

[25]Bachiller y Morales hizo el siguiente comentario sobre este opúsculo: "Severísimo escrito contra Iturbide que termina con un poema de Heredia, que no lo firma". También nos dice que "aunque parece impreso en Filadelfia lo fue en La Habana". (Joseph Sabin, *Biblioteca Americana*, Nueva York, 1868-1936, vol. II, 1869. pág. 299, No. 6456).

[26]*Desilver's Philadelphia Directory and Strangers Guide, 1835 and 1836* (Philadelphia, 1835).

[27]Hay quien se lo adjudique. Ver. G. A. Gómez, *Xicotencal Axayacatzin* (Bosquejo biográfico de un gran patriota), (México. D.F., 1945), "Bibliografía".

[28]Ver *A. M'Elroy's Philadelphia Directory for the Year 1837*.

[29]*Desilver's Directory*, 1836.

[30]Ver Francisco Pimentel. "Novelistas y oradores mexicanos". *Obras completas*, (México. 1904), V, 296.

[31]Vol. I, No. 5, feb. 1827 págs. 336-46. Ejemplar en la biblioteca de Emory University.

[32]Ver "La biblioteca de José Ma. Heredia". *Romance*. México. I., mayo 1 de 1940, n. 22. El manuscrito del "Catálogo de los libros de Heredia" se conserva en la Biblioteca Nacional de Cuba. Ver José Antonio Fernández de Cas-

tro. "Larra y algunos románticos de América', *Revista de la Biblioteta Nacional*, La Habana. I, No. 3. mayo, 1950, p. 189.

³³Ignacio Torres Arroyo, *Teutila: tragedia en cinco actos*. (Puebla: Oficina del C. Pedro de la Rosa, 1878), 83 pp. Dedicada al Ciudadano General de División Vicente Guerrero. (Ejemplar en el British Museum, No. 11726. c). En el *Catalogue de la riche bibliotheque de José María Andrade*. (Leipsig-París, 1869), aparece un ejemplar de esta obra bajo el nombre de Arroyo. J. T. (núm. 3855). Allí también se registra un ejemplar de nuestro *Jicotencal* (num. 3974).

³⁴José María Moreno Buenvecino. *Xicohtencatl: tragedia en cinco actos*. (Puebla: Imp. del Patriota, 1828), 56 pp. (Ejemplar en la Biblioteca Nacional de México).

³⁵José María Mangino, *Xicotencatl: comedia heróica en cuatro actos, compuesta y ordenada con un coro de música*. (Puebla: Pedro de la Rosa, 1829), 90 pp. (Ejemplares en la Universidad de Yale y en la Biblioteca Pública de Nueva York).

³⁶Ver Daniel Wogan. "The Indian in Mexican Dramatic Poetry (1823-1918)", *Bulletin of Hispanic Studies*, XXVII (1950): 164; tambien D. W. McPheeters, "Xicoténcatl, símbolo republicano y romántico", *Nueva Revista de Filología Hispánica*, X (1956): 408-09.

³⁷Para un estudio de estas obras véase el trabajo de McPheeters.

³⁸A pesar de ello, hay quien lo considere personaje histórico. Ver, G. A. Gómez, *op. cit.*, pp. 21, 24, 28, 31, 32, 45, 47, etc.

³⁹John Lloyd Read, *The Mexican Historical Novel (1826-1910)*, (Nueva York, Instituto de las Españas, 1939).

⁴⁰Véase la reseña del libro de Read por Henríquez Ureña en la *Revista de Filología Hispánica*, [Buenos Aires] IV (1942): 188-89; también Ralph Warner, *Historia de la novela mexicana en el siglo XIX*, (México, 1953), pág. 10; José Rojas Garcidueñas. "*Jicotencal*, una novela histórica hispanoamericana precedente al romanticismo español", *Anales del Inst. de Inv. Estéticas*. [México], XXIV (1956): 53-76.

⁴¹Pedro Henríquez Ureña, *Las corrientes literarias en la América Hispánica*. 2a ed., México, 1954. pág. 128; también la pág. 243 n24, (1a. ed. en inglés, 1945).

⁴²Citado por McPheeters, pág. 408.

⁴³La palabra icpatlis en náhuatl; significa asentadero.

⁴⁴En nota a la *Historia* de Sahagún, ed. de Bustamante, (México, 1830), vol. III, pág. 248.

⁴⁵Enrique Anderson Imbert. "Notas sobre la novela histórica en el siglo XIX", *La novela hispanoamericana*. ed. a cargo de Arturo Torres Ríoseco; (Albuquerque, N. M., 1957), págs. 5-6. (Memoria del V. Congreso del Inst. Intern. de Lit. Iberoamericana).

⁴⁶Enrique Anderson Imbert, *Historia de la literatura hispanoamericana*, (México, 2 ed., 1957), pág. 132.

⁴⁷Vicente Lloréns Castillo. *Liberales y románticos, una emigración española en Inglaterra (1823-1834)*, (México, 1954), pág. 212, n50. Sobre *El Aguinaldo* ver McPheeters, *op.cit.*, pág. 406, n14.

[48]*Ibid.* pág. 49. Véanse también las págs. 261-63, en las cuales se discuten las rencillas entre los españoles emigrados y los hispanoamericanos; en la pág. 263 leemos: "Pero lo ocurrido vuelve a poner de manifiesto la inestable y ambigua relación existente entre los liberales y los americanos. La independencia era muy reciente y la hostilidad mutua no había desaparecido. Algunos, como hemos visto, intentaron la reconciliación. Pero no faltaban entre los emigrados en Londres quienes seguían calificando de insurgentes a los americanos; mientras no pocos de éstos persistían en su hostilidad a todo español".

[49]Ver Ernest E. Moore. "José María de Heredia in the United States and Mexico", *Modern Language Notes*, LXV (1950): 41-46: Ernest R. Moore, "José María Heredia in New York, 1824-1825", *Symposium*, V (1951): 256-91.

[50]Ver Francisco Calcagno, *Diccionario biográfico cubano*, (Nueva York, 1878), pág. 385.

[51]Ver José A. Fernández de Castro, *Escritos de Domingo del Monte*, 2 tomos, (La Habana, 1929).

[52]Estos libros vienen anunciados en la última página del T. II de *Jicoténcal*. La novela *El Vicario de Wakefield* del Dr. Goldsmith aparece en la lista de libros que pertenecieron a Heredia.

[53]Obra anunciada, como las anteriores, en la novela de Filadelfia.

[54]Ver I. Centro M., *La novela hispano-americana*, (Santiago de Chile, 1934), págs. 9-10.

[55]Ver Juan José Arrom. *Estudios de literatura hispanoamericana*. (La Habana, 1950), págs. 93-70; también la *Antología del Centenario*. (México, 1910), II, 1009.

[56]Ver Alonso E. Páez. *Recordando a Heredia*, (La Habana, 1939), pág. 55.

[57]Carta reproducida por García Garófalo Mesa, *Vida de José María Heredia en México*, (México, 1945), pág. 247.

[58]J. M. Chacón y Calvo (ed.) *Revisiones literarias*, (La Habana, 1947), pág. 125. (Reseña de Heredia publicada primero en su *Miscelánea*).

[59]Ver Anderson Imbert, "Notas...pág. 4. La opinión que Heredia tenía de Scott puede verse en su "Ensayo sobre la novela" en *Revisiones literarias*, citada, págs. 243-46.

[60]México, 1833, 2 vols. (Ejemplar en la Biblioteca del Estado, Guadalajara. Jal.).

[61]Ambas obras existen en la biblioteca del Congreso, Washington, D C.

[62]Hay ejemplares de estas obras en la Biblioteca del Congreso, Washington. D C.

[63]Ver J. M. Miquel i Verges, "Aspectos inéditos de la vida de fray Servando en Filadelfia". *Cuadernos Americanos*. Año V, vol. xxx, núm. 6. nov.-dic., 1946, págs. 187-205.

[64]Ver *El empréstito de México a Colombia*, Introd. y Notas de Joaquín Ramírez Cabañas, Archivo histórico diplomático mexicano, No. 33, (México, 1930), págs. 40 y 237.

[65]Véase la "Introducción" a su *Colección de papeles científicos, históricos, políticos y de otros ramos sobre la Isla de Cuba*, (París, 1858); I, también las págs. 282 y 316.

[66]Ver Calcagno, p. 109. Su biógrafo Federico Córdova (*Gaspar Betan-court Cisneros, El Lugareño*, La Habana 1938) duda que haya colaborado en el *Mensajero* (*vide* p. 88). *El Lugareño* residió en los Estados Unidos de 1822 a 1834; sin embargo, antes de 1826 no había publicado nada: es escritor de for-mación tardía y dudamos que sea el autor de *Jicoténcal*: su estilo no es el del autor de la novela.

[67]Véanse además de su *Colección de papeles...*(buena obra para estudiar su estilo ya que allí se recogen obras de varias épocas), su *Historia de la esclavi-tud le la raza africana...* (La Habana, 1883) [nueva ed. con prólogo de Fernando Ortiz, (La Habana, 1938), 4 tomos]; también ver *José Antonio Saco, documen-tos para su vida*, anotados por Domingo Figarola-Caneda, (La Habana, 1921).

[68]*Vida del Presbítero don Félix Varela*, (Nueva York, 1878).

[69]Ejemplar en la Biblioteca del Congreso, Washington, D. C. Heredia publicó en México, en *El Iris*, II (1826): 28, un anuncio literario sobre esta 2a. ed. (Ver *Revisiones literarias*, pág. 118).

[70]Félix Varela y Morales. *Cartas a Elpidio*, 2 tomos, (La Habana, 1944), II, 112.

[71] Vol. VI. Núm. 1657, viernes 6 de agosto de 1825, p.2, col. 1, 2. Repro-ducida en Moore, "José María Heredia en Nueva York", págs. 288-91.

[72]Al citar a Varela hemos usado las siguientes siglas: H=*El Habanero*, La Habana, 1945: E=*Cartas a Elpidio*, ed. citada: M=*Miscelánea filosófica*, La Habana, 1945; R=Rodríguez, *Vida del Presbítero don Félix Varela*, ed. citada.

[73]Sobre las ideas filosóficas de Varela véanse los libros *Varela y la reforma filosófica en Cuba* (La Habana 1942) de A. Hernández Travieso, así como su espléndida biografía intelectual *El Padre Varela. Biografía del for-jador de la conciencia cubana*, Biblioteca de Historia, Filosofía y Sociología, No. 28 (La Habana: Ed. Jesús Montero, 1949), 464 págs. 2da ed. (Miami: E. Universal, 1984); y *El pensamiento de Félix Varela y la formación de la con-ciencia cubana* (La Habana 1950) de Rosario Rexach. Esta última autora, escribiendo paralelamente a Hernández Travieso, considera a Varela como escritor de transición ya que, aunque acepta la filosofía de los empiristas ingle-ses y los ideólogos franceses, no abandona el dogma de la iglesia católica. Esta es precisamente la actitud del autor de *Jicoténcal*.

[74]Ver Marguerite C. Suárez Murias, *La novela romántica en His-panoamérica* (Nueva York: Hispanic Institute in the United States, 1963), y Concha Meléndez, *La novela indianista en Hispanoamérica* (Madrid: Her-nando, 1934).

[75]*Ibid.*, pág. 191, n21.

[76]En su estudio de la Condesa de Merlín, Marguerite C. Suárez-Murias ("Curiosidades literarias: la primera novela cubana" en *Ensayos de literatura hispana*, Washington, UP of America, 1982; págs. 69–70) marca la obra de Mercedes Santa Cruz intitulada *Historia de Sor Inés* y publicada en París en 1832 como la primera novela cubana. Creemos que debido a la identificación del autor de *Jicoténcal* como un cubano desterrado, debemos reclamar para él y para su obra, publicada en 1826, ese puesto en las letras cubanas.

Bibliografía selecta

Son varios los ensayos bibliográficos sobre la obra de Varela. El más completo e informativo es, sin duda, el de Manuel Fernández Santalices, *Bibliografía del P. Félix Varela*, Miami: Saeta Ed., 1991. A él remitimos a los interesados en una relación de sus sermones, su correspondencia y el cuerpo de estudios, comentarios y reseñas sobre la obra vareliana. Por supuesto, todo lo relacionado con *Jicoténcal* ha estado fuera de la bibliografía sobre Varela, pese a la propuesta de autoridad hecha por Luis Leal de 1960 en *Revista Iberoamericana*. Queda todavía muchísimo por recoger de la obra de Varela, sobre todo en colecciones de manuscritos y papeles. Aquí sigue una lista en orden cronológico de sus obras más conocidas ya sean escritas, editadas o traducidas y una breve selección de los estudios sobre su obra.

Obras de Varela

Varela, Félix. *Propositiones variae ad Tironum exercitationum*. La Habana: 1812. Reproducido en el tomo I de *Institutiones Philosophiae...*

_____. *Institutiones Philosophiae ecclecticae ad usum studiosae juventutis*. Tomos I y II. [En latín] La Habana: Antonio Gil Editor, 1812. *Instituciones de filosofía ecléctica para el uso de la juventud*. Tomos III y IV. [En castellano] La Habana: Imprenta de D. José Esteban Boloña, 1813, 1814. Tomo I, *Lógica*, ed. bil. y trad. castellana por Antonio Regalado. Biblioteca de Autores Cubanos, No. 19; 2da ed. La Habana: Editorial de la Universidad de La Habana, 1952.

_____. *Elenco. Filosofía*. [en latín] La Habana: Imprenta de Antonio Gil, 1812.

_____. *Elenco. Filosofía*. La Habana: Imprenta de Esteban Boloña, 1813.

_____. *Elenco. Filosofía* [en castellano] La Habana: Imprenta de José Esteban Boloña, 1814.

_____. *Elenco. Doctrinas físicas: cuatro exámenes*. La Habana: Imprenta del Comercio, [1814?].

_____. *Elenco. Lógica, metafísica y moral: cuatro exámenes*. La Habana: Oficina de "La Cena", 1816; 2da ed. 1860 en A. Bachiller. *Apuntes para la historia de las letras y de la instrucción pública en la Isla de Cuba*. II, La Habana: 1860-61, págs. 157-76.

_____. "Apuntes filosóficos sobre la dirección del espíritu humano". *Memorias de la Real Sociedad Económica de La Habana* 21 (1818), 281-294; 2da ed. La Habana: Imprenta de Pedro Nolasco Palmer, 1818; 3ra ed. La Habana: Imprenta de Pedro Nolasco Palmer, 1822; 4ta ed. La Habana: Imprenta Fraternal, 1824; 5ta ed. Santiago de Cuba: s.e., 1835. [Incluído en *Miscelánea Filosófica* ed. de 1827.]

_____. *Lecciones de Filosofía*. 4 Tomos. La Habana: Imprenta de Palmer, 1818-19. 2da ed. 3 Tomos. Filadelfia: Ed. Stavely y Bringhurst, 1824; 3ra ed. 3 Tomos. Nueva York: 1828; 4ta ed. Nueva York: Ed. G.F. Bunce, 1832; 5ta. ed. 3 Tomos. Nueva York: Imprenta de Don Juan de la Granja,

1841; 6ta. ed. La Habana: Imprenta "La Verónica", 1960: 7ma ed. 3
Tomos. Biblioteca de Autores Cubanos, Nums. 24, 25 y 26. La Habana:
Editorial de la Universidad de La Habana, 1961-62.

_____. *Miscelánea filosófica.* La Habana: Imprenta de Palmer, 1819; 2da ed.
Madrid: Imprenta que fue de Fuentenebro, 1821; 3ra ed. Nueva York:
Edit. Enrique Newton, 1827: 4ta ed. Biblioteca de Autores Cubanos, N. 3.
La Habana: Editorial de la Universidad de La Habana, 1944.

_____. *Lección preliminar...al empezar el estudio de la Filosofía.* La Habana:
Imprenta de Pedro Nolasco Palmer, 1818.

_____. "Breve exposición del estado de los estudios de La Habana presentada
a la Dirección General de este ramo por D. Félix Varela, Diputado por
dicha provincia, con el objeto de facilitar el establecimiento de la Universidad de 2a y 3a. enseñanza mandada a fundar por decreto de 29 de julio
de 1821. (Madrid, 14 de Mayo de 1822)". Francisco González del Valle.
"Varela y la reforma de la enseñanza universitaria en Cuba", *Revista
Bimestre Cubana* XLIX, 1 (1942): 199-202.

_____. "Discurso de ingreso en la Real Sociedad Patriótica de La Habana
sobre 'Influencia de la ideologia en la marcha de la sociedad, y medios de
rectificar este ramo'". *Memorias de la Sociedad Económica* 7 (1817); 2da
ed. en *Revista de La Habana*, 1 de diciembre, 1853; 3ra ed. 1878, en José
Ignacio Rodríguez *Vida del presbítero Don Félix Varela* Nueva York:
1878, La Habana: 1944; 4ta ed. en *Educación y patriotismo.* La Habana:
Dirección de Cultura, Secretaría de Educación, 1935.

_____. "Elogio a S.M. el Rey D. Fernando VII, contraído solamente a los
beneficios que se había dignado conceder a la isla de Cuba". *Memorias de
la Real Sociedad* III, 25 (1819): 1-16; 2da ed. en José María Casal, *Discursos del Padre Varela.* Matanzas: Imprenta del Gobierno, 1860; 3ra ed.
Revista Bimestre Cubana XII, 21 (1917): 88-100; 4ta ed. en F. Varela.
Observaciones sobre la Constitución La Habana; 1944; 137-153; 5ta ed.
en *Félix Varela. Escritos políticos.* La Habana: Editorial de Ciencias
Sociales, 1977: 247.

_____. *Elogio del Iltmo. Sr. D. José Pablo Valiente, pronunciado en la Cate-
dral de La Habana.* La Habana: Imprenta de Arazosa y Soler, 1818; 2da
ed. José Ignacio Rodríguez *Vida*, 1878; 3ra ed. *Ibid.*, 1944; 4ta ed. en F.
Varela *Observaciones*: 117-136; 5ta. ed. en *Escritos Políticos*; 234.

_____. "Oración en elogio de S.M. el Rey padre D. Carlos IV de Borbón" en
*Exposición de las exequias funerales que por el alma del..., celebró la
siempre fiel ciudad de La Habana en 12 de mayo de 1819, en la Santa
Iglesia Catedral, con la oracion que se dijo en ella.* La Habana: Imprenta
de Arazosa y Soler, impresores de Cámara de S.M., 1819; 2da ed. en José
María Casal, *Discursos.*

_____. "Discurso de apertura de la Cátedra de Constitución." *El observador
habanero* La Habana, 1821; 2da ed. 1878, en José Ignacio Rodríguez
Vida Nueva York, 1878; 3ra ed. *Ibid.* 1944; 4ta ed. en F. Varela Observaciones: 1-5; 5ta ed. en *Escritos políticos*: 25.

_____. *Observaciones sobre la constitución política de la monarquía
española.* La Habana: Imprenta de Don Pedro Nolasco Palmer, 1821; 2da

ed. Biblioteca de Autores Cubanos, N 2. La Habana: Editorial de la Universidad de La Habana, 1944; 3ra ed. en *Escritos políticos*; 31-103.

_____. "Despedida a los habitantes de La Habana para ir a ejercer el cargo de diputado en las Cortes de 1822-1823". *Diario del Gobierno Constitucional de La Habana* miércoles 18 de abril, de 1821; 2da ed. en *Observaciones*; 155; 3ra ed. en *Escritos políticos*; 259.

_____. "Memoria que demuestra la necesidad de extinguir la esclavitud de los negros en la Isla de Cuba, atendiendo a los intereses de sus propietarios. Proyecto de Decreto". *Revista Cubana* VII (1886); 2da ed. en José Antonio Saco. *Historia de la esclavitud de la raza africana en el Nuevo Mundo y en especial en los países Américo-Hispanos*. La Habana: Colección de libros cubanos, Cultural, S.A., 1938; 3ra ed. en *Observaciones*; 157-179; 4ta ed. F. Varela *El Habanero*. Miami: Ed. Revista Ideal, 1974: I-XXIV; 5ta ed. en *Escritos políticos*; 260-276.

_____. *El Proyecto de Instrucción para el gobierno económico político de las Provincias de Ultramar*. Madrid: Impreso de orden de las Cortes, Imprenta de D. Tomás Albán y Compañía, 1823.

_____. "Dictamen del reconocimiento de la Independencia de la América Hispana". en *Ocios de españoles emigrados en Londres* Londres: enero, 1827; 3-7; 2da ed. en *La Semana*, La Habana, 23 de julio, 1888; 3ra ed. en Francisco González del Valle. "El Padre Varela y la independencia de la América Hispana", *Revista Cubana* IV, 10-12 (1935): 27-45.

_____. "Discurso preparado para defender en las Cortes, el Dictamen sobre el reconocimiento de la independencia de las Américas". en *Suplemento al Espectador*, Cádiz, 8 de agosto, 1823; 2da ed. en el *Indicador Constitucional*, La Habana, 15 de septiembre, 1823.

_____. "Breve exposición de los acontecimientos políticos de España desde el 11 de junio hasta el 30 de octubre de 1823, en que de hecho se disolvieron las Cortes". en José Ignacio Rodríguez. *Vida*; 412; 2da ed. en *Ibid.*, 1944.

Varela, F., ed. *Manual de práctica parlamentaria para el uso del Senado de los Estados Unidos*. Por Tomás Jefferson. Trad. de F. Varela. Nueva York: Ed. Henrique Newton, 1826; 2da ed. La Habana: Publicación del Senado de la República de Cuba, Imprenta de Seoane y Fernández, 1943.

_____, ed. *El Habanero. Papel periódico, científico y literario*. Publicados de 1824, Ns 1, 2 y 3, Imp. Stavely y Bringhurst, Filadelfia. 1825, N 4, Imp. francesa, española e italiana, Nueva York. Ns 5 y 6, Imp. Gray y Bunge, Nueva York. 1826, Tomo II, No 7, Imprenta de Juan Gray y ca, Nueva York; 2da ed. *El Habanero I-VI. Observaciones sobre "El Habanero"*, Estudios preliminares de Enrique Gay Calbó y Emilio Roig de Leuchsenring. Biblioteca de Autores Cubanos, N 4, La Habana: Editorial de la Universidad de La Habana, 1945; 3ra ed. *Ibid.* 1962; 4ta ed. *El Habanero: 1 al 6*. Prólogo de Mons. Arturo A. Roman, con el texto "Memoria sobre la esclavitud". Miami: Ed. Revista Ideal, 1974; 5ta ed. parcial en *Escritos políticos*: 107-231. 6ta ed. *El Habanero: N 7*, [hallado en la Biblioteca de la Universidad de Yale]. *Revista "Ideal"* agosto, 1 (1981): 59-64.

Varela, Félix y Saco, José Antonio, eds. *El mensajero semanal*. Filadelfia-Nueva York (1828-1831).

Varela, Félix. *Ideario cubano*. Publicado en conmemoración del centenario del preclaro habanero. Colección Histórica Cubana y Americana, 12. La Habana, Municipio de la Habana, Oficina del Historiador de la Ciudad, 1953.

_____. *Máximas morales y sociales*. La Habana: Sociedad Patriótica, 1818 *inter alia*; 2da ed. La Habana: 1841 incluye apéndice con fábulas de Samaniego, Iriarte y Rentería; 3ra ed. 1876, en Agustín José Morales *Progressive Spanish Reader, with an Analytical Study of the Spanish Language*., Appleton y Co, Nueva York; 4ta ed. en José Ignacio Rodríguez *Vida*, 67-70; 5ta ed. *Ibid.* 1944.

_____. *Cartas a Elpidio sobre la impiedad, la superstición y el fanatismo en sus relaciones con la sociedad*. 3 Tomos. Nueva York: Imprenta de Guillermo Newell, 1835 [Tomo I.-Impiedad]; Nueva York: Imprenta de G. P. Scott y Co., 1838 [Tomo II.-Superstición]; [Tomo III.-Fanatismo: no llegó a publicarse, se desconoce el ms.]; 2da ed. Tomo I. Madrid: Imprenta de León Amarita, 1836; 3ra ed. Prólogo de Humberto Piñera Llera, Tomo I y epílogo de Raimundo Lazo, Tomo II. 2 Tomos. Biblioteca de Autores Cubanos, Nos. 5 & 6. La Habana: Editorial de la Universidad de La Habana, 1945; 4ta ed. *Selección*. Mariano Sánchez Roca, ed. Biblioteca Popular de Clásicos Cubanos, N 3. La Habana: Editorial Lex, La Habana,1960 [incluye también el folleto *Educación y patriotismo* (La Habana, 1930)]; 5ta ed. *Letters to Elpidio*. P. Felipe Estévez, Trad. & ed. Sources of American Spirituality Collection. New York-Mahwa: Paulist Press, 1989.

_____. "Distribución del tiempo. Máximas para el trato humano. Prácticas religiosas" 1ra ed. en José Ignacio Rodríguez, *Vida* 1878, 1944: 333-334 [ms. inédito y autográfo en papeles de D. Agustín José Morales].

_____. "Advertencia a los católicos principalmente a los españoles que vienen a los Estados Unidos del Norte de América, acerca de los protestantes y de sus doctrinas" [ms. en papeles de Agustín José Morales].

_____. *The Protestant's Abridger and Annotator*. [Seis números de una revista en la que se replica a *The Protestant*]. Nueva York. (1830-31).

_____. "Entretenimientos religiosos en la noche buena". Inédito.

_____. "Un catecismo de la doctrina cristiana, escrito en inglés". Inédito.

_____. *New York Weekly Register and Catholic Diary*. Nueva York. (1833-36).

_____. *The Catholic Observer*. Nueva York. (1836).

_____. *The New York Catholic Register*. Nueva York. (1839-1841).

_____. *The Catholic Expositor and Literary Magazine*. Nueva York. (1841-43).

_____. "El Desafío". Pieza teatral inédita.

_____, ed. *Elementos de química aplicada a la agricultura*. Por Humphrey Davy. Trad. de F. Varela. Nueva York: Imprenta de Juan Grey Comp., 1826.

_____, ed. *Poesías del coronel Don Manuel de Zequeira y Arango, natural de La Habana, publicadas por un paisano suyo*. Nueva York, 1829.

Obras Sobre Varela

Del Ducca, Sister Gemme Marie. "A Political Portrait: Félix Varela Morales, 1788-1853". Tesis doctoral inédita. Universidad de Nuevo México, 1966.

Esteve, Juan P. *Félix Varela y Morales: Análisis de sus ideas políticas*. Miami: Universal, 1992.

Estévez, Felipe J. *El perfil pastoral de Félix Varela*. Miami: Universal, 1989.

_____. "Spirituality of F. Varela". Tesis doctoral inédita. [Grado *Summa Cum Laude*] Universidad Pontificia La Gregoriana de Roma, 1980.

Gay Calbó, Enrique. *El Padre Varela en las Cortes españolas de 1822 a 1823*. La Habana: Imprenta de Rambla, Bouza y Cía., 1937.

Hernández Travieso, Antonio. *El Padre Varela: Biografía del forjador del la conciencia cubana*. Biblioteca de Historia, Filosofía y Sociología, No. 28. La Habana: Ed. Jesús Montero, 1949. 2da ed. Miami: Universal, 1984.

_____. *Varela y la reforma filosófica en Cuba*. La Habana: Ed. Jesús Montero, 1942.

McCadden, Helen & Joseph. *Félix Varela, Torch Bearer From Cuba*. Nueva York: United States Catholic Historical Society, 1969. 2da ed. Nueva York: Félix Varela Foundation, 1984.

Miranda, Olivia. *Félix Varela: su pensamiento político y su época*. La Habana: Ediciones de Ciencias Sociales, 1984.

Rexach, Rosario. *El pensamiento de Félix Varela y la formación de la conciencia cubana*. La Habana: Lyceum, 1950.

_____. *Dos figuras cubanas y una sola actitud: Félix Varela y Morales (Habana, 1788-San Agustín, 1853) y Jorge Mañach y Robato (Sagua La Grande, 1898-Puerto Rico, 1961)*. Miami: Universal, 1991.

Rodríguez, José Ignacio. *Vida del Presbítero Don Félix Varela*. Nueva York: Imp. de "O Novo Mundo", 1878. 2da ed. Prólogo y notas de Mons. Eduardo Martínez Dalmau. Biblioteca de Estudios Cubanos. La Habana: Ed. Arellano, 1944.

Sáinz, Nicasio Silverio. *Tres vidas paralelas (Arango y Parreño, Félix Varela y José A. Saco): Origen de la nacionalidad cubana*. Miami: Universal, 1973.

Serpa, Gustavo. *Apuntes sobre la filosofía de Félix Varela*. La Habana: Editorial de Ciencias Sociales, 1983.

Sociedad Cubana de Filosofía (Exilio). *Homenaje a Félix Varela*. Miami: Universal, 1979.

Primera reunión entre Moctezuma II y Hernán Cortés, códice del *Lienzo de Tlaxcala*.

Jicoténcal

Félix Varela

Libro Primero

ESTABA escrita en el libro fatal del destino la caída del grande imperio de Motezuma,[1] bajo cuyas ruinas debían sepultarse la república de Tlascala[2] y otros gobiernos de una hermosa parte de la América. Ya habían visto los hombres irrupciones de bárbaros medio salvajes que, abandonando sus guaridas y su ingrato país, se apoderaron de climas más benéficos, destruyendo a sus antiguos habitantes; algunos ambiciosos de genio, colocados a la cabeza de los pueblos, habían armado las naciones unas contra otras para subyugarlas a todas, y el inmenso océano de las pasiones había presentado borrascas intestinas y espantosas en las que las sociedades civiles habían sufrido trastornos incapaces de describirse.

Mas la completa destrucción de un imperio inmenso, de una república considerable y de una multitud de otros Estados menores, que ocupaban una gran parte de aquel Continente, emprendida y llevada a cabo por una banda de soldados a sueldo y órdenes de un déspota, que tenía su trono a más de dos mil leguas de distancia, era una suerte reservada tan sólo para los malafortunados habitantes de la América Occidental. Los republicanos valientes y aguerridos, los mercenarios vasallos de un tirano orgulloso, los que vivían en grandes familias con un cacique a su cabeza todos sucumbieron a las artes e intrigas europeas que un puñado de ambiciosos supo manejar contra su sencillez y contra su diferente manera de vivir.

El tercio a que cupo en suerte la conquista de Méjico, capitaneado por Hernán Cortés,[3] se hallaba en las fronteras de la república de Tlascala, en un lugar de mediana población, llamado Jacacingo,[4] de la provincia o Estado de Zocothlán,[5] que gobernaba un cacique subordinado al emperador de Méjico. Desde allí envió Cortés sus embajadores a la república solicitando el paso de sus tropas por las tierras de Tlascala. Eran estos cuatro cempoales de los que venían en su ejército, los que, adornados con una manta blanca de algodón sobre los hombros, anudada por los extremos a manera de beca, y con una rodela de con-

3

cha en el brazo izquierdo y una larga saeta en la mano derecha, se dirigieron a la ciudad, manifestando por el color blanco de las plumas de la saeta que su embajada era de paz. Por estas señales fueron reconocidos y respetados religiosamente en sus tránsitos, según lo prescribía el derecho de gentes establecido en aquellas regiones.

La república de Tlascala era entonces un estado de una extensión mediana pero de numerosa población; estaba situada en un terreno desigual y montañoso, a las inmediaciones de la que hoy se llama la Gran Cordillera. Los pueblos ocupaban los altos, dejando los llanos para la agricultura, lo que favorecía también su defensa. Las casas y demás edificios eran más sólidos que brillantes, y por todas partes se dejaba ver la igualdad que formaba el espíritu público del país.

Los castillos, los torreones y los palacios no contrastaban con las chozas de los pobres, insultando pública y escandalosamente su miseria. La capital, Tlascala, ciudad muy populosa, estaba situada sobre cuatro eminencias poco distantes unas de otras que se prolongaban de Oriente a Poniente, sirviéndoles de fortaleza la áspera situación del terreno. Estos cuatro barrios o poblaciones separadas se comunicaban entre sí por diferentes calles de paredes gruesas, que les servían de murallas.

Todo el estado se extendía más de Oriente a Poniente que de Norte a Sur. Por todas partes confiaba con naciones sujetas o aliadas de los emperadores de Méjico; solamente por el Norte cerraba sus límites la Gran Cordillera, por donde comunicaba con los otomíes, los totonacas y otras naciones de la serranía, con las que estaba confederada. La agricultura florecía en todo su territorio, y, al parecer, a su abundancia de maíz le debió su nombre de Tlascala, que en aquel antiguo idioma significaba Tierra de Pan.

El carácter de los habitantes era belicoso, sufrido, franco, poco afecto al fausto y enemigo de la afeminación. Su gobierno era una república confederada; el poder soberano residía en un congreso o senado, compuesto de miembros elegidos uno por cada partido de los que contenía la república. El poder ejecutivo, y al parecer también el judicial, residían en los jefes o caciques de los partidos o distritos, los que, no obstante, estaban subordinados al congreso, y éste, en los casos judiciales, admitía también las apelaciones de sus sentencias.

Los cuatro barrios de la capital eran considerados como cuatro distritos independientes. Se quiere que una antigua tradición conservase la memoria de los tiempos remotos en que Tlascala fuera gobernada por un solo y poderoso cacique o rey, pero que el pueblo se sublevó contra los excesos de su autoridad y, después de haber recobrado su soberanía, se constituyó en república.

El espíritu nacional de los tlascaltecas era tan decidido que, careciendo éstos de sal, preferían vivir privados de este condimento a disfrutar de él abriendo relaciones comerciales con sus enemigos los vasallos de Motezuma. Así se sostuvieron siempre en guerra contra aquel emperador poderoso, y siempre invencibles. Las armas de la república estaban confiadas a un general que, por lo mismo, era también miembro del senado o congreso.

A la llegada de los embajadores de Hernán Cortés ocupaba este puesto distinguido el joven Jicoténcal[6] que, por sus talentos militares, sus buenas prendas y su puro y desinteresado patriotismo, obtuvo, aunque tan joven, la preferencia sobre los demás candidatos.

A pesar de que la república se había conservado hasta entonces con espíritu de unión que formaba su fuerza, la discordia había comenzado a minar sus fundamentos hacia la época de la elección de Jicoténcal. Magiscatzin,[7] uno de los senadores más antiguos y de mayores talentos del estado, era enemigo particular de la familia de los Jicoténcales, y esta enemistad se enconó más todavía con los celos que la elevación del joven Jicoténcal daba al influjo que hasta entonces había tenido Magiscatzin en el gobierno. Así, el resentimiento y el interés personal se vieron en lugar de la causa del pueblo, en un momento tan crítico y de tanta trascendencia. Las pasiones presidieron en el consejo de la nación y los tlascaltecas fueron al fin víctimas de su discordia.

Los embajadores de Hernán Cortés esperaban la resolución del congreso, alojados en un edificio público, destinado particularmente para este objeto, que se llamaba Calpisca. Al día siguiente fueron llamados al edificio nacional donde el congreso celebraba sus sesiones. Estas se tenían en un gran salón, donde estaban sentados los individuos por su antigüedad en unos taburetes bajos, de maderas exquisitas y de una sola pieza, que se llamaban *yopales*.

Presentados los embajadores, se levantaron los miembros del congreso y les hicieron una modesta cortesía. Ellos estaban con las saetas levantadas en alto y las becas sobre la cabeza en señal de gran sumisión a la autoridad nacional de la república, así se adelantaron hasta la mitad del salón, donde esperaron en rodillas la licencia para exponer su embajada. Obtenida ésta del decano que presidía el congreso, dijo el encargado de llevar la palabra:

—*¡Noble república, valientes y poderosos tlascaltecas! El cacique de Cempoala[8] y los de la serranía, vuestros amigos y confederados, os envían salud y deseando la felicidad de vuestras cosechas y la muerte de vuestros enemigos, os hacen saber que de las partes del Oriente han llegado a sus tierras unos hombres invencibles, que parecen deidades porque navegan sobre grandes palacios y manejan los truenos y* *los rayos, armas reservadas al cielo; ministros de otro Dios, superior a los nuestros, a quien ofenden las tiranías y los sacrificios de sangre humana.*

"Que su capitán es embajador de un príncipe muy poderoso que, con impulso de su religión, desea remediar los abusos de nuestra tierra y las violencias de Motezuma, y, habiendo redimido ya nuestras provincias de la opresión en que vivían, se halla obligado a seguir por vuestra república el camino de Méjico y quiere saber en que os tiene ofendidos aquel tirano para tomar por suya vuestra causa y ponerla entre las demás que justifican su demanda. Con esta noticia, pues, de sus designios, y con esta experiencia de su benignidad nos hemos adelantado a pediros y amonestaros de parte de vuestros caciques y toda confederación que admitáis a estos extranjeros como a bienhechores y aliados de vuestros aliados.

"Y de parte de su capitán os hacemos saber que viene de paz y sólo pretende que le concedáis el paso de vuestras tierras, teniendo entendido que desea vuestro bien, y que sus armas son instrumentos de la justicia y de la razón, que defienden la causa del cielo: benignas por su propia naturaleza y solo rigorosas con el delito y la provocación."[9]

Así habló el más dispuesto de los cempoales, que había aprendido de memoria su oración, y, acompañándole sus tres asociados, hizo una profunda reverencia al congreso y tomó asiento esperando la contestación. Esta fue:

"—Que Tlascala admitía con gratitud la proposición de los cempoales y totonacas, sus amigos; pero que la respuesta al capitán de los extranjeros pedía mayor deliberación."

Los embajadores se retiraron a su alojamiento y el congreso continuó discutiendo las ventajas e inconvenientes del objeto de la embajada. Después de varios pareceres, en que también tuvo parte la sorpresa, al fin principiaron las pasiones a acalorar la discusión, y Magiscatzin, que suponía a su émulo Jicoténcal a favor de la guerra, guiado únicamente por su resentimiento, habló en estos términos:

—*Bien sabéis, nobles y valerosos tlascaltecas, que fue revelado a nuestros sacerdotes en los primeros siglos de nuestra antigüedad, y se tiene hoy entre nosotros como punto de religión, que ha de venir a este mundo que habitamos una gente invencible de las regiones orientales con tanto dominio sobre los elementos, que fundará ciudades movibles sobre las aguas, sirviéndose del fuego y del aire para sujetar la tierra, y, aunque entre la gente de juicio no se crea que han de ser dioses vivos, como lo entiende la rudeza del vulgo, nos dice la misma tradición que serán unos hombres celestiales, tan valerosos, que valdrá uno por mil, y tan benignos que tratarán sólo de que vivamos según razón y justicia.*

"No puedo negaros que me ha puesto en gran cuidado lo que conforman estas señas con las de esos extranjeros que tenéis en vuestra vecindad. Ellos vienen por el rumbo del Oriente; sus armas son de fuego, casas marítimas sus embarcaciones— de su valentía ya os ha dicho la fama lo que obraron en Tabasco,[10] su benignidad ya la veis en el agradecimiento de vuestros mismos confederados; y si volvemos los ojos a esos cometas y señales del cielo, que repetidamente nos asombran, parece que nos hablan al cuidado y vienen como avisos o mensajes de esta gran novedad.

"Pues ¿quién habrá tan atrevido y temerario que, si es ésta la gente de nuestras profecías, quiera probar sus fuerzas con el cielo y tratar como enemigos a los que traen por armas sus mismos decretos? Yo, por lo menos, temería la indignación de los dioses, que castigan rigorosamente a sus rebeldes, y con sus mismos rayos parece que nos están enseñando a obedecer, pues habla con todos la amenaza del trueno y sólo se ve el estrago donde se conoció la resistencia. Pero yo quiero que se desestimen como causales estas evidencias y que los extranjeros sean hombres como nosotros. ¿Qué daño nos han hecho para que tratemos de la venganza? ¿Sobre qué injuria se ha de fundar esta violencia?

"Tlascala, que mantiene su libertad con sus victorias y sus victorias con la razón de sus armas, ¿moverá una guerra voluntaria que desacredite su gobierno y su valor? Esta gente viene de paz, su pretensión es pasar por la república y no lo intenta sin nuestra permisión. Pues ¿dónde está su delito? ¿Dónde muestra provocación? Llegan a nuestros umbrales fiados en la sombra de nuestros amigos, y ¿perderemos los amigos por atropellar a los que desean nuestra amistad? ¿Qué dirán de esta acción los demás confederados? ¿Y qué dirá la fama de nosotros si quinientos hombres nos obligan a tomar las armas? ¿Ganárase tanto en vencerlos como se perderá en haberlos temido? Mi sentir es que los admitamos con benignidad y se les conceda el paso que pretenden: si son hombres, porque está de su parte la razón, y si son algo más, porque les basta para razón la voluntad de los dioses."[11]

Este discurso fue oído con grande atención y casi había decidido el parecer del congreso, cuando Jicoténcal el joven pidió la palabra y, después de obtenida, habló en estos términos:

—¡Respetables y justos tlascaltecas! No en todas ocasiones se debe a las canas la seguridad del acierto; más inclinadas éstas al miedo que a la valentía, suelen ser mejores consejeras de la paciencia que del valor. Respeto la autoridad de Magiscatzin; pero conducido por mi ardiente amor a la patria, y quizás por la fogosidad de mis pocos años y por la inclinación de mi profesión, voy a exponer mi dictamen, que sujeto gustoso a vuestra prudencia.

"Cierto es que ha corrido entre el vulgo una confusa tradición sobre la venida de unos reformadores orientales, *cuya venida se perpetúa en el vaticinio y tarda en el desengaño.* Ni es mínimo combatir ahora este rumor que se ha hecho respetable por la manera como se ha difundido. La flaqueza humana ha acogido siempre con una tímida credulidad semejantes profecías pero ¡desgraciado el pueblo que se deje alucinar por los que intentan sacar partido de ellas! Sus armas de fuego, sus palacios flotantes, no son más que *obras de la industria humana, que se admiran porque no se han visto.* Si no se valen también de las ilusiones de algún arte como las de nuestros agoreros.

"Se encarecen sus proezas en Tabasco; ¿fue acaso más que vencer un ejército superior? *¿Y esto se pondera en Tlascala como sobrenatural, donde se obran cada día con la fuerza ordinaria mayores hazañas?* ¡Tlascaltecas! Estos mismos hombres que se os pintan como invencibles y como celestiales se os proponen también como un objeto cuya rendición empañaría vuestra fama por su pequeñez. Quinientos hombres no son bastantes, cualquiera que sean sus fuerzas y sus armas, para imponer temor a los tlascaltecas, y ciertamente no los teme el que intenta combatirlos sino el que trata de cederles. Mas estos hombres vienen ya con los ejércitos de dos naciones que se les han aliado y, si otras siguen el mismo ejemplo pueden llegar a ser muy temibles, sin que tengamos que recurrir a la protección del cielo, que nadie debe esperar mejor que el que la busque en la sinceridad y justicia de sus sentimientos. *Si los cempoales y totonacas los han admitido a su amistad ha sido sin consultar a nuestra república y vienen amparados en una falta de atención que merece el castigo de sus valedores.*

"En cuanto a esa benignidad que tan pomposamente se ostenta, yo la tengo por un artificio para ganar a menos costa los pueblos; en una palabra: *la tengo por una dulzura sospechosa de las que regalan el paladar para introducir el veneno, porque no conforma con lo demás que sabemos de su codicia, soberbia y ambición. Estos hombres, si ya no son algunos monstruos que arrojó la mar en nuestras costas, roban nuestros pueblos, viven al arbitrio de su antojo, sedientos del oro y de la plata, y abandonados a las delicias de la tierra; desprecian nuestras leyes; intentan novedades peligrosas en la justicia y en la religión; destruyen los templos; destrozan las aras; blasfeman de los dioses... ¡Y se les da estimación de celestiales!...*[12]

"Se presentan como satélites de un gran tirano para el que buscan de grado o por fuerza nuevos vasallos… ¡Y se escucha sin horror y aun sin escándalo el nombre de paz!… ¡Y para esto se nos presentan en prueba esos fenómenos, tan encarecidos por Magiscatzin, como otros tantos avisos del cielo!

"Por mi parte, yo los tomo como tales; pero el cielo no nos avisa de los bienes que debemos esperar, sino de los males que debemos temer, para que no se duerma nuestro cuidado ni se deje estar nuestra diligencia. Mi sentir es, pues, que se llamen todas las fuerzas de Tlascala y que se acabe de una vez con ellos, pues que el cielo no los presenta como enemigos de la patria y de los dioses, y estos confían a nuestro valor sus venganzas. Castiguemos, pues, con nuestras armas su fatal y perversa conducta, y conozca el mundo que no es lo mismo ser victoriosos en Tabasco que invencibles en Tlascala."

Este vigoroso discurso despertó el espíritu de independencia y de libertad que había adormecido la elocuencia de Magiscatzin; la asamblea se conmovió con entusiasmo, y fue menester algún tiempo para que Jicoténcal el anciano se hiciese prestar atención:

—Hijos míos, pues que mis años me dan el derecho de llamaros así —les dijo—, sabios senadores y valientes tlascaltecas, cuando se trata de la salud de la patria todos los demás afectos deben callarse. No me parece que ninguno de vosotros me tachará de impío: mi veneración a la religión ha llegado hasta el exceso de respetar las preocupaciones ridículas e infundadas que la habilidad o tontería de los sacerdotes ha introducido bajo el manto sagrado de su provenencia del cielo. Mas la que hoy se quiere hacer valer para que doblemos la cerviz a un puñado de extranjeros debe irritar a todo el que conserve aún un poco de amor patrio y un resto de pundonor. Hace unas cuantas lunas que nos hubiera sido difícil fijar el sentido de esta predicción en la que, si nos separamos de las ideas ridículas con que se ha ido alterando en su curso por tantas generaciones, encontraremos sólo la pintura de unos hombres que vendrían de donde nace el sol a hacernos entrar en la senda de la virtud y de la justicia, cuando hubiéramos prevaricado.

"Medio ingenioso de presentar en un apólogo profético una lección de virtud y proporcionar al mismo tiempo una disposición favorable al conocimiento de un Dios remunerador y justiciero. Pero ahora que, dando tormento a los menores rumores, se hace de todo esto una aplicación a esos hombres; cuando el vulgo temeroso y crédulo comienza a pensar si son esos extranjeros los pronosticados, es un blasfemo y un traidor a la patria el que quiera sostener una necedad tan absurda.

"¡Dioses sacrosantos! ¡Vuestros defensores los que derriban vuestros templos! ¡Los que abaten nuestras imágenes sin conocer que en cada una de ellas representamos una virtud! Esos cometas y esos fenómenos del aire son admirables, pues que no conocemos ni su causa ni las leyes de su mecanismo pero si tienen algún fin moral, es solamente el de darnos a conocer la grandeza del poder del que gobierna el mundo y la pequeñez e ignorancia de nuestra naturaleza. Jamás han significado ni significarán otra cosa. El pedir o dar explicaciones morales sobre estos fenómenos, o es el exceso de la necedad o el último grado de la bribonería. Perdonad, representantes de Tlascala, el calor con que se expresa mi celo. Y tú, hermano Magiscatzin, no te ofendas si la lengua de un tlascalteca sabe pintar los sentimientos de su corazón; los tuyos deben ser idénticos, y lo serán sin duda cuando oigas lo que te dice tu razón y tu luz natural.

"Prosigo. Esa benignidad que se nos pondera es una hipocresía atroz y abominable. Su lenguaje es éste: 'Yo vengo a esclavizaros a vosotros vuestro pensamiento, vuestros hijos y vuestra descendencia; vengo a destruir vuestro culto y a haceros apostatar de vuestra religión— vengo a violar vuestras mujeres y vuestras hijas; vengo a robaros cuanto poseéis si os sometéis gustosos a tanto envilecimiento. Mi soberana benignidad os reserva el alto honor de que seáis mis aliados para que perezcáis peleando contra mis enemigos.' Así lo han hecho en Cozumel,[13] en Tabasco, en Cempoala y en los demás países que el destino ha condenado a sufrir su presencia. Pero aun cuando nada de esto fuera así, ¿cómo puede olvidar Tlascala la circunspección y reserva que siempre ha tenido para hacer nuevas alianzas?

"¿Quién nos asegura que esos vasallos de un tirano no se asociarán con Motezuma, cuyo despotismo es más análogo a su manera de gobierno? Nosotros deberíamos prevenir que nos puedan perjudicar en lo sucesivo y disponernos a rechazar sus ataques, aun antes que los intenten. Desgraciadamente, esto ya no es posible; su embajada es un insulto a la soberanía de la república, pues amenaza y amonesta, en lugar de pedir un favor. Y no me detengo en analizarla, porque la cólera me privaría de la serenidad de que tanto necesito en este momento.

"Creedme, compañeros: jamás una nación hizo favores y beneficios a otra; el interés las conduce en sus relaciones recíprocas, y solamente la que más adelanta en la perfección es justa con las demás. Esa generosidad, esas benéficas intenciones, ese bien nuestro que los saca de sus hogares, todas son expresiones de un arte desconocido en estos climas y que, o yo me engaño mucho o es más infernal y diabólico que sus armas de fuego. Mi dictamen es, pues, que se niegue el paso a los extranjeros y que se ponga en pie la gente que se juzgue necesaria para defendernos si osasen entrar sin nuestra licencia en el territorio de nuestro país".

El congreso oyó la voz de la patria en este discurso del respetable Jicoténcal, cuyo celo no se entibiaba por los estragos del tiempo ni cedía a los peligros y dificultades de la ocasión. Se acordó, pues, que se reuniesen las tropas de la república y saliese a su cabeza el general hasta las fronteras del estado para oponerse a una invasión, y que en el ínterin quedasen detenidos los embajadores de Hernán Cortés.

Mientras se deliberaba así en Tlaxcala, pasaba Hernán Cortés sus días divirtiendo su gente con maniobras y simulacros a las inmediaciones de Jacacingo, más ocupado en los recelos que le causaba la detención de sus embajadores que en las diversiones que pudiera prometerle un país colmado de los dones de la Naturaleza.

Era entonces la estación en que los calores del verano principiaban a ceder su lugar a las hermosas tardes del otoño. En una de éstas, después de los ejercicios militares, salieron a pasear el padre fray Bartolomé de Olmedo,[14] capellán de la tropa española, y Diego de Ordaz,[15] uno de sus capitanes, ambos amigos, a pesar de su diferente edad, por antiguas relaciones de familia. Era Diego de Ordaz un joven de buena presencia, de talento claro y sólido y de un corazón recto y justo. Educado en el amor de la virtud, su honradez se había sostenido contra el espíritu de su siglo, aunque el torrente de la opinión dominante lo había arrastrado a las grandes escenas en que se hallaba comprometido, no habiendo podido por sus solas luces sacudir enteramente el yugo de las preocupaciones de su tiempo. Distraídos por la amenidad de los campos y por la apacible temperatura de la atmósfera, se internaron, sin advertirlo, en un frondoso bosque, cuyos árboles habían sido respetados hasta entonces del hacha y de la podadera.

Sentados a la orilla de un arroyuelo cristalino. Diego de Ordaz se dirigió a su anciano amigo de esta manera:

—Verdaderamente, padre fray Bartolomé, son impenetrables los destinos del hombre. Nosotros nos hallamos a dos mil leguas de nuestra patria cuando ésta necesita, quizá más que nunca, de sus hijos, y nos vemos en unas regiones tan remotas haciendo conquistas según se ostenta, para nuestra religión y para nuestro rey, cuando, según vemos con dolor, ni la una ni el otro tienen la menor parte en nuestra conducta. Se propala mucho nuestra insignia de la Santa Cruz y la letra latina que le ha puesto Cortés: *Sigamos la Cruz que con esta señal venceremos.*

"Pero, padre, esto es una hipocresía. No me toca a mi repetir a usted lo que es público y lo que nos hace ver que ese joven nos ha engañado en nuestras esperanzas. Su conducta en Santiago de Cuba pasó por una galantería, pero desde que ha empuñado el mando, se ha quitado la máscara y, sin consideración a su carácter ni a la religión que propala, casi hace ostentación de sus amores adúlteros con esa india, quizá víctima de su seducción. Su conducta en Cozumel fue más imprudente que cristiana. Es cierto que derribó los ídolos de la isla, porque nosotros éramos los más fuertes; pero ¿quién le asegura que la imagen de la Virgen y la Cruz, que dejó abandonadas en el lugar de los ídolos, están libres de los insultos del primer atrevido que quiera hacer lo mismo con ellas? Y en este caso muy probable, ¿quién los convencerá de la divinidad de nuestra religión cuando vean el cielo tan indiferente a los insultos contra nuestras imágenes como lo estuvo cuando se abatieron sus ídolos?

"En vez de instrucción y de doctrina no se ha dado a esos hombres más que un ejemplo de osadía contra los objetos sagrados. Los ejemplos enseñan mucho principalmente los que propenden a la licencia y por lo mismo debe ser tan circunspecto el que esté en situación de darlos. Por otra parte, buen modo por cierto de predicar la religión del Cordero Inmaculado valiéndose para esto del hierro y del fuego, de la intriga y de la mentira, del estupro y del robo, y sin más consejero que la insaciable y frenética ambición de mando y de riquezas.

"Respecto al rey, a quien se dice que servimos, seamos francos, padre. Usted sabe que los primeros hombres que acompañaron a Colón eran unos forajidos que no conocían más rey ni mas dios que su codicia. Cristóbal Colón vino a la América impelido por su gran genio y por el noble amor de la gloria. Empero sus soldados mancharon la de nuestra nación, y las páginas de su historia harán estremecerse a la Humanidad.

"*El valor estaba tan olvidado y tan arraigada en los ánimos la codicia, que sólo se trataba de enriquecer, rompiendo con la conciencia y con la reputación. Ya sólo salían de aquellas partes lamentos y querellas de lo que allí se padecía el celo de la religión y la causa pública cedían enteramente su lugar al interés y al antojo de los particulares, y, al mismo paso, se iban acabando aquellos pobres indios que gemían bajo el peso, anhelando por el oro para la avaricia ajena, obligados a buscar con el sudor de su rostro lo mismo que despreciaban ' y a pagar con su esclavitud la ingrata fertilidad de su patria.*[16]

"Las noticias de un Nuevo Mundo descubierto, de un mundo donde el oro y la plata se creían tan comunes como las piedras en el antiguo, exaltaron la imaginación de los españoles, dominados por un espíritu militar y de aventuras, concebido y alimentado en las largas guerras con los moros, que al fin hemos arrojado de nuestra patria. Esta se hallaba al mismo tiempo agitada por disensiones interiores que amenazaban su ruina, y los partidos y parcialidades que la dividieron a la muerte de Don Fernando el Católico[17] no dejaban esperanza de que pudiésemos contar con un gobierno bajo el que reuniésemos nuestra obediencia y fidelidad.

"Usted sabe cual fue la grande providencia del duro gobierno del cardenal Cisneros[18] para remediar los desórdenes de la parte descubierta de la América, que, como más distante del centro, sufría más gravemente los males que afligían a toda la nación. Vinieron con grandes facultades los cuatro monjes jerónimos elegidos para el intento, y todo quedó peor que antes, pues los particulares se mofaron de la autoridad impotente de los padres. En estas circunstancias se quiere hacer alarde de la *fidelidad al rey*. No, señor; yo soy franco: el espíritu aventurero, la holgazanería anexa a los militares, la ambición que fomenta la profesión de las armas y, sobre todo, el oro y la plata, cuya abundancia en estos países se han ponderado tanto, estos son los guías que nos han conducido y los motivos y las reglas de nuestra conducta.

"Yo no estaba contento bajo las órdenes de Diego Velázquez[19] en Cuba; su ambición y su carácter desconfiado me desagradaban; la juventud, los talentos y las gracias de Hernán Cortés me cegaron: lo creí un hombre generoso y capaz de grandes virtudes. Me engañé, desgraciadamente, y ahora no me queda más recurso que seguir su suerte, pues así lo quiere el destino."

Algo embarazado se encontró fray Bartolomé de Olmedo con un discurso semejante. Conocía y amaba a Ordaz; sus razones le hacían fuerza, y las obligaciones que de buena fe creía que le imponía su profesión le prescribían que impugnase todo su razonamiento. Así después de algunos instantes de reflexión, le contestó en estos términos:

—Bendigamos, hijo mío, las providencias de Dios y sometamos con humildad nuestra razón a los altos e impenetrables juicios del Señor. Acabas de decirme algunas verdades, escapadas a tu buen talento, pero de las que tu inexperiencia deduce consecuencias peligrosas. Estoy muy lejos de aprobar el error o el pecado en cualquier parte donde se encuentre y por alta y condecorada que sea la persona que lo cometa. Pero Dios ha escogido grandes pecadores para instrumentos de sus altos designios. El rey David,[20] formado según el corazón de Dios y del que se dignó descender Nuestro Divino Redentor, pecó, y pecó pública y escandalosamente, y no por esto fue menos el rey santo y profeta del Señor. Veneremos, pues, sus decretos y guardémonos de murmurar de los medios de que se vale.

"En cuanto a tus dudas sobre el amor y fidelidad de los españoles a su rey, ¿cómo ha podido abrigarlas ni un momento un corazón español? En nosotros se ve palpablemente una providencia particular de Dios que nos infunde un sagrado respeto a la majestad real."

Un trueno, repetido por el eco de mil montes, interrumpió la conversación. Los relámpagos cruzan el aire en todas direcciones. Las nubes casi sobre su cabeza oscurecen enteramente el horizonte, el agua cae a torrentes, y, a los pocos pasos, un caobo tan antiguo como el mundo estalla y se incendia por el fuego de un rayo. En semejante apuro se dirigen a guarecerse de la tormenta hacia una gruta formada por la hendidura de unos peñascos que no estaba a mucha distancia. Con grande pena pudieron atravesar los arroyos que formaba el aguacero hasta llegar a la gruta. Más ¿cuál fue su sorpresa al encontrar casi a la entrada a una joven india, de una extraordinaria hermosura, que apoyada una mano sobre su arco, los esperaba inmóvil como una estatua? Ambos se detuvieron sorprendidos de respeto y admiración: tal era el continente noble y tranquilo de la hermosa americana.

—Entrad —le dice ésta—, entrad sin recelo. Y pudiera haberos detenido hasta que me informaseis si venís de paz o de guerra, y también haberme defendido aquí, impidiendo que os acerqueseis. Mas he visto que el miedo os conduce a buscar un asilo y que, aunque decís que manejáis el rayo y el trueno, tembláis también a la vista de los que despide el cielo. Vuestro temor manifiesta vuestra flaqueza, y ésta os hace dignos de compasión. Entrad.

Menos atónito queda el pastor que ve caer a sus pies, herido del rayo, el perro que lo acariciaba, que embarazados quedaron con semejante arenga Fray Bartolomé de Olmedo y Diego de Ordaz. ¿Quién hubiera dicho impunemente a Ordaz que tenía miedo, a no ser una mujer hermosa? El alma de este joven no conocía todavía el amor noblemente altivo por carácter y austero por educación, era justo y recto, pero parecía poco sensible a las impresiones dulces del corazón. Mas ahora él mismo no puede comprender la sensación que le hace la joven americana, a la que contestó de esta manera:

—Algún día sabrás, quienquiera que seas, ¡oh hermosa joven!, que Diego de Ordaz no teme los fenómenos de la Naturaleza que tanto espantan a las almas pusilánimes. Pero dime: ¿quién eres tú que tanta serenidad muestras hallándote aquí sola con nosotros? ¿No temes a unos extranjeros que no conoces?

—¿Yo temor?... Aprende, extranjero, que la mujer con quien hablas ha sabido ganarse el corazón del hombre más valiente del mundo.

—¿Y quién es ese mortal afortunado?

—Mi querido Jicoténcal, el bravo y virtuoso general de los ejércitos de Tlascala.

No bien pronunció estas últimas palabras, cuando tomó parte en la conversación el padre capellán, y con poco trabajo supo por la india quien era Jicoténcal, su fama y su alto destino en la república de Tlascala, como queda referido. Entretanto, Ordaz admiraba con una tierna emoción las gracias y el noble desembarazo de la desconocida.

El cielo principia a aclararse; el arcoiris brillaba ya con los rayos del sol, que se ponía; el aguacero se convierte en un agradable rocío, y los truenos se oían apenas, repetidos por los ecos de los montes y los valles. Los dos extranjeros se despiden de la americana y ésta les dice:

—Os conduciré hasta cerca de Jacacingo, porque temo que os extravíes estando tan próxima la noche.

Ambos le agradecieron su oferta generosa, admirados de la bondad y dulzura con que hacía amable su noble fiereza. En el camino se entretuvo una conversación interesante sobre la hospitalidad, en la que la americana manifestó unos sentimientos tan puros y tan decididos sobre la práctica de esta virtud, como eran de esperar de un alma sencilla, no corrompida por las artes de la civilización.

—¿Qué sería del hombre —les decía— si en sus miserias no encontrase más que corazones insensibles e indiferentes? ¿Dónde se guarecería de la inclemencia el caminante extraviado?

¿Qué comería en la estación de esterilidad? ¿Ni cómo recobraría sus fuerzas cuando las fatigas lo hubieran abatido? El que fuera capaz de negar su compasión y sus socorros a un hombre que la suerte le presenta necesitado de ellos sería un monstruo abominable con entrañas más duras que las de una bestia feroz, pues ésta, en sus estragos, sigue el impulso de su naturaleza, y el otro se separaría criminalmente de lo que le dice su corazón.

A estas palabras la interrumpe fray Bartolomé de Olmedo, exclamando:

—¡Dios mío!, ¿es posible que no os conozca un alma tan virtuosa? ¡Qué lástima, hija mía, que tu rudeza no haya llegado a conocer al autor y la fuente de todas esas virtudes!

—¿Y quién te ha dicho, extranjero —respondió vivamente la americana—, que yo no adoro al autor de todo cuanto existe? ¿Hay acaso en tu país alguno que no lo reconozca por sus obras? ¿Quién ha hecho ese cielo, esos montes y esos árboles que los pueblan? ¿Quién ha dirigido ese espectáculo que acaba de hacerte temblar en el choque de los elementos? ¿Quién ha dispuesto la perspectiva brillante y consoladora de ese arco que tienes a la vista? Confieso que sabéis más que nosotros en las cosas que inventan los hombres, porque veo que traías máquinas y que hacéis cosas a cuyo conocimiento no hemos llegado todavía; mas para conocer la existencia de un Ser que ha ordenado el sol y las estrellas y que preside a toda la naturaleza, basta no cerrar los ojos a lo que ésta nos dice continuamente.

Al llegar aquí les hizo un saludo y partió por una senda, dejando a los dos españoles ocupados de su singular encuentro y en el camino de su cuartel.

Inmediatamente pasó fray Bartolomé de Olmedo a dar cuenta a Hernán Cortés de las noticias importantes que había adquirido del general tlascalteca, su valor y su fama. El buen religioso le contó muy por extenso todas las circunstancias de su encuentro, sin omitir los mayores elogios de la hermosura de la americana, con tanto calor que admiró mucho a Cortés al considerar las canas y el corazón helado del que le hablaba. En el mismo instante hizo venir a su presencia al capitán Ordaz y le reconvino agriamente por su tibieza en el servicio del rey, no habiéndose apoderado de una mujer cuya persona podía serles muy interesante por mil razones.

En vano le opuso el honrado Ordaz la generosa acogida que les había hecho la americana, que, al parecer, pertenecía a la nación de Zocothlán, con la que estaban en buena armonía. El jefe lo suspendió de su empleo hasta que le presentase a la india. Ordaz admitió esta comisión con más gusto que el que debía esperarse del modo con que la recibía, y así, sin reflexionar, como otras veces, sobre el rigor y aspereza con que lo trataba el jefe en todas ocasiones, se dedicó gustoso a meditar los medios de que se valdría para encontrar a la hermosa americana.

Las primeras impresiones del sexo en un corazón honrado despiertan en el que las recibe un carácter nuevo que lo distingue visiblemente de lo que había sido hasta entonces. Así Ordaz, frío e indiferente en los mayores peligros, comienza a temer el mal éxito de todas las diligencias que proyectaba para encontrar a la americana y, con una inquietud nueva y desconocida para él, pasó una noche agitada y con el corazón lleno de recelos.

Antes de apuntar el alba salió de la cama, y los primeros rayos del sol lo encontraron en la gruta donde había tenido su encuentro singular la tarde del día anterior. En ella vio una porción de flechas pequeñitas clavadas en el suelo en hilera de a seis y puestas en orden con una mayor que las demás al frente o cabeza de la columna: todas tenían plumas rojas. Interin reflexionaba sobre lo que querían significar estas flechas y quién pudiera haberlas puesto allí, lo sorprende la india que buscaba.

—¿Qué hace aquí, extranjero? —le dice—. Sin duda no conoces el peligro a que te expones. Mira esas flechas: Jicoténcal las ha puesto ahí esta noche, y por su medio me informa que está de guerra a la cabeza de las tropas de su república; su dirección es hacia nosotros y su objeto es sin duda provocaros a una batalla. Vete, pues, informa a tu jefe que un poderoso ejército os amenaza, dile que Tlascala no tiene esos metales que tanto codiciáis, y que en la guerra lo exponéis todo sin esperanza de ganar nada. Idos en paz y dejadnos disfrutar de la vida, cargada ya con hartos pesares sin necesidad de los nuevos disgustos que nos traías.

—Hermosa americana: ni mi capitán, ni mis compañeros de armas, ni yo tememos los combates; pero preferimos la paz a la guerra. Por la primera haremos cuanto nos permita el honor, y volaremos a la segunda, sin considerar ni el número ni la grandeza de los peligros, cuando el mismo honor nos dé la señal de atacar. Mi venida aquí ha sido a buscarte. Mi capitán quiere verte, y quizá tu mediación podrá excusar una guerra, en la que mi corazón presiente tantos males para ti. Sí, amiga mía; las sombras más funestas giran alrededor de mi cabeza y me parece que veo al genio del mal desatando las furias infernales, que caen sobre ti, inocente y desgraciada cuanto hermosa criatura. Ven, pues, a ser el ángel de paz que detenga tantos estragos y el iris que serene tan horrorosa tormenta.

—Vamos al instante. Vamos a ver a tu jefe. Yo le hablaré, yo seré su embajadora. Sólo bajo ese título me es permitido pisar las tierras de Tlascala.

¡Qué fácil es de engañar un corazón generoso y noble! La inocente americana corre a su pérdida con el mismo entusiasmo que si fuera a hacer feliz al mundo entero, y Diego de Ordaz, el honrado Ordaz, el mismo que daría su vida por salvarla de cualquier peligro, conduce la víctima al sacrificio. Incapaz de sospechar los horrores que la esperan, no oye más que la voz del deber, que le prescribe la exactitud en el servicio y las ilusiones de su pasión, que le presentan a su querida con un ramo de oliva, como la estatua de la paz. No obstante, cuando la oyó decir que "ella misma sería la embajadora", sintió por la primera vez una conmoción en extremo desagradable, una especie de desasosiego y de estremecimiento y un acceso de cólera, no de la noble y generosa, sino baja y roedora, que le ofuscó enteramente los sentidos y le hizo sufrir un extraño tormento. ¡Pobre Ordaz! ¡Apenas conoces el amor y ya te comienzan a atormentar los celos! Un momento de reflexión lo hizo entrar dentro de sí mismo, y la hermosa idea de contribuir al bien de todos exaltó su entusiasmo, y pronto olvidó que tenía un rival preferido y al parecer lleno de méritos.

A su llegada al cuartel de los españoles quedó sorprendido Hernán Cortés de la hermosura y noble continente de la americana, a pesar de las prevenciones que había recibido. Esta aceptó con despejo y dignidad los agasajos y regalos que le hizo el jefe de los extranjeros; pero le aseguró que no usaría de ninguna de aquellas prendas ínterin no estuviese sentada la paz entre ambos ejércitos. Una conversación interesante y expresiva daba lugar a la americana para manifestar su talento claro y su carácter noble y sencillo, y el hábil jefe conoció desde luego el gran partido que podía sacar de su adquisición. Así, pues, despidió a todos los circunstantes y, quedándose solo con ella, le manifestó con expresiones dulces e insinuantes sus deseos de saber como había conocido a un hombre tan principal como creía a Jicoténcal no siendo de su nación. Para satisfacerle le habló la americana de esta manera.

—Yo soy Teutila,[21] hija de Ocambo, que fue cacique de Zocothlán y de Ozimba, hermana de Teutile, general de los ejércitos de Motezuma, del que yo tomé mi nombre. Mi nación ha deseado siempre la alianza con los tlascaltecas, porque casi nos son insoportables las exacciones y tributos con que nos grava el gobierno de Motezuma, y enteramente insufribles el orgullo y violencias de sus agentes. Nuestra situación, tan distante del centro del imperio, y nuestra vecindad con Tlascala nos han convidado siempre a la unión; mas los agentes del gobierno, y sobre todo las tropas del emperador, han hecho atrocidades con los tlascaltecas siempre que han venido a nuestras tierras, fomentando así y encendiendo los odios y rivalidades entre las dos naciones vecinas.

"No obstante, las negociaciones secretas adelantaban considerablemente; mi padre estaba casi decidido a sacudir el yugo de Motezuma, y los tlascaltecas y nosotros comenzábamos a mirarnos como hermanos, cuando un senador de Tlascala, llamado Magiscatzin, corriendo las sabanas en una cacería, se entró en nuestras tierras y quiso abusar de una joven parienta nuestra que encontró sola cuidando de un sembrado de maíz. La honrada zocothlana se defendió con valor de los insultos de aquel insolente, al que hizo varias heridas en el rostro con sus propias manos. Aunque no sabíamos el nombre del atrevido, se conoció por sus plumas que era un tlascalteca; no obstante no quiso mi padre hacer cargo a la nación del crimen de uno de sus individuos y, encomendando la venganza a los dioses, no dio paso alguno contra el criminal, sacrificando los deseos de un justo escarmiento a las esperanzas lisonjeras de una próxima unión.

"Interin mi padre observaba esta conducta generosa, se presenta Magiscatzin en el senado todavía sangriento, y acusa a sus pacíficos vecinos de Zocothlán de haber atentado contra su vida dentro de los límites de Tlascala. Jamás hasta entonces se había contaminado aquel santuario de la libertad con la mentira y la calumnia; así es que se enardecieron los ánimos de los fieros tlascaltecas y votaron la guerra y la venganza. Nuestras fronteras fueron atacadas, y bien pronto se cubrió nuestra patria de luto y de desolación. Mi padre reunió su gente y salió al encuentro del enemigo; en las inmediaciones de Zocothlán se dio una sangrienta batalla en la que mi padre fue herido con una flecha en la garganta. Esta triste nueva llegó bien pronto a nosotras, que pedíamos al dios de los ejércitos favoreciese nuestra justa causa. Mi madre y yo salimos al campo a prodigar nuestras caricias a mi desgraciado padre, que conducían unos cuantos bravos sobre sus hombros. El anciano respetable no pudo hablarnos, pero sus manos y sus ojos nos manifestaban su afecto y el consuelo que recibía de nuestras atenciones cariñosas.

"Al mismo tiempo rompe las líneas un tercio de tlascaltecas, acomete la escolta que custodiaba a mi padre, nos rodea con gritos desaforados y la carnicería y el espanto nos cercan por todas partes. A la cabeza de estas tropas venía un joven cuyo aspecto y continente me llamó particularmente la atención a pesar de mi sorpresa. Con paso ligero y rostro sereno se acerca a mí, el arco a la espalda y una maza en la mano; párase a corta distancia y, con una voz sonora y llena de dignidad, exclamó: '¡Tlascaltecas! No manchéis vuestra gloria con la muerte de los vencidos. Nuestra venganza debe ser generosa.' Su gente le obedece como a un Dios. Y después de dar algunas disposiciones, se dirige a mí, y me habla de esta manera:

"—'¿Quién eres, ¡oh criatura más hermosa que la estrella de la mañana!, que has podido desarmar la justa cólera de un tlascalteca?'

"—'¡Monstruo! —le contesté— ¿Osas llamar justa tu rabia, hija natural de un crimen atroz? Acaba de saciar tu sed de sangre y arráncame un alma que no puede soportar tus horrores.'

"En este mismo tiempo veo a mi madre caer sin sentido: había sido herida en la refriega; pero ocupada de la situación de mi padre y de la mía sufrió en silencio sus dolores hasta que sucumbió a la pérdida de sangre que le causaba su herida. A los pocos instantes expiró en mis brazos y yo pude resistir este golpe fatal animada por los pocos momentos de vida que quedaban aún a mi padre, que, al fin, sucumbió al peso de tantos males juntos, y al cerrar sus ojos para siempre, caí yo a tierra sin sentido.

"Al volver en mí, me encuentro en los brazos de Jicoténcal: éste era el joven de que acabo de hablarte, que mandaba entonces una división o tercio de las tropas de la república. Este guerrero magná-

nimo rociaba agua fresca sobre mi seno, me hacía oler plumas que-
madas y frotaba mis pies con pieles. Aunque debí a sus cuidados mi
vida, tuve la crueldad de insultarle de nuevo; en seguida me obstiné en
no contestarle una sola palabra a sus afectuosas demostraciones y sus
honradas protestas, y mi cólera crecía más y más viendo el ascendiente
que, a pesar mío, tomaba sobre mi corazón.

"La ley de la guerra me condenaba a la suerte de esclava y, no
obstante, hice mi camino hasta la ciudad de Tlascala, recibiendo de
Jicoténcal y de los suyos las mismas atenciones y respetos que hubiera
podido esperar de los míos. A los pocos momentos de nuestra entrada
en la capital me condujeron a casa de mi joven señor; yo estaba tranquila sobre mi honor, ni tampoco me afligía una esclavitud que el
respeto y miramientos de Jicoténcal me hacían poco temibles. Mi
corazón era el que me alarmaba, porque bien involuntariamente ardía
en amor por el joven guerrero. Este me presentó a su padre, anciano y
ciego, diciéndole estas palabras: 'El cielo te colme, padre mío, de tantas felicidades como gracias tiene esta hermosa zocothlana que te presento. La suerte de la guerra me la ha dado por esclava, pero el que
manda en los corazones de los hombres la ha hecho señora del de tu
hijo. Colmado de gloria, me encuentro más triste y abatido que jamás
se vio un esclavo atado al pie del altar. Las leyes me prohíben casarme
con una enemiga y el cielo me une a ella, y, para colmo de mis males,
¡esta ingrata me odia, me aborrece, me llama bárbaro, monstruo! ..
Medita, padre mío, si en tu sabiduría y en tu experiencia puedes encontrar algún remedio a los males o algún consuelo a las penas de tu desdichado hijo.'

"El anciano Jicoténcal lo colmó de caricias y, con un afecto verdaderamente patriarcal, le prodigó tantos consuelos y le dio tan prudentes consejos, que el semblante del hijo respetuoso comenzó a brillar
con una dulce serenidad que yo no había visto hasta entonces. Tal es el
ascendiente de las virtudes, unidas al afecto paternal y el respeto que
infunden unas canas venerables, que el impetuoso carácter de un joven
valiente y vencedor se convirtió en la dulce mansedumbre de la
inocencia sumisa a los consejos de la sabiduría.

"Disimula, extranjero, que me detenga con complacencia en tan
interesantes recuerdos; quizá ellos solos son la única felicidad que me
queda. ¡Y ojalá tú hubieras conocido a este venerable anciano! Tu
corazón no hubiera podido resistir al imperio de todas las virtudes
reunidas en un solo hombre.

"Mas volviendo a mi historia: yo quedé sola con el padre Jicoténcal, y éste se insinuó con tanta dulzura y con tanta prudencia, que no
pude menos de abrirle mi corazón, pidiéndole yo también un remedio o

un consuelo en mi pasión desdichada. Mas ¿quién te podrá pintar la santa cólera que animó su semblante cuando supo por mí la negra calumnia de Magiscatzin? ¡Primera causa que gobiernas el mundo! —exclamó de una manera que me hizo caer de rodillas sobrecogida de un santo respeto— ¿Cómo permites tanta maldad? ¡Supremo juez de los mortales! El santuario de las leyes, el templo augusto de la libertad de Tlascala está contaminado sacrílegamente. ¿En qué se detienen tus venganzas? La sangre inocente ha regado la tierra, ¡y respira todavía el malvado que nos la ha hecho derramar!… Retírate, hija mía; tus fatigas piden un poco descanso y yo necesito de todas mis fuerzas para meditar sobre los males que amenazan a mi hijo y más todavía a nuestra patria.'

"A la mañana siguiente nos mandó llamar el respetable anciano a su hijo y a mí, y tomándole a él una mano cariñosamente, le habló así 'Jicoténcal, Teutila te ama…'

"¡Cuánto trabajo costó al buen viejo contener los transportes de alegría de su enamorado hijo! Este casi arrastró hasta mis pies a su anciano padre, el que, después de haberlo dejado desahogar un poco su pasión, continuó de esta manera: 'Pienso, hijo mío, que no es imposible que seas feliz. El cielo nos ha dado nuestras inclinaciones para hacernos desdichados. Pero es menester mucha prudencia y saber dominarse a sí mismo para que las pasiones sin freno no nos arrastren a una infelicidad merecida. Tu situación exige de ti más prudencia que de ningún otro y quizá también más de la que es de esperar de ti. Ten ánimo, hijo mío. ¿Me prometes que sabrás vencer tus pasiones en obsequio de tu patria y de Teutila?'

"Jicoténcal lo juró así en las manos de su padre por su honor, por su amor y por su respeto y afecto filial. 'Pues bien —continuó el anciano—, óyeme sin interrumpirme hasta el fin. Hasta el día nuestra patria ha sido invencible por su justicia y por sus virtudes. Los más ancianos de Tlascala no han visto nunca una injusticia en sus jefes, ni jamás han oído una traición que empañe la gloria de los que han gobernado la nación; este espíritu de rectitud nos ha unido y ha suplido en gran parte los defectos de nuestra manera de gobierno, porque ¿qué sería, a la verdad, de nosotros, si se apoderasen del senado unos hombres ambiciosos y malos, siendo como lo son vitalicios sus destinos? Pues ya no hay unión en el senado hijo mío. Magiscatzin, traidor a sus juramentos, acaba de cometer el crimen horrible de ser injusto y calumniador, y ha hecho a los tlascaltecas los instrumentos de una venganza infame y criminal… ¡Dios mío! Aparta tus venganzas de mi patria, perdona al instrumento inocente y descarga tu cólera sobre la inicua mano que lo manejó! ¿Y en qué tiempo nos sucede esta desgracia, hijo mío? Cuando llegan a nosotros las noticias de la toma de Tabasco y de la derrota de su ejército por unos extranjeros que, si no mienten las voces, son superiores a nosotros en fuerzas y en armas, y sorprenden y espantan a los pueblos, tanto por lo extraño de sus conocimientos como por sus grandes vicios, desconocidos en estos climas. La proximidad de semejante enemigo hace más temible y más funesta que nunca nuestra desunión. Magiscatzin tiene amigos, y cuando la gangrena se presenta en un miembro, el mal ha contaminado ya más o menos otras partes del mismo cuerpo. Tú sabes que esas predicciones vagas que un falso celo por la religión ha perpetuado hasta ahora, se comienzan a explicar haciendo de ellas una aplicación completa a esos extranjeros. Quizá hasta ahora sólo el amor a lo maravilloso ha sido la causa de estos comentarios insensatos, pero ¡desgraciados de nosotros si un perverso quiere abusar de la credulidad del vulgo ignorante! Estas tristes circunstancias me hacen temer, hijo mío, un rompimiento y una disensión intestina. Sin ellas yo mismo me presentaría en el senado y hasta mi último aliento sostendría la acusación del patricida, y aun cuando nos costase una guerra civil, la república convalecería y recobraría su vigor, después de haber extirpado su miembro podrido. Sin embargo, es necesario evitar por todos los medios imaginables que tome ascendiente en nuestros consejos el malvado. El general de la república es muy anciano y achacoso; tu valor ha decidido la aciaga victoria de Zocothlán, y hemos convenido en que hoy mismo renunciara el mando, y esperamos que la patria te elegirá a ti para que la defiendas. El partido de los honrados tlascaltecas se hará más fuerte, y así podremos luchar mejor contra los males que nos amenazan dentro y fuera de nuestros hogares. En seguida concedemos la paz a nuestros vecinos de Zocothlán, que la solicitan, y, haciendo prevalecer en el senado la generosidad tlascalteca en competencia con la benignidad que se supone a esos extranjeros de quienes tanto se nos habla, propondremos, y sin duda Tlascala acordará, la libertad de los prisioneros de guerra. De este modo practicaremos la justicia cuanto nos lo permiten las circunstancias y allanaremos el camino de nuestra unión con Zocothlán, tan fatalmente interrumpida. Así también principiará a nacer en ti la esperanza de que llegue el día en que, sin faltar a las leyes de tu país, puedas ser el esposo de Teutila. Grandes serán los obstáculos que nos debe oponer el enemigo común de la patria; pero nosotros los arrostraremos con valor y constancia y nos abandonaremos a la discreción del supremo gobernador del mundo, confiados en nuestras puras intenciones. Yo exijo de ti, hijo mío, que moderes tu ardor; que sufras con paciencia y con tolerancia a un monstruo como Magiscatzin, y esto en obsequio de tu patria y también de

Teutila, pues ambas pueden llegar a ser víctimas de nuestras desavenencias, si se encienden en Tlascala las teas de la discordia.'

"—'¡Cielos sacrosantos!—exclamó entonces el joven Jicoténcal— ¿Para cuándo reserváis los rayos, si sois indiferentes a tanta abominación? Y tú, ¡oh patria mía!, tú, ¡mi adorada Teutila!, caros objetos de mi corazón, admitid al sacrificio de mi justa cólera el mayor de los sacrificios que pudieran exigirse de Jicoténcal. ¡Padre mío, no me abandones! Mi fuego necesita de tu prudencia, y tu hijo seguirá con docilidad los consejos de tu sabiduría. ¡Adiós, Teutila! —me dijo tomándome ambas manos—. Tú vas a ser libre, y sólo Jicoténcal es esclavo. Mi corazón te seguirá a todas partes y palpitará por ti hasta mi último aliento. Cuando estas hermosas manos entretejan la majagua; cuando hilen el blanco algodón, menos puro que tu inocencia; cuando rieguen las flores, menos fragantes y menos deliciosas que tus labios, no olvides que tu Jicoténcal vive por ti y para ti.'

"El anciano interrumpió esta escena, ya demasiado tierna para todos, recordando a su hijo los deberes que lo llamaban a otras atenciones. En el mismo día se verificó todo, como lo había proyectado el padre de mi querido Jicoténcal. Mis compatriotas eligieron por su cacique a Olinteth; éste se presentó ante el senado a recibir la paz que le acordaba Tlascala y a recoger los prisioneros.

"Al fin llegó el momento de nuestra separación. En semejante circunstancia yo no pude menos de abrir mi pecho al que ya reinaba en él como su único y absoluto señor. Lo colmé de caricias inocentes; mi alma se unió con la suya por medio de un dulce beso, y, para mitigar un poco el tormento de nuestra separación, convinimos en que nos veríamos frecuentemente en la gruta que se halla cerca de los límites de las dos naciones y donde me encontraron los tuyos ayer tarde. Desde entonces ha venido constantemente Jicoténcal todas las mañanas al rayar la aurora, ocupando las noches para oír, al apuntar el sol, la repetición de mis promesas, después de haber consagrado el día a las tareas de su alto destino.

"Las pocas veces que éste le ha impedido venir a verme nunca ha dejado de mandarme algún amigo con una flor o una fruta o alguna otra memoria de su cariño. Solamente después que vosotros llegasteis a esta tierra no le he vuelto a ver ni he tenido más noticias suyas que la de las saetas que tu soldado ha visto esta mañana conmigo. Extranjero: Jicoténcal está en guerra contra ti, y Jicoténcal es invencible. Si quieres tomar mi consejo, trata de hablar con él, trata de conocerlo, y verás un bravo, un gallardo joven, pero aún más virtuoso que valiente. Cuando lo conozcas, lo amarás, si no eres insensible al mérito de la virtud y del valor. Dame a mí la comisión; yo iré en embajada, y créeme que nadie conseguirá de él tanto como yo."

Mientras Teutila refería con su franqueza y sencillez la historia de sus amores, meditaba Hernán Cortés sobre las grandes noticias que estaba oyendo. Como buen político dirigía su principal atención a un grande proyecto que le había sugerido la división y discordia del senado de Tlascala, y, sin embargo, devoraba con sus ojos las gracias de la americana, que no habían hecho en él menor impresión que en el honrado Diego de Ordaz.

Al fin, después de haber prodigado las más finas atenciones a Teutila, mandó que se le dispusiera una cómoda habitación en su mismo cuartel, reteniéndola así presa bajo la apariencia de un obsequio. Inmediatamente mandó salir a Diego de Ordaz con su compañía de descubierta, o guardia avanzada, y destinó para lo demás del servicio a los otros oficiales que no eran de su total confianza. En seguida llamó a los demás capitanes a consejo de guerra. Reunido éste en la misma noche, habló el jefe de esta manera:

—Compañeros y hermanos de armas: La república de Tlascala está disponiendo sus fuerzas contra nosotros; éstas son, al parecer, formidables; pero yo espero que si la suerte favorece nuestro valor, una victoria en Tlascala nos asegurará la conquista de todo el Continente. Si vosotros confiáis en mi prudencia, yo he meditado un plan vasto que nos ayudará poderosamente a vencer los obstáculos que se nos opongan, por extraordinarios que sean, y que allanará grandes dificultades; mas no conviene que yo os lo comunique, si he de esperar verlo coronado con un suceso feliz.

"Muchas pruebas tengo de vuestro afecto, del que jamás he dudado; pero ahora necesito una nueva, cuando quiero conduciros a una grande empresa por caminos que necesito cubrir con el secreto. Decidme, pues, si cuento con vuestra confianza, y marcharemos a la gloria."

Como el jefe había separado, con el pretexto del servicio, a todos los que pudieran darle la menor sombra de recelo, el consejo le manifestó su ciega sumisión, y se acordó unánimemente la jornada para el día inmediato.

Los capitanes fueron a disponer todos los preparativos de la marcha, y antes de rayar la aurora, pasó Hernán Cortés a la habitación de Teutila, a la que dijo que, después de haber meditado toda la noche sobre la conversación del día anterior, creía lo más acertado ir a buscar al valiente Jicoténcal a su misma patria, donde sin duda los recibiría bien su gallardía y urbanidad; que si ella tenía la complacencia de ser de la partida, esperaba que su mediación favorecería la amistad sólida que le iba a proponer sinceramente entre la república y las armas españolas. La inocente y sencilla americana, que no conocía ni intriga ni doblez, accedió de la mejor voluntad a la proposición del jefe extranjero, se pone gustosa en sus manos y excusó de este modo el escándalo de una tropelía y el peligro de que los de Zocothlán intentasen oponerse a su violencia, lo que le embarazaría demasiado en sus proyectos.

Reunida la tropa española a la salida de Jacacingo, mandó Cortés romper la marcha a los cempoales y totonacas que lo auxiliaban, y arengó así a sus soldados:

—¡Compañeros! Los tlascaltecas no responden a nuestra embajada. Ocho días han pasado después que nuestros embajadores salieron del cuartel y una semana es un término demasiado largo para nuestra paciencia. Vamos a saber por nosotros mismos la causa de su detención ¡Compañeros! Tlascala será nuestra amiga o sufrirá la suerte de Tabasco."

Concluida esta breve arenga principió inmediatamente a marchar el ejército.

Libro Segundo

En las grandes conmociones que sufren las sociedades civiles se presentan siempre varios fenómenos a distancia del centro de acción que, como otras tantas chispas despedidas por la explosión de un volcán, prenden o se extinguen a grandes distancias del foco del incendio. Así sucedió que de las largas guerras que España sostuvo contra los moros, sus usurpadores, y del espíritu militar que éstas habían alimentado en los españoles, salieron los aventureros que emprendieron la conquista de la América Occidental. La diferente religión, que había dado la divisa y la voz de guerra en España colocando los combatientes bajo la *Santa cruz* o bajo la *Media luna*, dio también a los guerreros el espíritu de convertidores, y éstos tomaron por pretexto de sus aventuras la propagación de una creencia que casi no conocían y que insultaban con su conducta.

Hernán Cortés, capitán de los que se dirigieron a sujetar a Méjico, era un joven de gallarda presencia, de talentos muy despejados y de un valor singular. Nació en Medellín, provincia de Extremadura. Dedicado a las letras, la impaciencia natural de su genio le hizo abandonar esta carrera por la de las armas, y en el año de 1540 se embarcó para Santo Domingo, recomendado a su gobernador. Mas la tranquila seguridad en que estaba la isla no convenía a su carácter, y pasó a Cuba, donde todavía estaba la gente en armas. Allí adquirió la opinión de un soldado valiente y de un hombre de consejo prudente y sólido; pero su grande reputación se fundó en su generosidad y en su carácter amable.

En Cuba casó con doña Catalina Suárez de Pacheco, señora de distinción, en cuyo galanteo se portó con tanta imprudencia que el gobernador Diego Velázquez se vio precisado a tenerlo preso hasta que se celebró el matrimonio, del que él mismo fue el padrino. Esta nueva relación le valió a Cortés los favores del gobernador, que al fin lo nombró capitán general de la armada y tierras descubiertas y que se descubriesen en las Indias Occidentales.

Inmediatamente enarboló Hernán Cortés su estandarte, se presentó en público con uniforme de general, que realzaba la gentileza de su persona, y gastó liberalmente cuanto pudo reunir de sus amigos en los preparativos de su empresa. La publicación de ésta fue recibida con entusiasmo, tanto por lo que en sí misma prometía como por la gallardía y buenas prendas del jefe, de forma que la salida de Cortés de Santiago en 18 de noviembre de 1518 fue un verdadero triunfo. En Trinidad[22] se le reunieron muchos individuos de calidad y mayor número de soldados, con cuyo refuerzo era ya considerable su armada, cuando Diego Velázquez, el gobernador, receloso de su proceder y aún más todavía de su grande ambición, resolvió despojarle judicialmente de la capitanía general.

A la primera noticia que tuvo Cortés de esta orden se presentó a sus soldados, excitándoles a que vengasen el insulto que se hacía a su capitán. Las tropas estaban resueltas a defenderlo hasta el último extremo, y con esta seguridad amenazó a las autoridades que serían despreciadas si intentaban oponerse a la expedición. Los funcionarios públicos cedieron a la imperiosa ley de la fuerza, y Hernán Cortés siguió a La Habana, donde ya habían llegado las mismas órdenes de Diego Velázquez para deponerlo del mando, pero la autoridad encontró las mismas dificultades para ejecutarlas.

Hernán Cortés tenía la fuerza de su parte, y sin ésta el gobierno no es más que un fantasma impotente y ridículo. Además, mandó sacar a tierra su artillería y su gente, manifestando bajo el pretexto de una revista, que no temía al gobernador de la isla, ni intentaba atacarlo con las tropas del rey, como se decía. *"Viendo, pues, Hernán Cortés que no era tiempo de consejos medios, que ordinariamente son enemigos de las resoluciones grandes, trató de mirar por sí usando de la fuerza con que se hallaba, según hubiese menester"*,[23] y separando de La Habana a Diego de Ordaz, del que estaba receloso, se presentó de nuevo a sus soldados, quejándose de la persecución que amenazaba a su cabeza.

Este paso exaltó el entusiasmo de la gente, la que se revolucionó abiertamente y amenazó con insolencia a cualquier autoridad que osase oponerse a los designios de su capitán. Publicada así solemnemente la insurrección, nombró Hernán Cortés los cabos de su tropa, y, después de celebrada una misa del Espíritu Santo y de dar el nombre de San Pedro por patrono de la armada, salió en 10 de febrero de 1519 y tomó el rumbo de Cozumel. El ejército de su mando se componía de 508 soldados, 16 caballos y l09 entre maestres, pilotos y marineros, sin contar dos capellanes.

La victoria de Tabasco, debida sin duda al espanto y novedad de las armas de fuego y, principalmente, de los caballos, desconocidos en aquellas regiones, dio a su pequeño ejército la fama de sobrenatural e invencible. El jefe supo aprovecharse de esta primera impresión para ganarse a los caciques que estaban quejosos de la tiránica opresión de Motezuma. El imperio de éste y la fama de sus inmensas riquezas eran el único objeto que llenaba su ambición y hacia el que encaminó todos sus planes. A pesar de la hábil política con que los manejaba y de lo mucho que lo favoreció la fortuna, se le revolucionaron por dos veces la mayor parte de los individuos de su tropa que, menos ambiciosos y menos comprometidos que él, daban mayor peso a las dificultades de su temeraria empresa.

En ambas ocasiones manifestó su genio fecundo en recursos: con una contrarrevolución apagó el primer tumulto, y, renunciando hipócritamente al mando, se hizo elegir de nuevo por los mismos que lo habían sostenido en su alzamiento. Para extinguir el segundo motín se sirvió del rigor, usando de los severos castigos con que acostumbran los déspotas abatir las cabezas que pueden hacerles sombra. Entonces quemó su escuadra para quitar a todos la esperanza de volver a Cuba y asegurarse él en el partido que había tomado a riesgo de su cabeza.

Tal era el capitán del ejército español que, en unión de las tropas cempoales y totonacas, marchaba al encuentro de los tlascaltecas. Al llegar la gente a la gran muralla de piedra que atravesaba un valle entre dos montes señalando y fortificando los límites de la república de Tlascala, quedó Hernán Cortés admirado de la fortaleza y suntuosidad de la fábrica, que manifestaba el poder y prudencia de aquel Estado. Tan cierto es que el espíritu verdaderamente republicano jamás ha sido conquistador.

Luego que Hernán Cortés pisó las tierras de la república, encargó a uno de sus confidentes que se internase en la dirección que le pareciera y a cualquier costa le trajese un tlascalteca viejo o joven, hombre o mujer, introduciéndolo de noche y con el mayor sigilo posible en su tienda. En efecto, un pobre anciano le fue presentado, al que después de muchos agasajos, habló de esta manera:

—Amigo: si amas a tu patria, no te pesará hacerle un gran servicio. Ese joven fogoso que está a la cabeza de las tropas con menos prudencia que osadía, os va a conducir a una ruina inevitable, ínterin que los consejos sabios y juiciosos son despreciados. Ve a Tlascala, amigo, y con gran secreto dile al respetable Magiscatzin que a mi ciencia nada hay oculto, que yo sé con cuanto calor ha sostenido la causa de la justicia y con cuanto vilipendio ha sido menospreciada su prudencia. Dile que yo voy a vengar su honor ultrajado y que tenga ánimo y valor para sostener con constancia su causa, que los dioses le protegen. Dale esta cinta de mi parte y dile que se la ponga al cuello y que no olvide que tiene amigos que lo estiman.

El buen anciano hizo traición a su patria, creyendo que la rendía un gran servicio; y el mensaje produce los más fatales efectos. Como la república había decidido la guerra y Magiscatzin conocía bien las fuerzas de su patria y los talentos de su general, sus planes se habían desconcertado enteramente, suponiendo que los extranjeros serían vencidos. Admirado de que éstos tuviesen noticias de los negocios más reservados de su gobierno, y halagadas sus pasiones tan lisonjeramente con el regalo y amistad de Hernán Cortés, concibió y adoptó el traidor proyecto de sublevar y revolucionar sus amigos contra la familia de Jicoténcal, sacrificando así su patria a sus resentimientos privados.

Entretanto, se encontraron las vanguardias de ambos ejércitos, y los tlascaltecas sostuvieron el ataque con tanto valor que hirieron a los españoles algunos soldados y cinco caballos. La noche suspendió la batalla, y los ejércitos se retiraron a tomar posiciones.

Cuando Teutila vio a Hernán Cortés en una casería donde la habían detenido violentamente los que custodiaban el bagaje del ejército, se quejó de la opresión en que la habían tenido sus guardias y volvió a proponerle su plan imaginario de ser la embajadora a su amado Jicoténcal. El desengaño de esta fiera americana cuando las respuestas de Hernán Cortés le descubrieron su verdadera situación, fue terrible. Un alma honrada siente mortales convulsiones cuando se ve presa en los lazos de la astucia.

—¡Monstruo! —le dijo—. Mas inhumano que un tigre y más vil y traidor que una serpiente, ¿cómo no te horrorizas de tu imprudencia? Mira, si te atreves, ese cielo cuya justicia te amenaza… Tiembla, malvado, tiembla y estremécete. El brazo de Jicoténcal se levanta sobre tu cabeza. Mas, si es el interés el que te conduce, aún es tiempo de que saques algún partido de tu atroz engaño, y ya que no sea yo la medianera, sea a lo menos la prenda de la paz. A este precio no habrá condiciones duras para el enemigo que provocas, como no sean las que manchen su honor o las que vendan a su patria.

En vano se debatía la inocente buscando, cual un pajarillo en su jaula, los medios de escaparse de su prisión. El destino había fallado su desgracia, y Hernán Cortés no era hombre de los que se hacen vacilar en sus resoluciones.

Uno de los prisioneros que habían hecho los españoles tuvo medios de burlar la vigilancia de sus guardas y dio a Jicoténcal la primera noticia de que Teutila se hallaba en poder del enemigo. El noble corazón de este tlascalteca no había dado jamás entrada a la desconfianza; mas estaba enamorado: supo que su querida estaba obsequiada y atendida, y los celos más violentos vienen a aumentar las pasiones que lo atormentaban.

A la mañana siguiente se pone a la cabeza de todos los suyos y como un león sale al encuentro de su contrario. No obstante, con la patria en su corazón y con los consejos de su padre en la memoria, este valiente joven, que siempre había visto a su lado a la fortuna y que en el momento se hallaba agitado por tan violentas pasiones, tuvo la serenidad suficiente y supo contenerse hasta haber atraído a su enemigo a un llano, donde tenía en orden su ejército. Allí lo cercó, dividiendo sus tropas en dos alas que, como dos olas impetuosas, lo envolvieron por todas partes, quitándole los medios de una retirada. Los españoles y sus aliados se formaron en cuadro, atendiendo únicamente a su defensa; mas el ataque que sufrieron fue tan vigoroso y tan sostenido, que sólo buscándose a toda costa una salida podía evitar una derrota completa. Así lo intentaron, y se empeñó una batalla tan sangrienta que el ánimo y valor de los españoles comenzó a decaer, viendo su pérdida inevitable. Empero el destino había decidido que el valor, la prudencia y el patriotismo se estrellasen contra la irresistible fuerza de sus decretos. El joven Jicoténcal casi tocaba con la mano la palma de una victoria y de un triunfo que le aseguraban la independencia de Tlascala, la posesión de su Teutila y la justa venganza y escarmiento de todos sus enemigos, cuando recibe parte de la muerte de casi todos sus cabos, y deseando no malograr tantas ventajas con el desorden que era de temer por semejante accidente, hace el sacrificio de todas sus pasiones en el altar de la patria y, escuchando sólo a la prudencia, toca a retirarse.

Los atabales y bocinas del ejército tlascalteca, que tocaban a retirada, fueron obedecidos con tanta prontitud como cuando habían dado la señal del ataque, y los vencidos se vieron como por encanto libres de su triste posición y sin impedimento para retirarse. Al instante ocuparon una población inmediata, que habían abandonado los habitantes, para repararse en ella de sus fatigas y fortificarse contra un enemigo tan temible en el campo.

Entretanto, intrigaba Magiscatzin en Tlascala ponderando la pérdida de los cabos tlascaltecas para ganarse a sus parientes y encareciendo las ventajas de las armas españolas. Seguro de un apoyo en el jefe de éstas, redobló su actividad y, dando a su perfidia el color de un celo patriótico, separó de la buena causa a muchos honrados tlascaltecas, pero cuyo valor carecía del temple necesario en semejante crisis. En este estado de división llega a Tlascala un cacique aliado con un tercio considerable de gente, y el astuto Magiscatzin supo ganarlo, ponderándole la insufrible arrogancia de Jicoténcal, los peligros que iba a correr solamente para aumentar las glorias de ese joven ambicioso y confiándole la comunicación que había tenido de Hernán Cortés. Convencidos ambos conjurados en su plan, salió el cacique con sus tropas a reunirse al campamento.

Magiscatzin propuso en el senado que se pidiese la paz a los españoles, pero no pudo conseguir que aquel cuerpo prevaricase hasta un extremo semejante. Sin embargo, tuvo suficiente influjo para que se mandasen suspender las hostilidades por algunos días.

Entretanto, Teutila se sostenía en su prisión con una dignidad que contrastaba con el descaro imprudente de sus opresores. Fray Bartolomé de Olmedo, hombre de actitudes suaves y fiel por otra parte a su estado, ansiaba por convertirla. Con este fin le dirigió un día la palabra de esta manera:

—¡Cuánto siento, hija mía, los pesares que te afligen! Mas me parece que Dios te quiere probar, para que desde tus tribulaciones le busques y le implores. Si no te obstinaras, si de buena fe te prestases al oír su voz, El es el que te llama y el que te dirige la palabra por mi boca.

—Calla y no blasfemes, extranjero, que sienta mal a tus canas una impostura tan impía. ¡Tú el órgano de Dios! Entre vosotros el instrumento de su palabra! ¡Hipócritas! Estáis llenos de vicios abominables, ¡y osáis suponeros los ministros de un Dios! No sé si el vuestro será algún ser tan maléfico y malvado que merezca semejantes adoradores; pero estoy segura que sois los verdaderos enemigos del que gobierna el mundo, porque éste es bueno por su naturaleza. Pero, al fin, ¿qué me hará tu Dios en mis desgracias?

—Consolarte cuando creas que tus aflicciones no son más que una providencia suya para probar tu paciencia y tu sumisión a sus inmutables decretos.

—No, extranjero; tú no conoces a Dios. ¡Un Dios complacerse en mi mortificación sólo por la curiosidad de saber si yo soy sufrida! Si es el que gobierna el mundo, ¿qué necesidad tiene de pruebas para conocer una de sus ínfimas partes? ¿Ni qué le importa a su grandeza que yo me conforme o no con sus decretos, que tú mismo llamas inmutables? Yo recurro a Dios en mi aflicción, sí, y recurro con fervor; pero es para bendecir su justicia y para consolarme contemplando sus justas venganzas, porque, si hay monstruos como vosotros, preciso es que haya quien castigue vuestros crímenes.

Nada era bastante para abatir ni moderar el orgullo ultrajado de la americana; desconfiada ésta, y con razón, de todos los españoles, no tenía más momentos de consuelo que los que pasaba con doña

Marina,[24] que la solía acompañar en su prisión. Esta doña Marina era una americana, natural de Guazacoalco, que, después de varios accidentes de fortuna, vino a ser esclava del cacique de Tabasco. Este la pasó al dominio de Hernán Cortés, después de la sumisión de su país, con otras esclavas que le presentó de regalo. Los buenos talentos y las gracias de esta esclava llamaron la atención de su amo, el que, después de haberla hecho bautizar con el nombre de Marina, puso en ella su amor y su confianza, de manera que en pocos días pasó de su esclava a su concubina y confidente. Este último oficio lo desempeñó con grandes ventajas para Hernán Cortés; pues, no sospechando en ella los naturales las artes y el dolo de los europeos, supo emplear con más efecto la corrupción y la intriga, en que hizo grandes progresos.

Hernán Cortés le había encargado particularmente que consolase a Teutila en su dolor y que procurase ganarla con dulzura y afabilidad, evitando a cualquier costa que el rigor la arrastrase a un partido desesperado, de lo que parecía tan capaz. Doña Marina la consolaba, más con caricias que con razones, guardándose bien de elogiar a sus tiranos y manifestándose ella misma deseosa de sacudir también su yugo. En las grandes aflicciones las almas más fuertes tienen necesidad de un consuelo que mitigue sus sufrimientos, y esta necesidad tan natural las hace ser poco escrupulosas en el examen de los que les ofrece el acaso. Así la infeliz Teutila cayó en las redes de su astuta y falsa amiga y se abandonó con confianza a su perfidia para gozar por algún tiempo de la dulce ilusión de una honrada amistad y sufrir después el amargo tormento de verse de nuevo engañada.

Ya comenzaban a dar cuidado a Hernán Cortés la quietud y silencio del enemigo, pues la retirada de Jicoténcal tuvo todas las apariencias de quedar pendiente la campaña. En consecuencia de estos recelos, y habiendo sabido que el ejército tlaxcalteca estaba acampado a pocas leguas de distancia, envió a Jicoténcal algunos de los prisioneros que había hecho, como en clase de parlamentarios, con comisión de decirle en sustancia lo que sigue: *"Que se hallaba con mucho sentimiento del daño que había padecido su gente en la batalla, de cuyo rigor tuvo la culpa quien dio la ocasión, recibiendo con las armas a los que venían proponiendo la paz; que de nuevo le requería con ella, deponiendo enteramente la razón de su enojo, pero que si no dejaban las armas y trataban de admitirle, le obligarían a que los aniquilase y destruyese de una vez, dando al escarmiento de sus vecinos el nombre de su nación."*[25] A las pocas horas volvieron los emisarios, en quienes Jicoténcal había mandado castigar la insolencia de semejante proposición. Estos dijeron que el general tlaxcalteca les había perdonado la vida sólo para que respondiesen de su parte a Hernán Cortés: *Que al*

primer nacimiento del sol se verían en campaña, que su ánimo era llevarle vivo con todos los suyos a los pies del senado para que éste pronunciase en justicia el castigo de su atentado contra la república, y que se lo avisaba, *desde luego, para que tuviese tiempo de prepararse,* dando así a entender que no quería disminuir el valor de la victoria con la sorpresa del enemigo.

Esta brava respuesta no acobardó a Cortés, porque éste no supo jamás lo que era miedo ni temor; pero alarmó su cuidado, y *no desestimó el aviso ni despreció el consejo.* Así, pues, recorrió su fortificación, redobló sus centinelas y se puso en estado de defenderse de su poderoso enemigo, al que no creía prudente salir al encuentro. Mas en la misma noche llegaron a sus cuarteles los cuatro cempoales que fueron enviados en embajada y que se habían escapado de la Calpisca favorecidos por Magiscatzin y sus parciales. Con este obsequio y un escudo de concha de un trabajo primoroso que le acompañaba de regalo, quiso Magiscatzin manifestar a Hernán Cortés que podía contar con su obediencia y con su afecto.

—Dile a ese famoso capitán —dijo a uno de los cempoales— que no le informo por extenso de los negocios de nuestra república porque he visto que, con su ciencia, penetra hasta los más grandes secretos, que ansío, por el momento, echarme a sus pies y ofrecerle el homenaje debido a su superioridad y a sus virtudes; que le suplico que admita ese escudo, no porque lo necesite su valor, sino como una demostración de mis vivos deseos de que el cielo lo ampare y lo defienda, y que si permite que un hombre tan inferior a él como yo le ponga humildemente algunas observaciones, que las considere como una expansión de mi celo más bien que como avisos, de que no necesita. Dile que los que seguimos su causa hemos convenido con el cacique que manda la división aliada que ha entrado de refresco en nuestro campo, que, en la primera ocasión que le proporcione una batalla, revolucionará sus tropas contra los tlascaltecas, lo que podrá facilitarle una completa victoria, no fácil de conseguir de otro modo; que Jicoténcal es un hombre tan osado y tan terrible en un encuentro, que nos hace temer por la seguridad de su misma vida, pues no calcula los peligros y se complace en arrostrar los más espantosos; que, aún después de conseguida la derrota del ejército tlascalteca, quedará aquí un partido poderoso que será siempre enemigo suyo, a cuya cabeza está el decrépito Jicoténcal, hombre obstinado y terco, que ha sabido ganarse una opinión grande imponiéndose a los tlascaltecas con una austeridad ridícula y con una dulzura afectada e hipócrita; más con todo, que yo no desconfío de vencerlo y de obligar por último al senado a que vaya de rodillas a pedirle la paz.

Instruído así Hernán Cortés de la favorable fortuna que protegía su empresa, varió sus planes; salió de sus cuarteles antes de amanecer y escogió puesto conveniente donde poder defenderse con ventajas hasta que llegase el momento de atacar con la seguridad de la victoria.

Diego de Ordaz se quedó mandando la guarnición del cuartel, a causa de no hallarse aún curado de una herida que recibió en la última batalla. Su generoso corazón lloraba en secreto la esclavitud de Teutila, y su honradez se estremecía del abuso indigno de la fuerza con que se la oprimía. Empero sus ideas exageradas sobre la subordinación militar y la fidelidad a sus juramentos eran tales, que hubiera sacrificado mil veces su vida antes de faltar en lo más mínimo a sus deberes.

Aunque cada día más enamorado de las grandes prendas de Teutila, aún no le había hecho la menor insinuación amorosa, contenido por una parte por su modestia, y detenido, por otra, por la continua vigilancia con que la hacía observar Cortés por su capellán y demás personas de su confianza. También había encargado particularísimamente a doña Marina que no la abandonase ni un momento mientras su ausencia. Sin embargo, doña Marina se quedó en la cama a pretexto de una indisposición y mandó llamar a Diego de Ordaz suponiendo que tenía que comunicarle asuntos de grande importancia.

Difícil sería querer pintar la sorpresa del honrado español al oír la libre declaración de amor que le hizo doña Marina. Esta le dijo que, esclava y no amante de Hernán Cortés, aborrecía su soberbia dominación; que su afecto no había podido resistir al mérito y prendas de un hombre tan honrado como Ordaz; que si ella fuera libre, no dudaría un momento en la elección y abandonaría al instante a su opresor, para darse toda entera a sus inclinaciones; pero que no pudiendo en su condición de esclava obrar conforme a su libre voluntad, quería al menos robar a su tirano los instantes que pudiese, vengándose así de su opresión.

—No sé, señora doña Marina —le contestó Ordaz—, la respuesta que debo dar a una proposición de tal naturaleza. Si otro que una mujer hubiera tenido bastante atrevimiento para insultar así mi honor, con su vida hubiera pagado su osadía. Más sea esta una intriga artera con la que se intente presentarme como un vil y bajo libertino o bien sea que usted tenga la desgracia de haber podido concebir tan infames sentimientos, de uno o de otro modo, Diego de Ordaz será siempre honrado.

E inmediatamente le volvió la espalda, dejando en extremo picados su orgullo, su vanidad y su amor.

No hay cosa más natural que el entusiasmo que se enciende en un amante honrado y la especie de veneración con que contempla al virtuoso objeto de su amor cuando el teatro del mundo le compromete a representar un papel en estas escenas de corrupción y de vicio: el contraste de extremos tan opuestos eleva a su amada hasta la divinidad, y si hay algo en el mundo que nos de la idea de una felicidad celestial, son estos momentos en que un alma virtuosa se abandona a los más puros deleites sobrecogida de un santo respeto.

Animado Ordaz de estos sentimientos, pasa a la habitación de Teutila y, sin hablarle una palabra, se sienta a su lado, absorto en sus dulces meditaciones.

—¿Vienes, extranjero —le dijo Teutila un poco conmovida de su continente modesto y decoroso—, vienes a insultar a una infeliz en su desgracia? ¡Alcaide inhumano de mi prisión! ¿Vienes a complacerte en mis inútiles esfuerzos para romperla? ¿Y cuándo?... ¡Cuándo tus bárbaros compañeros asesinan, quizá en este mismo momento, al mas virtuoso y digno de los mortales! Vete y libra de tu presencia a la que, sin ella, es bastante infeliz.

—No, hermosa y desgraciada criatura, no vengo a insultarte ni a oprimirte, vengo, sí, a admirar tus virtudes, a compadecerme y sentir como tú tus penas, y ¡ojalá estuviera en mi mano el aliviarlas a costa de mi vida! Vengo a decirte que tus infortunios me hacen infeliz; vengo, en fin, a manifestarte que mi corazón arde en amor por ti, pero un amor puro y respetuoso cual jamás pudo animar al corazón de un hombre. Sí, criatura incomparable, Diego de Ordaz te ama, te adora y te amará y adorará hasta el último momento de su vida, sin que le sea posible ocultar más esta pasión, noble y pura como la hermosa alma que la ha producido...

—¡Bravo, bravo! Señor virtuoso —dijo interrumpiéndole doña Marina—, le sienta a usted bien hacer el modesto en una sala y venir a otra a seducir indignamente a una esclava. Salga usted de aquí.

Horrorizado Ordaz, más bien que temeroso, sale huyendo de semejante mujer, y ésta, cambiando en el momento de tono y de porte, aconsejó a Teutila, con la dulzura e interés de una fina amiga, que no diese oídos a las pérfidas insinuaciones de estos extranjeros; que su corrupción no aspiraba a más que a abusar vilmente de su sencillez; que, si por desgracia, se dejaba seducir por la falsa dulzura de sus palabras, lloraría para siempre la pérdida de su inocencia, de su honor y de su sosiego, que era lo único a que aspiraba su pérfida afabilidad.

—¿Es posible —exclamó Teutila—, es posible que quepa en estos hombres tanto fingimiento? ¿Unas expresiones tan nobles y tan honradas y unos sentimientos tan puros y tan interesantes pueden proferirse y expresarse por el que no habla ni obra sino instigado del vicio? ¡Qué arte tan fatal, Marina! ¿A qué nos atendremos si los hombres saben fingir así las virtudes y ocultar los vicios? ¡Qué caro pagan esos extranjeros las ventajas de sus conocimientos! ¡Cuánto más valen nuestra sencillez y nuestra ignorancia!

De esta manera se consolaba Teutila en su infeliz situación. Y doña Marina que había conocido bien el temple del alma que quería prender en sus redes, después que dejó algo tranquila a su prisionera hizo a Ordaz las reconvenciones más amistosas por su poca prudencia en manifestar su pasión a una mujer que, guardada en rehenes de un enemigo poderoso y temible, tal vez podría llegar a ser víctima de la política; le dijo que ni la envidia ni los celos tenían la menor parte en estos consejos que ella desdeñaba esas viles pasiones indignas de un corazón que había concebido otras nobles y generosas, y, en fin, que ella guardaría, y le aconsejaba a él que guardase, el secreto más escrupuloso sobre su debilidad y ligereza, porque si Hernán Cortés llegaba a descubrirlo tomaría de él un pretexto para saciar su odio contra Ordaz y la envidia y celos que sus méritos y prendas habían encendido en el ambicioso y soberbio jefe.

Esta astuta sierpe tuvo la destreza de tocar las fibras enfermas del corazón del honrado Ordaz, que, agradecido a sus útiles consejos, comenzó a compadecerla por sus extravíos. Así reanimó doña Marina la esperanza de llevar a cabo su intriga amorosa con Ordaz picado de nuevo su orgullo por los celos que le causó la escena con Teutila. Hernán Cortés no esperó en el campo mucho tiempo a Jicoténcal, que, cumpliéndole su palabra, se presentó a la cabeza de su ejército al pie de una grande águila de oro, que era la insignia y bandera de Tlascala. Acometió el ejército tlascalteca con valor y denuedo, y, a pesar de la diferencia de las armas y de las ventajas de la posición que había escogido el general de los españoles, fue tal el ardor de los tlascaltecas, que, cargando todas sus fuerzas contra aquellos y sus aliados, los rompieron y desbarataron, deshaciendo enteramente su formación.

En lo más reñido de la batalla se separa de la acción el cacique ganado por Magiscatzin. Jicoténcal vuela y le manda atacar a un pelotón de españoles que hacía esfuerzos para formarse en batalla, y el traidor no sólo desobedece, sino que vuelve las armas de su división contra las tropas de Tlascala. Otros jefes tomaron el partido de los amotinados, y todo el ejército entra en una revolución completa. Jicoténcal, a la cabeza de los leales, hizo frente a unos y otros enemigos, y con su valor y su prudencia supo emprender una retirada en la que no pudieron incomodarle los españoles por el mal estado en que se hallaban. Así se retiraron a sus cuarteles ambos ejércitos: el uno, para reparar sus pérdidas, y el otro para remediar el desorden.

El precipicio cuyo borde habían pisado por dos veces los españoles, y del que los había salvado una fortuna tan singular, amotinó al ejército, y públicamente se decía en éste que su jefe debería disponer *"la vuelta a Veracruz*[26] *pues era imposible pasar adelante, o lo ejecutarían ellos, dejándole solo con su ambición y su temeridad".*[27] En esta crisis peligrosa y difícil supo el político Hernán Cortés plegarse a las circunstancias, y, sin dar oídos a su colérico resentimiento, se sirvió para persuadirlos de la fuerza y valor de las mismas circunstancias y, con estudiada dulzura, les hizo ver que eran perdidos sin remedio si volvían las espaldas no sólo en Tlascala, que los perseguiría, sino hasta en las naciones amigas, que por lo menos los abandonaría en la retirada. Mas aunque de este modo calmó el descontento, no se determinaba a salir de sus cuarteles, cuyas fortificaciones aumentaba diariamente.

En el ínterin, Magiscatzin adelantaba y engrosaba su partido, el que llegó a ser tan fuerte que el anciano Jicoténcal mandó a decir a su hijo por uno de los suyos que, aunque los enemigos extranjeros estaban casi vencidos, los interiores aumentaban considerablemente sus fuerzas y la patria estaba al borde del abismo; que era muy de temer que el senado votase la paz en su próxima sesión, a pesar de la perspectiva gloriosa que presentaba la prosecución de la guerra.

El bravo general tlascalteca consulta sólo a su patriotismo y, deseoso de prevenir la traición de los guardianes de la libertad de su patria, resuelve tomar por sorpresa el atrincheramiento del enemigo, asaltando su cuartel por la noche. Esto último era impracticable por la falta absoluta de preparativos y máquinas para el asalto y por la falta de experiencia en esta parte del arte de la guerra, desconocida en aquellos pueblos; y el sorprenderlos no era de esperarse en un capitán como Hernán Cortés y en las apuradas circunstancias en que se hallaba. Mas ¿cuándo ha calculado los peligros ni pesado las dificultades el valor de un verdadero patriota? Ni la terrible artillería, ni los fosos y parapetos, nada arredra a Jicoténcal: éste ha oído que la patria esta al borde del abismo y sale amparado de las tinieblas de la noche hacia el cuartel de los enemigos a la cabeza de los leales tlascaltecas. Con valor denodado emprende el asalto por tres puntos diferentes, y la pericia de los españoles, favorecida por la superioridad de sus armas y amparada en sus fortificaciones, no hizo poco en impedir el éxito favorable de la empresa.

Al día siguiente se acordó, en efecto, la paz en el senado, y éste mandó orden a Jicoténcal para que suspendiese las hostilidades ínterin se entablan las negociaciones. Esta traidora resolución redobla el celo patriótico del joven general, el que dijo al emisario:

—Dile de mi parte al Senado que, si su prevaricación y su envilecimiento llegan hasta abandonar o vender a la patria, yo y los míos la defenderemos.

Y determina asaltar de nuevo el cuartel del enemigo en la próxima noche. Para hacerlo con más conocimiento envió con vituallas doce o quince de sus soldados de más confianza y disposición, suponiéndose paisanos de Tlascala, pues Magiscatzin y sus partidarios habían obligado a sus dependientes a que llevasen víveres a los españoles, principiando así a ganarse su gracia. Estos espías fueron descubiertos porque los delataron los agentes de Magiscatzin, que, habiendo transpirado el proyecto de un nuevo ataque en la noche inmediata, avisaron de todo a Cortés. Este hizo mutilar a los soldados tlascaltecas y, después de haberles hecho sufrir el tormento de cortarles las orejas, las narices y los dedos de las manos y de los pies, tuvo la crueldad de enviarlos así a su general para que le dijesen que estaba dispuesto a recibirlo. Este horror, sin ejemplo en aquellas regiones, aterró el ánimo de los tlascaltecas, y en el mismo tiempo llegaron unos comisionados del senado para disolver el ejército. El momento de terror favoreció esta providencia liberticida, y Jicoténcal tuvo que ceder a la fatal fuerza de la necesidad.

Inmediatamente acordó el senado una soberbia y magnífica embajada a Hernán Cortés pidiéndole la paz de parte de la república. Instruido por Magiscatzin el que llevaba la palabra, le aseguró la disolución del ejército y la deposición de su general, y repitió varias veces que el senado y pueblo de Tlascala ansiaban por la paz, para cuyo logro ningún sacrificio les sería costoso. Hernán Cortés dio una respuesta ambigua, pero insultante, recatándose en conceder lo mismo que tanto necesitaba en su apurada situación. De este modo también se tomó tiempo para curar a sus heridos, que eran muchos, y para abrir negociaciones más inmediatas con Magiscatzin.

Entabladas éstas, insinuó Hernán Cortés al traidor tlascalteca que le agradaría que le enviasen de embajador al mismo Jicoténcal. Este se había retirado a Tlascala con intención de defender su patria de cualquier modo y de sacrificarle por último su vida. Mas su respetable y prudente padre le informó del estado de las cosas en el interior y de los poderosos partidarios que se habían unido a Magiscatzin, concluyendo con decirle:

—Una guerra civil, hijo mío, aniquila sin remedio la libertad de la patria y pone infaliblemente a Tlascala en manos de esos extranjeros. Los leales se han portado con valor, y los traidores son siempre tan despreciados como estimados los fieles patriotas. Si ese capitán extranjero conserva algún viso de respeto a las virtudes cívicas; si tiene algún resto de pundonor y de estimación a sí mismo; si no es un monstruo de desvergüenza, de descaro y de infamia, preciso es que aborrezca y que desprecie al traidor Magiscatzin y a sus viles y miserables secuaces.

"La prudencia nos dicta, en nuestra triste posición, hacer hoy con ellos la paz; si calculan bien su verdadero interés y atacan a la justicia, nos cumplirán las condiciones; y nosotros seremos fieles a los tratados, primeramente porque así lo prescribe la justicia y, en segundo lugar, porque con su amistad quedamos más expeditos para combatir nuestros enemigos interiores. Si faltasen a sus juramentos, Tlascala tiene todavía bravos que la defiendan y el cielo nos proporcionara una ocasión más favorable.

"Ahora conviene entrar de buena fe en este partido, a que nos obliga la necesidad y que nos aconseja la prudencia. Para manifestarlo así y para evitar que un vil adulador acabe de deshonrar a los tlascaltecas, he proyectado con los buenos que se te proponga a ti por embajador de la república, y espero conseguirlo a pesar de la fatal influencia de Magiscatzin en el senado. Ten prudencia, hijo mío; el verdadero valor y el verdadero patriotismo exigen el sacrificio de nuestras pasiones algunas veces más costoso, más difícil y más heroico que el de nuestras vidas."

Lejos de oponerse Magiscatzin al nombramiento de Jicoténcal se alegró infinito de dar a Hernán Cortés una prueba de su ciega obediencia a las menores insinuaciones de su voluntad, y al mismo tiempo no le pesó poder hacer también ostentación de su influjo en el gobierno del Estado.

Al día siguiente se presenta en el cuartel de los españoles una embajada compuesta de cincuenta tlascaltecas, a cuya cabeza iba un joven de estatura más que mediana, talle gentil, continente denodado, que, por su semblante varonil y por la majestuosa expresión de sus facciones, exigía el respeto de todos. Iba adornado de plumas y joyas y vestido con un manto blanco que manejaba airosamente. Este era Jicoténcal, el que después de las ceremonias de costumbre, según la etiqueta de su nación, habló de esta manera:

—General: Tlascala, que me mandó tomar las armas contra ti, me envía hoy a que tratemos la paz y Jicoténcal te la propone con tanta franqueza y buena fe como tuvo constancia y tesón en la guerra. La república te ofrece paso libre por sus tierras y te suministrará víveres con abundancia y generosidad. En recompensa sólo te pide que respetes sus dioses, sus mujeres y sus propiedades.

Hernán Cortés hizo a Jicoténcal las más expresivas demostraciones de aprecio y estimación y, lo que hasta entonces no había hecho con ningún otro americano, le recibió entre sus brazos, elogió su valor

y, después de asentadas y juradas las condiciones de la paz, le dio la mano con apariencias de grande amistad.

Concluída tan felizmente la misión pública, pidió Jicoténcal una audiencia reservada a Hernán Cortés. Apenas estuvieron solos, cambió de repente el europeo su expresivo y afectuoso semblante en un continente frío y seco, cual suele verse en los ministros de los déspotas, mudanza que hubiera podido imponer a un hombre menos animoso que Jicoténcal. Este, sin variar nada en su noble franqueza, principió así la conversación:

—Dime, general, ¿qué haces de una india zocothlana que tienes detenida en tu cuartel?

—¿Y quién eres tú —le contestó el otro— para pedirme razón de mi conducta?

—Quien yo soy, tú lo sabes; pero yo no te pido más que noticias de una persona que me interesa.

—Haces tus peticiones con tanta arrogancia que con mi desprecio quiero hacerte ver la diferencia que hago entre el general de las armas de Tlascala, obediente a su gobierno, y Jicoténcal insultando al que por tantos motivos debe respetar.

—Bien; puesto que tu estableces esa diferencia, después que la paz esté ratificada, el general de Tlascala respetará al capitán de los extranjeros y Jicoténcal te buscará y pedirá razón, como quiera que te llames, pues que debes tener un nombre. Adiós.

Hernán Cortés conoció bien que el gran enemigo que tenía que temer era Jicoténcal; su valor, sus virtudes, su fama y su nombre podían en todos tiempos renovarle los mismos peligros de que tan felizmente había escapado a la sombra de una facción. Tampoco se le ocultaba que por grande y poderosa que sea ésta, tarde o temprano cede o se estrella contra la fuerza nacional y que esta fuerza es invencible cuando tiene una buena cabeza que la dirija.

En una palabra: Jicoténcal amenazaba a su seguridad en la América, y su existencia hacía precarias todas sus ventajas. Así, pues, la política pedía la pérdida de Jicoténcal a cualquier costa. Admitir su desafío era imposible en la situación de Hernán Cortés, aunque éste no temía personalmente a un enemigo tan inferior en recursos para un duelo. Tales eran las reflexiones que hacía Cortés después de haber conocido personalmente al general tlaxcalteca. En cuanto a Teutila, no temía que en Tlascala se le pidiese razón de su conducta, por pertenecer aquella a otro Estado, enemigo de la república, y así resolvió retenerla y conservarla como una prenda de tanto más precio cuanto más ardiente era el amor de Jicoténcal. Además, su hermosura le había hecho demasiada impresión y Cortés no era hombre que abandonaba fácilmente sus proyectos.

Cuando estaba en estas meditaciones, entra Teutila y, con su franqueza ordinaria, le dice:

—Extranjero, todos en tu cuartel celebran la paz, que me aseguran se ha concluído entre la república y tus armas; yo debo estar libre. Adiós.

—Antes de que partamos —le contestó Cortés— tengo que comunicarte secretos de grande importancia. Ten paciencia, joven fogosa, y no seas indócil al que no quiere más que tu bien. Antes de salir el sol nos veremos.

La infeliz americana no podía conciliar estas expresiones cariñosas con la tiranía que la privaba de su libertad, y se fue pensativa a su habitación.

Ella sola estaba triste en el cuartel, los soldados celebraban con grandes regocijos y fiestas una paz tan inesperada con una nación tan temible y poderosa; los cabos estaban reunidos en la habitación del jefe, aun después que las tropas se recogieron a descansar. Cortés había advertido a doña Marina que iba a retirarse de la tertulia por un negocio importante que lo ocuparía hasta poco antes de amanecer; que procurase entretener agradablemente a los oficiales y, si se echaba de menos su presencia, que se valiese de cualquier pretexto plausible para que nadie pudiera sospechar de su ausencia.

Desde el día en que la declaración de amor de doña Marina fue tan mal recibida de Diego de Ordaz, había aquella medido su conducta con un disimulo tan fino que, lejos de habérsele escapado la menor insinuación de queja o de resentimiento, no perdonó ningún medio para manifestar que estaba avergonzada y arrepentida de su debilidad. Esto, justo con las caricias que prodigaba a Teutila, la había reconciliado con Diego de Ordaz, que naturalmente era bueno. Entonces se hallaba éste participando de la alegría general en la habitación del jefe y, divertido con una partida de damas que jugaba con doña Marina, no advirtió la ausencia de Cortés.

Al concluirse la tertulia prolongó doña Marina el juego, y Ordaz se quedó solo con ella sin pensar más que en el tablero. Una puerta suena. Doña Marina se levanta asustada, toma del brazo a Ordaz y, sin darle lugar a la reflexión, le dice temblando:

—Hernán Cortés esta ahí; somos perdidos si nos encuentra solos y a estas horas.

Y esta artificiosa mujer conduce así sorprendido a Ordaz a un pequeño aposento que apenas contenía más que una cama, y lo cierra con llave, dejando solo y seguro a su casto querido. La única idea que en aquel momento ocupó a Ordaz fue la de verse escondido como un criminal que huye de la justicia tan inocente e involuntariamente. Mas ¿qué había de hacer? Hay casos en que toda la prudencia de un hombre honrado no puede impedir que lo arrastre el torrente de la fatalidad. Mientras tanto, doña Marina dispone con precipitación que se recojan los criados, apaga las luces y vuelve a buscar al pajarillo que había cogido en su red.

—Hernán Cortés —le dice temblando—duerme en esa habitación de afuera, pero antes de amanecer tiene que salir y usted podrá retirarse sin que lo vea nadie. ¡Cuán sensible me es no tener un pretexto para quedarme en otra parte! Mas la necesidad me obliga a incomodar a usted. Si, amigo Ordaz; esta noche conocerá usted que la lección que me dio su virtud no ha sido perdida y que, si una vez fui débil, ahora sabré contener esta fatal pasión que me atormenta… ¡Ay de mí! Yo no sé por qué estoy tan asustada… El corazón quiere escaparse de mi pecho…

El cuarto era tan pequeño y sin luz; se tenían que hablar tan de cerca para no ser oídos; Ordaz era joven; doña Marina era hermosa y amable, y… Un tardo desengaño vino a sacar al honrado Ordaz de su letargo para cubrirlo de vergüenza.

—¡Intriganta y seductora mujer! —le dijo—. Al fin has abusado de la honradez de Diego de Ordaz. Ábreme la puerta, que prefiero exponer a mil peligros mi vida a la vergonzosa situación a que me has arrastrado.

Doña Marina, herida en lo más vivo de su amor propio, le dijo rabiando como una furia:

—¡Anda, Catón[28] ridículo! Teme a una mujer enamorada a la que insultas al salir de sus brazos. Su amor te brinda nuevos placeres, y su cólera y su despecho amenazan a tu cabeza.

—Que no te vea yo más, y cualquier desgracia me será soportable.

Así salió el pobre Ordaz, pagando bien caro con sus remordimientos y su vergüenza una debilidad tan difícil de vencer en sus pocos años y en semejantes circunstancias.

Teutila esperaba, sumergida en sus tristes reflexiones, las noticias importantes que le había anunciado Hernán Cortés, y sorprendiéndola éste en su profunda meditación, se sienta a su lado y le habla de esta manera:

—¡Hermosa americana! El cielo no quiere que seas desgraciada y te reserva para grandes destinos. Tu belleza y tus gracias no merecen sepultarse donde no tengan admiradores y envidiosos. Tu fiereza sola se opone a tu dicha.

—Tus palabras son lisonjeras, extranjero. ¡Ojalá estuviera tu corazón acorde con ellas!

—¡Mi corazón! Tú lo has ganado, Teutila. Y esto es una de las cosas que quiero comunicarte: yo no soy dueño de resistir a la invencible inclinación que tu mérito ha producido en él. ¿Quién podrá verte con indiferencia? ¿Y quién podrá conocerte sin sentir el más fino afecto por ti? Créeme, querida Teutila: la expresión de mi cariño es tan sincera y verdadera como tú hermosa y altiva.

—Pues bien. Si eso es así, ¿por qué no me dejas ir a buscar a mi Jicoténcal?

—¡Jicoténcal, Jicoténcal! Ese bárbaro no te merece.

—Cesa, cesa, extranjero, y no insultes a ese héroe si quieres que Teutila te dé oídos.

—¿Y por qué despreciarás así un afecto que has sabido introducir en mi alma a pesar de tus insultos?

—No, yo no lo desprecio; antes al contrario, me alegro mucho de que me estimes, porque esto prueba que yo merezco y valgo algo en tu opinión. Mas para creerte, te pido una cosa que no me puedes negar sin ser el más detestable tirano: mi libertad.

—¿Y te irías contenta de entre nosotros dejándome a mí con tanta pena por tu ausencia, que me costaría perder el sosiego, la alegría, la salud y quizá también la vida? ¡Es tan dulce una sonrisa tuya!... ¡Tienen tus hermosos ojos un fuego tan vivo!... Con una sola mirada puedes hacer feliz al mortal más desdichado. ¿Y quieres abandonarme?

—¡Qué poco conoces a Teutila si piensas que la memoria de lo que me has hecho padecer pueda más en mí que la estimación de tu amistad! La adquisición de un amigo no cuesta jamás cara. Pero repito: vuélveme mi libertad

—¿Conque no tienes repugnancia en ser mi amiga?

Cortés tendió una mano con dulzura a la sencilla americana, que sin sospechar el fin de esta larga introducción, se la tomó con afecto y le dijo:

—Pues que somos amigos, dime: ¿dónde está Jicoténcal? ¿Qué hace? ¿Por qué no está aquí? Déjame ir a buscarlo, y yo misma te lo presentaré.

Cortés arrima su mano a los labios y le dice con expresión y ardor:

—¿Cómo podría yo negarte nada? Todo, todo cuanto desees será poco en precio de una sola gracia que te pide mi afecto.

—¿Qué es lo que quieres? Habla y explícate, que yo no puedo adivinar, en el estado en que estoy, qué cosa pueda hacer por ti.

—¿No te lo dice tu corazón? —y siempre con la mano de Teutila apretada entre las suyas, llenándola de besos.

—No sé por qué te complaces en atormentarme. Si yo supiera que podía hacer algún bien, ¿qué me impediría la dulce satisfacción de hacer a un hombre feliz?

—Tú sola eres capaz de hacerme a mí dichoso.

—Di como.

—Viniendo a mis brazos...

Hernán Cortés se arroja a ella, que retrocede horrorizada al descubrir en sus acciones lo que su inocencia le había impedido ver hasta entonces.

—¡Dioses inmortales! —exclama—. Confundid en el abismo a esta desdichada criatura; que mi cuerpo sea presa de las aves de rapiña o, arrastrado por los torrentes, sea abandonado sin sepultura a las ondas del mar, pero libradme de este monstruo. ¿En qué he podido ofenderos para que me castiguéis con tanta crueldad? Dime, bárbaro: ¿son estos los motivos de tu política? ¿Es este tu afecto? ¡Y tú eres a quien llaman héroe! ¡Tú el aliado y el amigo de Tlascala! ¡Maldita sea la hora que te vio nacer! ¿Qué fiera te dio el pecho? ¿En qué infierno has aprendido tanta perfidia, tanto disimulo y tanta maldad?

—Basta, basta, insolente, que ya se cansa mi paciencia. Escucha, miserable, al que tiene tu destino en sus manos: o sé complaciente o jamás saldrás de tu esclavitud, como no sea para expiar tu soberbia con la muerte más horrorosa. Escoge.

—Sin vacilar ni un momento. Vamos a morir.

—¡Tú morir!... Eso no, ínterin mi corazón arda en amor por tu hermosura. Yo cansaré tu constancia, y esa altiva resistencia cederá al fin a mi continua y amorosa porfía.

—Tus caricias me horrorizan, y, si quieres verme con alguna tranquilidad, continúa tus insultos y tus amenazas, hiere y despedaza tu víctima: que yo te desprecio como tirano, pero me eres insoportable como amante.

Doña Marina, que no podía descansar de la rabiosa turbación en que la había dejado el aciago fin de su galante aventura, vino sin objeto a ver a Teutila y puso fin a una escena tan terrible. Hernán Cortés compuso prontamente su semblante y encargó a doña Marina que no abandonara a la pobre americana.

Diego de Ordaz huía de sí mismo y, cual un tímido caminante al que unos bandoleros acaban de dejar en libertad, daba vueltas alrededor del cuartel, sin dirección ni designio. El aire de la madrugada fue refrescando un poco el volcán que ardía en su cabeza y en su pecho. En estas circunstancias lo encontró fray Bartolomé de Olmedo, y ambos tuvieron ínterin el paseo la siguiente conversación:

—Me parece, querido Diego, que ahora no puedes menos de reconocer la particular providencia de Dios, que nos protege tan señaladamente. Ya has visto que en dos ocasiones en que nuestro ejército estaba vencido por la multitud, un milagro del cielo nos ha salvado, y la Providencia nos conduce al fin en triunfo adonde, según la pobre razón humana, debíamos entrar vencidos.

—No niego a usted que hemos tenido una extraordinaria felicidad, pues en el momento crítico de nuestra derrota vimos retirarse al enemigo repentina e inopinadamente. Mas estos sucesos, sin duda, han tenido su causa, la que yo ignoro y la que deseo saber, pues me temo que su descubrimiento empañe nuestra gloria y marchite nuestros laureles. Quizá también no alcanzaríamos a poderla conciliar con esa providencia especial de que usted me habla. Yo reconozco ahora, y siempre he reconocido, la providencia sabia y benéfica que ha ordenado al universo con leyes inmutables y a las que se sujetan sin excepción todos los fenómenos que vemos, lo mismo que los que se nos ocultan. Pero no puedo reducirme a creer que el ser que preside a la Naturaleza se ocupe particularmente en unos detalles tan minuciosos, de una manera tan arbitraria, y algunas veces tan incompatible con su bondad. Si usted entiende, pues, por esta providencia particular en nuestro favor, que en el orden inmutable de las cosas, y en la cadena no interrumpida de causas y efectos naturales, nos han tocado unos eslabones y unos fenómenos que nos son muy ventajosos según nuestros deseos, no hay en esto la menor duda. Y si a estos mismos hechos los llama usted milagrosos, es decir, admirables, porque no conocemos las causas que los han producido, estamos perfectamente de acuerdo. Pero todo lo que pase de aquí se me resiste.

—¡Cómo, Ordaz! ¡El católico Ordaz no reconoce la providencia especial de Dios en todas las cosas sin la menor excepción! Piensa, hijo mío, que es una impiedad atroz no confesar que no se mueve la hoja en el árbol sin la particular y expresa voluntad de Dios.

—Si eso fuera así a la letra, sería imposible conciliar lo que me ha pasado a mí anoche con la bondad y sabiduría de Dios. ¡Dios mío! ¡Vos el autor y árbitro voluntario de todas las acciones de la lúbrica y fatal escena en que he tenido la desgracia de ser actor! Pero concluyamos una cuestión demasiado profunda para mí. ¿Qué me dice usted de la violencia con que nuestro capitán retiene presa a la joven?

—El servicio del rey lo exigirá así, y el que tiene la autoridad tendrá sus motivos para ello, que no nos toca a nosotros examinar.

—¿Conque no debemos examinar la conducta de los mandatarios y nuestro deber queda reducido a una obediencia tan ciega como la de una máquina al agente que la mueve?

—No hay la menor duda que los leales españoles han obedecido siempre así a sus reyes y a la autoridad que de estos dimana.

—Conque si Hernán Cortés prevaricase en puntos de fe, como lo hemos visto faltar en las costumbres, y nos mandase adorar a un cocodrilo, ¿deberemos obedecerlo ciegamente?

—Eso no; Dios es lo primero. Su santa doctrina no debe ceder ni a los reyes ni a los soberanos de la tierra, que, por grande que sea su poder, no son en su presencia más que miserables y pecadores mortales.

—Pues ese mismo Dios nos manda defender la inocencia oprimida, no ser jamás los instrumentos de la injusticia; en una palabra: llenar los deberes de la moral que sanciona la religión. Si esto es, pues, evidente, el deber de la obediencia a las autoridades se reduce a una obligación razonable y justa que nos impone la sociedad para el bien común, pero sin perjuicio de los deberes que nos ha grabado Dios en el corazón.

La diana, que por última vez se tocaba en el cuartel de los españoles, interrumpió a los dos amigos.

Entrado el día se puso en marcha el ejército para la ciudad de Tlascala, donde Hernán Cortés hizo su entrada con todas las apariencias de un triunfo el 23 de septiembre de 1519. Había dispuesto su gente de manera que hiciese toda la ostentación posible con la artillería y los caballos; los soldados iban con mucho orden, vestidos con esmero, las armas brillantísimas y los tambores y cornetas tocando una marcha estrepitosa; todo para mayor aparato. Al ejército seguía el bagaje y la guardia de prevención que custodiaba a Teutila y a doña Marina, y al fin iban los cempoales y totonacas aliados de Cortés.

El senado envió una comisión a recibir al ejército a las puertas de la ciudad, y Hernán Cortés pasó con sus oficiales a la sala de las sesiones. El anciano y ciego Jicoténcal le hizo la siguiente arenga, como decano y presidente:

—General: la república de Tlascala se vanagloria de observar con la fidelidad más escrupulosa los tratados, que jamás hace sin mucho miramiento y reflexión. La justicia es su ley fundamental, y el amor de la patria forma su espíritu. Noventa años de experiencia propia y la tradición de mis abuelos no me han presentado un solo hecho que desmienta estas virtudes, y he aquí los garantes que te ofrece Tlascala del tratado de amistad que ha celebrado contigo.

"Créeme, general: sin la persuasión de que esta amistad redundara en el bien público no hubieras pisado en paz nuestro territorio, interín hubiera quedado un tlascalteca con vida. Esperamos que, por tu parte, no querrás que te aventajemos en generosidad y en justicia.

"El respeto a nuestros dioses, a nuestras mujeres y a nuestras propiedades que nos has jurado tan solemnemente, ha desvanecido hasta la menor sombra de desconfianza en los magnánimos tlaxcaltecas, y tu puedes esperar de estos todo lo que no comprometa su honor ni perjudique a su patria. Ven, pues, sin recelo entre tus amigos y comienza a poner a la prueba sus francas promesas. Tlascala espera verte entre sus hijos, adornado con las galas de paz, después que hayas colgado en una ceiba tus armas y máquinas de guerra."

Hernán Cortés contesto así:

—Anciano venerable y demás senadores de Tlascala: El general de las armas del rey nuestro señor don Carlos V[29] (que Dios guarde) conoce y se congratula por la buena fe con que la república de Tlascala ha sentado la paz, conducida al fin, después de su extravío, a la razón y a la conveniencia. Estar entre vosotros sin recelo ni temor, como lo podéis esperar del que no ha conocido ni el uno ni el otro entre vuestros ejércitos.

"No será menos fiel que vosotros a sus juramentos, cuya observancia le está prescrita, como a vosotros, por la justicia y, además, por la santa religión que profesa, que es la única y sola verdadera y divina. Mas no podrá complaceros deponiendo sus armas, que son las galas únicas que le convienen desde que adoptó su profesión honrosa. Esta es la usanza de nuestro país, donde el soldado se presenta con sus armas hasta en los templos de Dios. Ni os admire el vernos continuar en vuestros pacíficos hogares el mismo género de vida que en el campo de batalla; nosotros somos soldados del rey, y cuando éste no tiene enemigos que vencer, nos adiestramos para cuando los tenga."

El senado había dispuesto para el alojamiento de los españoles un edificio espacioso, donde pudiesen estar todos cómodamente, y lo había provisto con abundancia de caza de todos géneros, de frutas extraordinarias y exquisitas, con algunas ropas y curiosidades de poco precio; pero lo mejor que daba era de sí misma aquella república, cerrada al comercio de las regiones que producían el oro y la plata. Para mayor obsequio cada uno de los senadores había preparado un refresco en su casa para dar así principio a la unión y amistad que se había acordado.

Se propuso el convite a Hernán Cortés; pero antes de que se designase la casa donde se le esperaba a él, interrumpió al que llevaba la palabra, y le dijo:

—Ahora que Tlascala quiere nuestra paz y amistad, debo yo distinguir entre sus hijos al que haya sido el primero cuya sabiduría previó la voluntad de su nación y votó la paz en el senado.

Magiscatzin le presentó sus homenajes, y Cortés pasó a su casa con todos los oficiales españoles y aliados, diciendo que éste era el uso y costumbre de su nación. Así principió a animar a los facciosos, dejando desairados a los patriotas, pero ocultando su conducta bajo sus astutos pretextos.

Teutila se había lisonjeado de que a su entrada en Tlascala vería a su querido Jicoténcal. Este, por su parte, había alimentado la misma esperanza y, en alas de ésta, salió del senado inmediatamente después de concluída la ceremonia de recepción. Pero Hernán Cortés, que había previsto sus deseos, mandó a la guardia de prevención se retirase al cuartel ínterin la ceremonia.

La infeliz Teutila, que se vio por segunda vez esclava en Tlascala, comparaba en sus tristes meditaciones la diferencia y contraste entre su primero y galante amor y su último despótico opresor.

Libro Tercero

Todas las naciones han tenido épocas de gloria y de envilecimiento, y algunas veces han pasado de uno a otro de estos extremos con tanta rapidez que al volver una página de su historia le parece al lector que se le habla de otro siglo y de otro pueblo. El filósofo que examina con imparcialidad estos grandes sucesos encuentra su causa en el influjo que ejercen sobre los pueblos las virtudes o los vicios.

Así el sabio y anciano Jicoténcal, que vio en el crimen de Magiscatzin el primer síntoma que amenazaba a la salud de su patria, dirigió su atención y sus esfuerzos a reanimar las virtudes públicas y a paralizar la corrupción de los vendidos al interés particular, haciendo para esto los más sensibles sacrificios.

—En la triste y crítica situación de nuestra patria —decía a su hijo— debemos aspirar a que los insultos que se cometen contra las costumbres por una soldadesca desenfrenada y las traidoras artes de los pérfidos, que tan indudablemente protege el general de esos extranjeros, se oculten cuanto sea posible al honrado pueblo de Tlascala, porque los malos ejemplos son contagiosos.

"En el ínterin, estemos alerta para atacar la facción patricida en el primer momento de flaqueza; contemporicemos con el respeto que aparentan todavía al decoro público; quejémonos con dulzura de los atentados, suponiéndolos hechos particulares, sin acusar de ellos a sus valedores, y fortifiquemos nuestro partido, conservando los que la honradez tiene todavía bajo las banderas de la patria. Estos forman aún la mayoría de la nación, y si, como yo pienso, los extranjeros intentan penetrar en los Estados de Motezuma, les ofreceremos un ejército auxiliar con el que les ayudaremos, si son fieles a sus tratados, o los batiremos, si nos faltan a ellos.

"Esta medida se hace tanto más necesaria cuanto que, como ves, ya comienza el jefe a querer oprimirnos. A la verdad, él quisiera reprimir las licencias de sus soldados, porque los grandes ambiciosos quieren ser los únicos que no conozcan freno ni medida; pero, hijo mío, esto es imposible a un jefe, si no da él mismo el ejemplo. La manera con que recibe a nuestros amigos y vecinos que vienen a brindarle con su alianza parece más bien de un soberano que admite el homenaje de sus vasallos que de un aliado al que se ofrece una amistad franca e igual.

"Hasta ahora no se ha atrevido a intentar nada contra nuestra religión pero sus discursos son escandalosos y se pueden mirar como amenazas, contenidas solamente por el poco respeto que aún conserva a sus juramentos. Esta conducta nos prueba también que nos teme todavía, y nosotros no debemos perderlo de vista, siempre dispuestos a ser justos con él y siempre alerta para defendernos. Lo que más te recomiendo, hijo mío, es la moderación y que no te dejes arrastrar de tu fogosidad y te pierdas, y contigo se pierda la salud de nuestra patria."

Hernán Cortés se detuvo veinte días en Tlascala, en cuyo tiempo recibió a todos los caciques de la república y de las naciones aliadas, como si en efecto viniesen a rendir homenaje extendiendo un documento público de su sumisión al rey don Carlos de Austria.[30]

La grande población de la república y el espíritu que reinaba en ella la contuvieron en su proyecto de abatir y destruir sus adoratorios; y aun refiere el historiador mas apasionado suyo, que el capellán *lo puso en razón, diciéndole, con entereza religiosa, que no estaba sin escrúpulo de la fuerza que se hizo a los de Cempoala, porque se compadecían mal la violencia y el Evangelio, y aquello en la sustancia era derribar los altares y dejar los ídolos en el corazón, y que la empresa de reducir aquellas gentes pedía más tiempo y mas suavidad, porque no era buen camino para darles a conocer su engaño malquistar con torcedores la verdad*.[31]

En este tiempo hizo Diego de Ordaz amistad con Jicoténcal, y estos dos hombres valientes y honrados se estimaron mutuamente cuanto lo permitían la diferencia de su situación respectiva y el disgusto roedor que atormentaba al tlascalteca. Después de algunos días de conocimiento tuvieron ambos la siguiente conversación:

—No me es posible concebir—dijo el americano— como unos hombres que sin duda tenéis valor, y algunos también virtudes, estáis sometidos a un déspota, que cuanto más poderoso sea tanto más os tiranizará. El gobierno de uno solo no me parece soportable sino en los pueblos cuya ignorancia los hace incapaces de mirar por sí mismos o cuyos vicios y envilecimientos los hacen insensibles a la opresión. Este gobierno tiene para mí el grande inconveniente de la natural propensión del hombre a abusar del poder; y cuando el poder de uno solo domina, no hay más leyes que su voluntad. ¡Desgraciado el pueblo cuya dicha depende de las virtudes de un hombre solo!

—En parte tienes razón, Jicoténcal; pero los reyes de España nos han conducido a la gloria y a las grandes acciones, bajo su dominio hemos combatido y vencido enemigos poderosos y subyugado naciones inmensas, y, desde que principiamos a discurrir, el nombre de rey va unido con todo lo que es grande, útil y bueno. Por consiguiente, el honor de un español está identificado con la fidelidad a su rey.

—Ese, amigo, es mi grande argumento en favor de nuestro gobierno popular, pero que no tiene el grande inconveniente que presenta en tu aplicación. A la sombra de nuestras leyes seguimos nosotros el camino de la virtud y de la gloria, y con ellas hemos ligado cuanto hay de bueno en la sociedad. Estas leyes, este orden y arreglo de lo que exige la utilidad común, no pueden perjudicarnos a menos que no sean malas por sí mismas.

"Pero un rey es un hombre, tiene pasiones y puede llegar a ser un monstruo. Mira lo que pasa a ese grande imperio mejicano. Motezuma era virtuoso, de un corazón recto y de una grande generosidad, y este mismo hombre, puesto ahora a la cabeza de veinte naciones diferentes y poderosas, se ha convertido en un tirano orgulloso, se ha olvidado de que es hombre y su dureza extrema le hace ser el azote de sus pueblos. Los malos se le unen, los buenos se corrompen y el mal es irremediable o, si no lo es, debe costar convulsiones, sangre y horrores increíbles."

A esta sazón entró el anciano Jicoténcal y, tomando parte en la conversación, les dijo:

—Difícil es, hijos míos, que convengáis sobre el objeto que os entretiene. Las ideas que habéis recibido con la leche de vuestras madres son diametralmente opuestas. Creedme que todos los gobiernos tienen sus ventajas, y aún más todavía sus inconvenientes; mas, según lo que yo he podido alcanzar de ese otro mundo donde los hombres saben más que nosotros, allí, como aquí, la corrupción y los vicios son la muerte de los Estados, como las virtudes forman su vida y su vigor.

"Un hombre que tenga el mando absoluto puede oprimir y vejar a su pueblo; pero si este pueblo tiene virtudes, la injusticia irritará a su honrado resentimiento y él sabrá tomarse por su mano una venganza noble y eficaz, usando de sus derechos naturales. Mas si este mismo pueblo teme exponer los pocos bienes que le deja gozar su señor, si transige con el que lo esclaviza, sus vicios y su envilecimiento, únicas causas de su sumisión, le hacen bien merecedor de su suerte.

"Del mismo modo en las repúblicas, cuyo flaco es la inquietud y la discordia, tan naturales a la Humanidad, si la masa de la nación es justa y honrada, se desharán como el humo estos estorbos para su dicha; las diferencias producirán algunas escenas de movimiento, pero el primer peligro reunirá invenciblemente al pueblo que no se vea arrastrado por las pasiones y por los vicios a las parcialidades y a los bandos. Y si estos llegan a formarse, es una serial infalible de que la nación está más o menos enferma; pero no sucumbirá hasta después de haberse corrompido.

"Delante de ti tienes a ese joven, amigo Ordaz. Su valor te es manifiesto, y sus pasiones tienen toda la fuerza de su alma fuerte. Su querida, la amada prenda que debía endulzar sus días, está indignamente oprimida, fácil le sería atacar por sorpresa su prisión y no le faltarían bravos que le ayudasen. Pero también tiene una patria y sabe que debe sacrificarle sus pasiones, y este sufrimiento y esta conformidad, que yo veo con tanta pena como admiración, me hacen ver que Tlascala tiene todavía vida y vigor."

El fin de este discurso conmovió al joven general tlascalteca, que, recordando su conversación privada con Hernán Cortés, pasó inmediatamente a buscarlo, resuelto a pedirle razón de Teutila.

Esta, por su parte, sufría su triste suerte, insultando a su opresor siempre que se le acercaba, y su alma noble se negó absolutamente a la desconfianza y sospechas con que la intentó turbar su astuto tirano. Hernán Cortés había encargado a doña Marina que, con maña y dulzura, procurase hacerla desconfiar de Jicoténcal, prevaliéndose para ello de las conversaciones que tuviera con él, pues que también le había encargado que observase y espiase sus pensamientos.

Mas como las intrigas no siempre llenan su objeto, por esta vez obraron lo contrario de lo que se había propuesto Cortés. Doña Marina conocía bien cuánto podía perjudicar a sus intereses destruir el amor de Teutila, y así sólo aconsejaba a ésta que no se dejase seducir de las palabras dulces ni de las expresiones virtuosas de los españoles, que, diestros en el engañar no trataban más que burlarse de la necia credulidad de sus víctimas. Y como si no conociera a Jicoténcal, la compadecía en su pasión, guardando sobre él un silencio que podía tomarse por la aprobación de sus amores.

Jicoténcal, que había pasado a la habitación de Hernán Cortés, fue admitido a una audiencia, que éste no le pudo negar sin escándalo.

—Creo, Cortés—le dijo—, que he llenado todas las atenciones que exigen mi destino y el tuyo, y me parece que el capitán español no tendrá ninguna queja del general de Tlascala. Ahora viene a verle Jicoténcal, bien informado de que entre vosotros autoriza la costumbre el desafío, aunque lo prohiben vuestras leyes, cuya contradicción no es la única que vemos en unos hombres que pretenden pasar por perfectos.

Dime pues, con franqueza: ¿dónde está Teutila? ¿Qué hace? ¿Por qué no la dejas en libertad? Y si te niegas a contestarme, dame una satisfacción con las armas, las que podrás elegir entre las tuyas o las mías.

—¡Joven imprudente! Mi respeto a los altos deberes de mi destino te libra de pagar bien cara tu arrogancia. Sabe de una vez que jamás verás a Teutila y que no volveré a sufrir tu insolencia.

Y Cortés salió, dejando a Jicoténcal rabiando de cólera y de despecho. En este estado lo encontró doña Marina, y, entre mil expresiones afectuosas, comenzó a tocarle con maña las heridas más sensibles de su corazón y a darle consuelos vagos y generales, pero de que tanto necesitaba en aquel momento.

—¿Eres —le dijo él— todavía americana? ¿Arde aún en tu pecho la llama del amor patrio, o bien te han corrompido y contaminado las artes mágicas de esos hombres que trastornan todas las ideas de lo justo y de lo injusto, de lo bueno y de lo malo? Respóndeme con franqueza.

—No, amigo; el destino me ha hecho su esclava, pero mi razón los conoce y mi corazón los detesta. ¡Infeliz de mí! ¿Qué quieres que haga sin apoyo, sin defensores, sin amigos, sin parientes, sola y abandonada de todo el mundo? Procuro instruirme, por si algún día puedo ser útil a los míos y expiar con mi conducta posterior las apariencias criminales que hoy tiene mi vida.

¡Una mujer joven y hermosa, sin apoyo ninguno! ¡Una mujer que, en su esclavitud, conoce y ama las virtudes! ¡Qué objeto tan noble y tan grande para la compasión de Jicoténcal! Este le aseguró, con entusiasmo generoso, que si arriesgando su vida pudiera conseguirle la libertad, no dudaría ni un instante en emprenderlo. Y como de la compasión al amor no hay grande distancia, el bravo tlascalteca cayó poco a poco en las redes de su astuta y hábil compatriota. En una palabra: sin dejar de amar a su Teutila, se enamoró de las gracias con que doña Marina se había embellecido en su trato con los europeos, y hablando con ésta de la otra, se explayaba su pasión a las dos.

Bien pronto conoció doña Marina su conquista, la que procuró conservar sin comprometerse, con la idea de encontrar en cualquier evento un refugio en su desgracia. Ordaz era el único ídolo de su corazón, el mismo que la despreciaba y aborrecía; pero ella no desconfiaba poderlo comprometer otra vez esperando quebrantar su austeridad a fuerza de repetidas derrotas. Con este fin, en todas ocasiones le hablaba de "la pobre Teutila"; y como ella era la única que pudiera proporcionarle verla y hablarla, su pasión a Teutila le obligó a entrar en transacciones con la mayor enemiga de su amor puro y desinteresado. De esta manera tuvo el buen Ordaz el consuelo de ver algunos momentos a su amada americana, la que, a pesar de todas las prevenciones de doña Marina trataba a Ordaz con estimación y amistad. Tan respetuoso y prudente fue su amor, que no despertó la menor alarma en una mujer cuya situación debía hacérselo tan sospechoso.

En una de estas entrevistas, hablando Teutila de su amado Jicoténcal, se extendió con complacencia en los mayores elogios de su valor. Pintó con unos colores tan vivos e interesantes sus cacerías a las bestias feroces, su gran presencia de ánimo en los peligros y la serenidad con que arrostraba los mayores, que Diego de Ordaz se acordó con algún rubor de la manera y circunstancias con que la había encontrado en la gruta a las inmediaciones de Jacacingo.

Desde allí pasó a casa de Jicoténcal, donde estaba por lo común siempre que se lo permitía el servicio. Se hablaba entonces del volcán de Popocatepetl,[32] que a la sazón arrojaba una grande y espantosa columna de humo con tanta rapidez y violencia que subía directamente por mucho espacio sin ceder a los vientos, que son grandes en aquella cordillera de montañas. Discurrían, pues, los circunstantes sobre la preocupación en que estaba la gente del país de que las materias inflamadas que despedía el volcán eran las almas de los tiranos que salían a castigar la tierra.

Diego de Ordaz conocía bien que esta especie de preocupaciones tiene siempre alguna entrada, aun entre las gentes que se distinguen por su educación y por sus talentos; y animado por los elogios que había oído del valor de Jicoténcal, no pudo resistir al deseo de emprender voluntariamente una acción que, tanto por su mismo peligro como por el prestigio religioso que lo aumentaba, debía darle el concepto de valiente para su querida Teutila.

Al instante corre a pedir el permiso de reconocer la boca del volcán a Hernán Cortés, y éste se lo acordó con poco miramiento, pues, exponiendo a Ordaz a perecer, arriesgaba la reputación de los españoles, porque la preocupación dominante haría mirar su desgracia como un castigo del cielo a tan impía temeridad. Mas las pasiones no son por lo común las mejores consejeras. Ordaz obtuvo la licencia quizá por la grandeza del peligro, y su éxito feliz le dio la reputación de valiente y la gloria de haber emprendido una hazaña tan arriesgada.

Sus amigos lo acompañaron hasta la mitad del monte, quedándose en unas ermitas de los dioses del país, donde concluía el camino practicable. Unos con miedo y otros con envidia, todos lo miraban subir en alas del amor por lo más escarpado de la cumbre. Un hombre menos animoso que él se hubiera arredrado por la aspereza del sitio, donde apenas podía sentar el pie, y mucho más todavía por el accidente de una horrorosa conmoción en el mismo momento en que subía y una explosión tan fuerte de materias inflamadas, que tuvo que guarecerse debajo de un peñasco durante una lluvia de cenizas calientes que casi lo ahogaba. Pero Ordaz no era cobarde y estaba enamorado. Teutila amaba las acciones valerosas, y él sigue con intrepidez hasta la boca del volcán. Desde allí examinó su fondo; dio en seguida una vuelta al cráter, que tendría como un cuarto de legua de circunferencia, y bajó a recibir los aplausos y enhorabuenas por su bizarra hazaña. Una sola palabra de aprobación que pudo decirle Teutila fue para él la mayor y más lisonjera recompensa.

Su amigo Jicoténcal le manifestó en la primera ocasión el placer con que lo había visto concluir sin desgracia su arriesgada empresa.

—Estas preocupaciones —añadió— que se cubren con el manto de la religión, exigen mucha prudencia para combatirlas. Más de una vez he querido yo subir a la montaña y mi padre me ha contenido, no por el peligro que pudiera correr mi vida, sino porque para semejante empresa era necesario principiar manifestando que se desprecia la preocupación que se tiene por sagrada, y para esto faltaba un motivo que justificase nuestro poco respeto a la opinión general. Pero dime: ¿qué motivo has podido tú tener para exponer así tu vida sin necesidad?

Diego de Ordaz era incapaz de mentir y en su respuesta le informa de su pasión a Teutila, por cuyo aprecio y estimación solamente se había expuesto a aquel riesgo. En seguida le refirió por extenso desde su primer encuentro en la gruta hasta la última conversación que tuvo con ella, sin ocultarle ni aun la franca y noble declaración que le había hecho. Jicoténcal oyó con una atención extremada toda esta historia, a la que no contestó más que un profundo y largo suspiro. Después de un breve silencio se despidió de su amigo Ordaz, emplazándolo afectuosamente para una conversación al otro día.

Jicoténcal busca al momento a su padre y le habla así:

—¿Será posible, padre mío, que el trato con esos extranjeros sea contagioso? Dentro de mí mismo pasan cosas enteramente nuevas para mí. Tu hijo acaba de oír a otro hombre que ama a Teutila, y su alma ha sostenido serena este descubrimiento. Yo no sé si son las virtudes de ese buen Ordaz o qué otra causa desconocida ha podido producir este fenómeno.

"Lo cierto es que Ordaz la ama; él mismo me lo ha dicho, y, lejos de que los celos me hayan indispuesto contra él, lo he mirado, al contrario, como el mejor protector que el cielo pudiera enviarle en su horrorosa esclavitud. Si ella lo amara, me parece que se la cedería sin gran pena, si tu prudencia juzga que de este modo podría ser feliz esa inocente y desgraciada criatura.

"También creo que yo podré amar a Marina y ser dichoso con ella; sus virtudes y sus gracias merecen bien el corazón de un honrado tlascalteca. ¿Y quién sabe si esta unión podría traer ventajas a la patria, consolidando nuestras relaciones con los españoles? Sin embargo, Teutila reina en mi corazón, y al mismo tiempo que te hablo de cederla y de ser yo de otra, una pena que no sé como explicarte me hace caer en una profunda melancolía. Dime, padre mío, lo que tu piensas y explícame lo que pasa dentro de mí mismo, porque todos estos discursos se presentan a mi imaginación como un sueño."

—Consuélate, hijo mío —le dijo el buen anciano abrazándolo cariñosamente—; tu corazón no está corrompido, que era todo lo que yo temía. Hace algún tiempo que yo he conocido tu amor a esa Marina, pero como nada me hablabas de esta pasión, antes al contrario siempre me repetías tus tiernos sentimientos por Teutila, mi cariño temblaba que tus visitas al cuartel de esos extranjeros te hubiesen contaminado, enseñándote a disimular y, lo que es peor, corrompiendo tus costumbres. ¡Bendito sea Dios! Mi vejez no tendrá esta pena más que llorar.

"Si el carácter de Teutila cede a la adversidad, o si su corazón es sensible al mérito de nuestro buen amigo, su suerte podría presentar una perspectiva mas halagüeña. Mas, hijo mío, lo primero es cumplir nuestros compromisos sin buscar pretextos para eludirlos. Así, pues, si Teutila persiste en su primera pasión, tu le eres deudor de tu promesas y se las debes cumplir, sea el que quiera el sacrificio que te cuesten. Mas yo pienso que su constancia no podrá resistir a los atractivos de un joven como Ordaz, principalmente en su cruel situación.

"Al buen juicio de Teutila no puede ocultarse que, si alguna cosa puede salvarla de su esclavitud, será su unión con uno de esos capitanes, que, aunque subalterno, siempre tendrá entre ellos más poder y mas consideración que ninguno de nosotros. Respecto a tus amores, hijo mío, no pienso tan alegremente. Esa Marina está muy querida entre los extranjeros, lo que en verdad no es la mejor recomendación; sin embargo, esto no pasa de una sospecha, pues ella puede muy bien ser una mujer virtuosa que sepa sacar partido de su desgracia.

"Yo penetraré su corazón cuando veamos si es sensible a tus méritos y si sabe apreciar tus virtudes. Mas en esto consiste mi mayor dificultad: no solamente temo que Marina no te ame, sino que también sospecho que te espía y te observa de orden del jefe de los extranjeros. El amigo Ordaz, al que debemos hablar con la más franca confianza, podrá aclarar mis dudas, y, después de una conferencia amistosa, resolveremos lo que de común acuerdo nos parezca lo más acertado."

—No, padre mío; Marina me ama. No es posible que una mujer honesta manifieste tanta dulzura, tanta expresión en sus ojos, tantas demostraciones de afecto y de interés, sin que su corazón este penetrado de amor. Pero ella es honrada, sabe mi pasión a Teutila y me oculta la suya bajo el velo de una amistad sencilla y desinteresada.

"La última vez que nos vimos no pudo mi franqueza ocultarle cuán sensible era mi corazón a sus gracias y cuán feliz sería yo si pudiera ofrecerle mi mano sin faltar a mis deberes. Ella entonces me contestó con una dulce sonrisa: 'No sé por qué, hasta la inconstancia, me parece bien en ti. Sabes dar una expresión de decoro y de decencia a todos tus afectos tan interesante y tan seductora, que no es posible resistir a su atractivo. Pero dejemos esta conversación, querido mío; tu corazón ama ya a otra mujer: que ella sea feliz y sélo tú también, que poco importa la desgracia de una esclava abandonada de todo el mundo.' No es así —le contesté—. Jicoténcal es incapaz de abandonar tanta virtud y tantas gracias y, si no puede hacerte feliz, dar su vida porque seas menos desgraciada. 'Acabemos, querido mío —me dijo interrumpiéndome—; acabemos esta conversación demasiado peligrosa para mí. El sexo es débil, y yo no quiero merecer mis desgracias. Adiós, Jicoténcal.' Ya ves, padre mío, que estos sentimientos no pueden ser otra cosa más que el amor."

—Así lo deseo; pero te repito que antes de que fijemos nuestra resolución es menester oír al amigo Ordaz. Este es honrado y bueno y debe tener más conocimientos de las personas. Esperemos hasta mañana.

En efecto, al día inmediato pasó Jicoténcal al cuartel en busca de su amigo Ordaz; pero éste estaba de servicio y no pudo satisfacer su impaciencia. Inmediatamente pregunta por doña Marina, y le responden que se halla en cama un poco indispuesta. Fogoso en sus pasiones pasó con grande inquietud el día, y muy de mañana aun voló al siguiente a preguntar por la salud de doña Marina.

El soldado que estaba de facción en las habitaciones de Hernán Cortés se sonrió al verlo con tanta solicitud, y con cierta manera un poco burlona, le dijo "que la nueva señorita estaba indispuesta y no se dejaba ver."

—Dime, amigo, si lo sabes, qué es lo que tiene.

—¡Oh! No es cosa de peligro; tranquilízate.

—¿Pero qué es?

—Nada: ascos, ganas de vomitar, mareos y otros melindres que acostumbran las mujeres de su clase en casos semejantes.

—¿De qué casos me hablas? ¿Qué le ha pasado?

—¿Pues que no sabes que la señora doña Marina está embarazada?

—Calla, calumniador. Marina es una doncella virtuosa.

—Tlascalteca, tú eres honrado y valiente y es lástima que se burlen de ti como de un tonto. Doña Marina es la amante o manceba de nuestro capitán, y no pasarán muchas semanas sin que salga a luz el hijo fruto de sus amores. Esto es público y notorio, porque el que tiene el poder en las manos no suele usar muchas consideraciones con el bien parecer. Si te han querido engañar, abre los ojos, mira su talle y aprovéchate, si aún es tiempo de un desengaño.

Atónito y espantado Jicoténcal quedó por un rato suspenso, hasta que al fin se vio, con sorpresa, como el que al salir de un sueño lisonjero encuentra desvanecidas todas sus ilusiones. Retírase pensativo y triste, y, distraído en su profunda reflexión, se internó en un bosque, donde la aspereza del sitio le hizo detenerse.

Sentado allí sobre una piedra trata de examinar su corazón, abismado en una profunda melancolía.

—¿Es posible, gran Dios? —exclamó después de un profundo y largo silencio—. ¿Es posible tanta perfidia, y tanta doblez, y tanta falsedad, y tanto arte, y tanta infamia? Esa americana indigna, hija espúrea de estas sencillas regiones, mil veces más detestable que sus corruptores, ha abusado indignamente de la franqueza de mi corazón. ¿Quién hubiera podido descubrir el veneno de sus dulces palabras? Aquellas miradas tiernas y modestas, aquel palpitar del corazón, aquellas alarmas continuas contra su flaqueza. ¿Cabe todo esto en una pérfida al salir de un lecho adúltero?

"¿Y cuándo? Cuando en su seno lleva el fruto de su amor criminal… ¡Oh horror! ¡Oh abominación!… ¡Y mi corazón ha podido olvidar a la pura y celestial Teutila por una serpiente tan venenosa! ¡Ah no, mi adorada Teutila! Tú vives y reinas aquí en mi pecho, y mi constante cariño expiará un momento de extravío que tuvo tu Jicoténcal.

"Mas ¿qué digo? ¡Infeliz de mí! Si en mi delirio y en mi vértigo quise cederte a otro porque fueras feliz, ¿me arrepentiré ahora que conozco y siento todo cuanto vales? No, angelical Teutila; yo sacrificaré mi amor a tu dicha, y, cuando ésta sea completa, Jicoténcal pagará su inconstancia muriendo a tus pies y concluyendo así una vida tan amarga."

Esta generosa resolución reanima de repente al abatido tlascalteca, el que con paso firme y decidido corre a buscar a su padre. Este había consultado su proyecto con Diego de Ordaz, informándole por extenso de las disposiciones de su hijo. Ordaz oía al anciano con admiración y con enternecimiento, y la esperanza que por primera vez lucía en su corazón lo tenía sorprendido en una especie de éxtasis delicioso. Pero cuando oyó el proyectado casamiento de Jicoténcal con doña Marina, el nombre de ésta hace estremecer al honrado español, el que, sin dejar proseguir a su respetable amigo, exclamó.

—¡Dios mío! ¡Jicoténcal, el bravo, el honrado, el virtuoso Jicoténcal unido a Marina! No permitáis, señor, una unión tan monstruosa. ¡La perfidia unida a la franqueza, el vicio a la virtud, el envilecimiento a la nobleza! ¿Qué destino fatal te persigue, familia malaventurada? Toda tu prudencia, respetable amigo, no estará demás para sacar a tu hijo del laberinto en que ha caído. Redobla tus cuidados y no ceses ni un instante en tus esfuerzos para separarlo de esa astuta y pérfida americana.

—Nada temas, padre mío —dijo el joven Jicoténcal interrumpiéndolos—. Ya la conozco, y el corazón de un honrado tlaxcalteca puede dejarse alucinar por los encantos y astucias de una mujer infame, pero jamás amaré el vicio. Esa indigna está embarazada, padre mío: ¡horrorízate!

—¡Embarazada! —replicó Ordaz con viveza.

Al buen español se le presenta de repente la posibilidad de ser el padre de un hijo de semejante mujer y de un hijo destinado por la suerte a otro padre. Su alma sufría en este momento distintas sensaciones, bien difíciles de explicar: la vergüenza de su flaqueza, la educación que esperaba a este infeliz hijo, lo atormentaban en extremo, y, no obstante, el placer de haber dado la vida a una criatura se dejó sentir en medio de tantos disgustos.

Felizmente para Ordaz todo esto no era más que sospechas, que quedaron desvanecidas a la época del parto de doña Marina; y entonces conoció que esta intriganta llevaba en su seno el fruto de sus amores con Hernán Cortés la noche de su galante aventura.

Los dos Jicoténcal no podían comprender los motivos de la extraña admiración de su amigo y la atribuyeron al horror tan natural en las gentes honradas a la vista de unos desórdenes tan escandalosos. El anciano quiso volver a la conversación de Marina, pero su hijo lo interrumpió, diciéndole:

—No, mi querido padre; hazme el favor de que no hablemos más de esa pérfida, que no merece que nos ocupemos de ella. Yo quiero hablar de Teutila, de la virtuosa Teutila, tan injustamente ultrajada por mi veleidad. Esta inocente víctima se halla entre las garras de su tirano, guardada por una astuta serpiente que sin duda habrá ganado su sencillez.

"Es indispensable mirar por ella y sacarla a toda costa del abismo en que está sepultada. Yo la amo, la adoro y la prefiero mil veces a mi vida; y para que os convenzáis, yo consiento gustoso en que sea tuya, Ordaz, si tú puedes hacerla feliz. Si, amigo mío, es preciso que Teutila viva libre y dichosa o Jicoténcal derramará hasta su última gota de sangre en este empeño."

Apenas pudo el respetable anciano contener la fogosidad de su hijo en los límites de la prudencia para oír a Diego de Ordaz, que, no menos generoso que su rival, decía a éste que, por lo mismo que amaba a Teutila cuanto su corazón era susceptible de amar, jamás consentiría en que su amigo abandonase así a su querida, pues bien a costa suya conocía la fuerza de una primera pasión fundada en las virtudes y honradez de su objeto; en fin, que no podía permitir hacer infelices a dos personas tan queridas sin que por esto él fuera menos desgraciado.

Después de esta competencia de generosidad, amor y honradez, se convino, y Ordaz se comprometió, a dar los pasos necesarios para proporcionar a Jicoténcal una entrevista con Teutila. Esta no podía verificarse sin hacer entrar en ella a doña Marina, que era la guarda más constante y de más confianza con que la vigilaba Hernán Cortés.

Interin imaginaba los medios de hacerla convenir en el proyecto, vio Diego de Ordaz una noche a Cortés, que salía recatado del cuartel, y, movido de una curiosidad sin objeto, lo siguió a lo largo hasta la casa de Magiscatzin, donde entró con las mismas precauciones. Inmediatamente pasa a casa de Jicoténcal y lo conduce sin más dilaciones al cuartel, para no malograr la buena ocasión que les presentaba la fortuna. Llegados allá hace detener a su amigo en la antesala de la habitación de doña Marina y manda a pedir a ésta el permiso de hablarle. Doña Marina le mandó entrar, sorprendida agradablemente de tan inesperada visita, y Ordaz le dijo, sin rodeos ni ceremonias:

—Marina, vengo a pedirte una gracia que es indispensable que yo obtenga sin réplica ni excusa. Cuan interesante sea para mí esta gracia lo puedes inferir cuando yo mismo me presento a pedírtela, a pesar de todo lo pasado y de mi resolución de no encontrarme jamás solo contigo.

—¿Es posible, amigo mío —le dijo doña Marina, que estaba recostada en una cama—, es posible que jamás te presentes a mí sin insultarme, a mí que te amo con locura y que si en algo he faltado a mi decoro ha sido arrastrada por una pasión irresistible? Dime: ¿qué quieres? ¿Podrá mi cariño hacer por ti alguna cosa que no merezca tu desprecio?

—Jicoténcal me espera en la antesala, y yo lo voy a conducir a la habitación de Teutila; facilítame los medios.

—Hijo mío, es imposible; te juro por mi amor que siento en el alma no poder complacerte. Escúchame amiguito mío, tú conoces el carácter altivo y soberbio de Hernán Cortés. Yo no soy más que una esclava suya, y sin remedio sería la víctima de su cólera si me apartara un ápice de sus órdenes terminantes. Pídeme otra cosa, y si es posible darte gusto, sea en lo que quiera, verás si quiere complacerte mi apasionado corazón.

—Dejémonos, Marina, de palabras y de caricias y no malgastemos el tiempo en inútiles contestaciones. Accede de buena voluntad a lo que te propongo; favorece una vez las buenas acciones o te juro, por mi honor, que pondré al descubierto tus intrigas y que presentaré al público desnuda y sin máscara tu infame conducta.

Ordaz tomó un tono tan firme y tan decidido, y apuró tan fuertemente a doña Marina, que al fin la hizo temblar por su propia seguridad. Así, pues, acobardada por la resolución de Ordaz y no compadecida ni inclinada a proteger la inocencia, accedió al fin a lo que se le exigía y franqueó la llave de una puerta secreta de la prisión de Teutila.

Ordaz vuela a buscar a su amigo, que lo esperaba con impaciente inquietud. Rabiosa doña Marina de verse vencida contra su voluntad, y asustada al mismo tiempo de los riesgos que corría si llegaba a descubrirse su condescendencia, toma el partido de vengarse de Ordaz avisando a Hernán Cortés, con cuya diligencia miraba también por su propia seguridad. En el momento manda llamar a uno de los soldados de más confianza de Cortés y le dice:

—Amigo, ve corriendo a casa de Magiscatzin; y dile a mi querido héroe que su fiel Marina, luchando en la cama con los dolores que le causa el fruto de su amor, vela sobre sus intereses cuando quizá él busca otras nuevas rivales con quien repartir sus caricias; que la prisión de Teutila está allanada y Jicoténcal está en sus brazos en este momento. Dile que, si es sensible, él solo puede conocer todo el mérito de este paso a que me obliga su amor.

El soldado parte con su comisión a casa de Magiscatzin.

Jicoténcal entra temblando, conducido por la mano de su amigo Ordaz, en la prisión de Teutila. Esta estaba sentada en un banquillo, apoyado un codo sobre una mesa y descansando la cabeza sobre la mano. Absorta en la contemplación de su desgracia, no oye el ruido que hace la puerta al abrirse. Un grito de su querido, que cae de rodillas a sus pies, la despierta de su profunda meditación.

—¡Jicoténcal mío!

—¡Teutila de mi alma!

Fueron las únicas palabras que pudieron proferir estos dos amantes desgraciados, que confundían sus lágrimas y sus sollozos.

Diego de Ordaz contemplaba con una dulce y tierna conmoción los deliciosos transportes de dos almas fuertes que se amaban tanto y que se encuentran, sin esperarlo, después de tantas adversidades.

La interesante escena se prolongaba demasiado, y Ordaz, que temía se perdiesen los momentos favorables, la interrumpe diciendo:

—Amigos míos, el tiempo vuela y no sabemos cuanto durará en nuestro favor; moderad la efusión de vuestros corazones y aprovechaos de los instantes de bonanza. Yo os dejo en libertad. En la puerta te espero, Jicoténcal.

—No —replicó éste con viveza—; tu presencia nos es necesaria.

Y tomando una mano a Teutila y otra a Ordaz, continuó así:

—Aunque mi corazón no fuera capaz de las grandes acciones, en este momento en que las virtudes de Teutila acaban de pasar todas a mi alma cuando estoy gustando el dulce y celestial consuelo de verla y hablarle, no hay heroicidad que sea superior a mis fuerzas. Teutila, tu suerte es lastimosa; víctima inocente de un bárbaro que no conoce más ley que su ambición, quizá te oprime tan inicuamente sólo porque amas a Jicoténcal, y con esta prenda en su poder quiere abrigarse contra mi valor y osadía. El amigo Ordaz te ama; éste no es un monstruo abominable como su capitán; al contrario, conoce y practica las virtudes, y mi padre y yo te respondemos de su honradez. Hazlo feliz; sélo tú también, y acabe de una vez tu tirano de mirarte como rehenes de su fiero enemigo.

—¡Ah, amigos míos, y que poco conocéis a ese monstruo! Quizá entran también esas miradas en sus planes. En el mundo no se encontrará una perfidia tan atroz que no le sea familiar. Pero en mi esclavitud tiene una gran parte su brutal lujuria. Ese insolente orgulloso ha querido prostituirme, intentando despertar en mí una codicia baja y miserable, y cuando ha visto la inutilidad de sus intrigas y el desprecio de sus caricias, que detesto con toda mi alma, se ha valido de las amenazas y de los insultos. Yo he tomado el partido de no contestarle ni una palabra; mi menosprecio lo irrita, y, cuando yo me río de su cólera, sufre unas bascas mortales y unos accesos convulsivos de rabia que yo observo con complacencia como el digno castigo de su brutal sensualidad y de su insolente tiranía. Pero aun cuando nada hubiera de todo esto, ¿piensas, querido mío, que la muerte más horrorosa pudiera hacer vacilar ni un momento a tu Teutila en su resolución de ser para siempre de su Jicoténcal? Poco me conoces si supones que mi interés y mi vida sean preferidos en mi corazón al dulce placer de amarte y ser amada de ti.

—Cesa, cesa —dijo Jicoténcal interrumpiéndola—; esa constancia me hace avergonzarme de mi veleidad. A tus pies me delato; yo no merezco tanto amor y tanta felicidad, ya te he faltado, ya he dado entrada en mi corazón a otra mujer. ¿Y a quién?... A una pérfida, a una indigna, prostituída a ese mismo tirano que te oprime, a la miserable Marina. Ya ves cuán poco te merece mi inconstancia.

—Pues bien —le dijo Teutila—, yo te perdono. Ven a mis brazos, que una ilusión de un momento no es suficiente para entibiar mi corazón. Yo te conozco, y por mi desgracia también conozco a esa pérfida; y si ésta ha sabido ganarse mi corazón, ¿qué extraño es que se haya insinuado en el tuyo? Respecto a tu amigo, no comprendo por qué esa intrigante me aconsejaba siempre que desconfiase de su honradez y de su virtud, que ella me ha pintado como otros tantos lazos para hacer caer mi honor. Extranjero —le dijo a Ordaz— yo te estimo y soy tu amiga, pero me es imposible ser otra cosa. Yo he dado mi corazón, y éste no se da dos veces.

En este momento entra precipitado Hernán Cortés, con la espada desenvainada, y cual un tigre rabioso, se arroja hacia Jicoténcal, diciéndole:

—¡Ahora pagarás tu atentado, vil salvaje!

El golpe amenazaba el pecho desnudo del bravo tlascalteca, y esta infame cobardía fue más fuerte en el honrado Ordaz que los deberes de la subordinación. El generoso español desenvaina su espada y, poniéndose entre su amigo Jicoténcal y su feroz jefe, exclama: —¡Detente, bárbaro! El pecho indefenso de un valiente no será el blanco de un furioso mientras Diego de Ordaz tenga una espada. No, no saciarás tu infame resentimiento, que todavía tengo yo bastante honor y bastante valor para castigar a un malvado.

La cólera y el odio vencieron por esta vez la astuta política del jefe de los españoles, el que comenzó a batirse contra Diego de Ordaz desde la primera palabra que éste le dijo. El ruido de las voces y de las armas atrajo a otros oficiales, y Hernán Cortés, reconociendo en parte su falta, aunque ciego todavía por la venganza, envaina su espada, llama al oficial de la guardia y, tomando el continente de jefe, le dice:

—Cumpla usted con su deber.

El oficial pidió la espada a Ordaz, y éste se la entregó diciéndole que extrañaba no desarmase también al otro oficial con quien lo había encontrado batiéndose. Mas, sin contestarle, lo mandó preso al cuarto de banderas. Después de su salida, Hernán Cortés mandó que llevasen al valiente Jicoténcal a un calabozo.

Entonces fue cuando la desesperación del tlascalteca puso a prueba toda la política reflexiva del jefe español. Jicoténcal lo llenó de insultos y se debatió como un león contra diez o doce soldados vigorosos que fueron menester para sujetarlo. Al fin cedió a la fuerza y Hernán Cortés quedó solo con Teutila. Esta le dijo con un semblante sereno y satisfecho:

—Estoy contenta; tus excesos te precipitan y tus crímenes te venden. Acaba mi triunfo; hiéreme, o a lo menos cárgame de prisiones. Así dormiré más tranquila.

Hernán Cortés se retira sin contestar una palabra y, abandonado enteramente a sus celos, a su cólera y a su despecho, revuelve en su imaginación uno después de otro los varios proyectos que le sugería su rabiosa sed de venganza. Mas la política comienza a hacerle sentir el desacierto y los peligros de todos sus planes.

Ordaz podía ser juzgado en un consejo de guerra, pero era imposible impedirle que se defendiese, y su defensa sería escandalosa, cuando no llegase a ser funesta para la autoridad del jefe. Jicoténcal estaba en su poder, pero ¿cómo tomaría el senado este atropellamiento? Su nombre era respetado y querido del pueblo, y el de su padre era venerado casi hasta la adoración.

Por otra parte Magiscatzin, que temía a sus enemigos más que amaba a Hernán Cortés, le había ponderado siempre el influjo y partido de los Jicoténcal para animarlo y empeñarlo más y más a su destrucción. Por último, las pasiones más violentas de un hombre orgulloso y osado cedieron a su ambición insaciable y el placer de la venganza fue sacrificado a la lisonjera perspectiva que presentaban sus planes de conquista.

La política y el disimulo recobraron su acostumbrado dominio, y el jefe mandó llamar inmediatamente al anciano y ciego Jicoténcal. Interin venía, dijo a doña Marina que era indispensable pasase a la prisión de Diego de Ordaz; que tratase por todos los medios imaginables de templar su altivez y de decidirlo a que solicitara una composición y olvido de lo pasado; que el mejor medio para esto era el de hacer mediador a fray Bartolomé de Olmedo, a cuyas solicitaciones cedería él en consideración a su carácter de sacerdote; pero que de ninguna manera llegase Ordaz a sospechar que él tenía la menor noticia de estos pasos, pues de lo contrario se seguiría el asunto con el mayor rigor, aunque se aventurase todo.

El respetable Jicoténcal se presenta, lleno de recelos, y Hernán Cortés, tomándole una mano cariñosamente, lo hace sentar a su lado y le dice:

—Amigo venerable: la fogosidad y la osadía de tu hijo comprometen mi prudencia y nuestra amistad. Sin consideración a ésta ni respeto a los más sagrados deberes, ha atropellado mi cuartel, se ha burlado de la vigilancia de mis centinelas, me ha insultado atrozmente y ha usado de la fuerza contra mis tropas. Tlaxcala me haría justicia si yo tomase una satisfacción proporcionada a tantos excesos; pero no quiero acibarar nuestra unión y alianza con el escarmiento de un joven que, por otra parte, tiene tan buenas prendas y promete tan brillantes esperanzas. Ahora verás como se porta un español generoso en el exceso de su justo resentimiento.

Y, levantándose de su asiento, manda traer a su presencia al joven Jicoténcal. Este entra con serenidad y resolución; mas al ver a su padre, corre a sus brazos, exclamando con una tierna emoción:

—¡Padre mío, tu hijo está en poder de su mortal enemigo!

—Consuélate, hijo mío —le responde el anciano—; el cielo no abandona jamás a la inocencia.

Cortés les interrumpe, diciendo al padre:

—Ahí tienes ese ingrato, respetable amigo·— ese ingrato insensible a las pruebas de mi estimación. Ahí lo tienes libre y salvo, cuando su temerario arrojo lo precipita a su ruina.

—General —dijo el anciano—, permite que mi hijo se retire. Un tlascalteca no puede pasar en un momento de la cólera a la amistad y del resentimiento a la gratitud. Yo te respondo de la honradez de su corazón, y el mejor modo de que no te ofenda es dar tiempo a su convencimiento. Vete, hijo mío.

Este hizo una inclinación de cabeza, con seriedad y decoro, y salió dejando a su padre con Hernán Cortés.

—General —le dijo el anciano—, yo te agradezco la acción que acabas de hacer con toda la sinceridad de mi corazón— si mi hijo es culpado, porque tu conducta es generosa, y si no lo es, porque es justa y repara el mal. Pero dime: ¿qué motivos de queja puedes tener contra un joven cuyas virtudes hacen las delicias de mi vejez y las esperanzas de la patria?

—Amigo, tu amor de padre te ciega; tu hijo es un orgulloso y su altanería perjudica mucho a su mérito.

—¿En qué te ha faltado? Dime con franqueza sus defectos, que por grandes que sean, ninguno resistirá al poder de mis consejos paternales.

—Si tú no los conoces, en vano será que yo te los exponga.

—General, tus talentos son claros y tu corazón es capaz de las grandes acciones. Si quieres oír la voz de un anciano que, con un pie en el sepulcro, no tiene que reconvenirse de un crimen, escucha mi franqueza, que nunca conoció la intriga. Mi hijo seguirá fielmente las insinuaciones de su patria, aunque éstas se opongan o contraríen las pasiones más fuertes de su corazón. Tlascala es tu amiga y Jicoténcal no puede ser enemigo tuyo.

"Sin embargo, este joven ama a la india zocothlana que tú detienes en tu cuartel, y he aquí toda la razón del resentimiento que alimenta contra ti. Pero este resentimiento jamás perjudicará los intereses de su patria ni le hará faltar a sus deberes públicos. Yo no alcanzo los motivos que puedas tener para la detención de una mujer inocente, y si fueras bastante generoso para volverla a su libertad, te ganarías el corazón de mi hijo y, con él, la amistad de los de Zocothlán, que por este medio se unirían con nosotros, y tú aumentarías así tus aliados contra el emperador Motezuma. ¿Por qué, pues no te decides a una acción tan ventajosa y tan brillante? Teutila tiene un tío de grande influencia en los ejércitos de Motezuma y este hombre no puede ser indiferente ni al rigor ni a la dulzura con que trates a su sobrina. Resuélvete y comienza a ganar a los tlascaltecas por tus nobles acciones.

—Anciano, mi corazón es tan sensible a la generosidad como acabas de ver en mi conducta respecto a tu hijo; mas mi alto destino me impone obligaciones sagradas de las que me es imposible prescindir. Yo tengo mis motivos para mi conducta, y estos motivos nadie más que yo los debe pensar y estimar. El interés de mi causa jamás será sacrificado a ninguna consideración individual. Respeta, pues, mi misterio y cree que me es imposible acceder a tus deseos.

—La justicia es la única regla que debe regir todos los intereses de todas las causas, y sin ella no hay ni política ni gobierno, sino despotismo, desorden y tiranía.

—Jicoténcal, mi paciencia no te autoriza para que me hagas unas reprehensiones que yo sufro sólo en consideración a tu edad.

—Pues que te desagrada mi franqueza, he concluído. Adiós.

Durante esta conversación emprendió doña Marina con calor la comisión de Hernán Cortés, no porque le pesase el peligro en que estaba Diego de Ordaz sino porque preveía su pérdida inevitable si se llegaba a descubrir que ella había franqueado la entrada en la prisión de Teutila. Así, pues, empleó todos los medios que le dictó su imaginación para inclinar a Ordaz a que solicitase una gracia en su crítica situación.

Su conducta pasada la hizo posible el disimular el origen que tenían sus gestiones, y de la misma tomó pretexto para emplear hasta las súplicas y las lágrimas, que son armas tan poderosas en una mujer diestra. Todo fue en vano; el pundonoroso español estaba demasiado resentido para poder hacerle ni aun escuchar la proposición de un paso tan humillante.

—Si yo no supiera —le decía— que tú te hallas muy comprometida en este lance, porque, al fin, debe saberse cómo y por qué medios conseguimos la entrada en la prisión, creería que ese orgulloso y cobarde te enviaba, temiendo las consecuencias de sus excesos. Pero disimulo en ti un proceder semejante: eres una mujer y conoces lo que puedes esperar de tu señor ofendido.

Por último, después de varias contestaciones, cansado Ordaz de tantas instancias, le dijo a Marina con firmeza:

—Acabemos de una vez esta conversación. Diego de Ordaz no doblará nunca la cabeza ante un enemigo que desprecia. En el santuario de la justicia ante el tribunal que debe juzgarme, yo arrancaré la máscara a ese hipócrita; y si sucumbo a influjo del poder, tendré por lo menos la satisfacción de darlo a conocer al mundo, que tarde o temprano siempre hace justicia. Quizá también podrá mi pérdida contenerlo en su carrera, funestamente demasiado afortunada hasta aquí. Mi resolución está tomada. Yo seré juzgado.

En este momento entró fray Bartolomé de Olmedo, que, informado de la desgracia de su amigo, iba a consolarlo en su aflicción. Doña Marina se dirigió al religioso, y éste entró gustosísimo en el plan de intercesión en favor de Ordaz, tanto por el cariño que le tenía como por su natural conciliativo y, sobre todo por la fama que adquiriría si lograba componer las diferencias entre tan altos personajes.

En vano se opuso Ordaz expresamente a que se diese ningún paso en su favor: el padre capellán fue, sin embargo, a hablar a Hernán Cortés como si estuviera autorizado por su amigo. El jefe no fue muy escrupuloso en el examen de los poderes del conciliador y, como suelen acostumbrar los que se llaman políticos, pasó por encima de todas las formalidades para llegar más pronto a un fin que no le parecía muy accesible, según el carácter de Ordaz.

La echó, pues, de generoso y mandó a decir al oficial de la guardia que esperaba de su atención que no se mencionaría en su parte nada de las ocurrencias de la noche. Esto bastó, y Ordaz fue puesto al punto en libertad. Al día siguiente le mandó el jefe montar la guardia del cuartel, tratándolo con la misma serenidad que si nada hubiera sucedido.

Hernán Cortés había determinado continuar el camino de Méjico y, deseoso de sacar de Tlascala un refuerzo para su ejército, comunicó la resolución de su viaje a Magiscatzin, como haciendo de él una grande confianza, pero en realidad con el objeto de que le ofreciesen el auxilio que no quería pedir abiertamente; y esto era lo que lo condujo con tanto misterio a casa del malvado senador.

Como éste no ansiaba más que las ocasiones de adular a Hernán Cortés, le ofreció al instante que lo acompañarían las tropas de la república en su jornada peligrosa. El español le contestó que él no había encontrado peligros que temer en Tlascala— menos los podría encontrar en Méjico; pero que, sin embargo, no podría ser indiferente a semejante demostración de parte del senado. No fue menester más para que el pérfido funcionario propusiera, en la primera sesión, que la república auxiliase a los extranjeros en su expedición a Méjico. Favorecida esta moción por el anciano Jicoténcal, según sus miras patrióticas, se acordó reunir un cuerpo de tropas respetable, al mando del general de las armas del Estado para auxiliar a sus amigos en su viaje por el imperio de Motezuma. De todo lo cual hizo Magiscatzin un gran secreto para sorprender agradablemente a Cortés cuando se encontrara al tiempo de su salida con una muestra tan expresiva de su amistad y de su afecto.

Jicoténcal, el padre, repitió a su hijo los prudentes consejos que creyó necesarios para moderar sus fuegos y para llenar sus deberes con utilidad general.

—La patria, hijo mío —le decía—, está hoy enteramente confiada a tu prudencia y a tu valor; sus fuerzas principales están en tus manos: que las pasiones no tomen a su cargo el manejarlas. Tú vas a acompañar a un enemigo, pero a un enemigo que se encubre y del que tal vez hará la necesidad un amigo y un defensor de nuestra república. Pesa bien los verdaderos intereses de ésta, no pierdas jamás de vista la salvación de la patria: ésta es la ley de las leyes y el norte de las acciones de un honrado tlascalteca. Pero cuida, sobre todo, que ni los tuyos ni los extraños puedan reconvenirte de una acción injusta. La bendición del cielo y de tu padre te sostendrán en tus apuros y te protegerán en tus peligros.

Hernán Cortés anunció al senado su partida la víspera de ponerse en marcha, y como todo estaba dispuesto de antemano, el general español se sorprendió al ver a su salida de Tlascala todo el ejército de la república con su joven general a la cabeza.

—General —dijo éste a Cortés saliéndole al encuentro—, Tlascala te ofrece este ejército, como buena aliada, para que te auxilie contra su enemigo el emperador de Méjico. Y yo te pido, en nombre de mis soldados, que nos destines en las ocasiones más peligrosas. Señálanos ahora puesto en la marcha.

Cortés sabía bien por experiencia lo que podía hacer aquel ejército y no quería a un aliado tan fuerte y tan terrible en el caso que dejase de serlo. Se había lisonjeado, además, de que Magiscatzin habría impedido que Jicoténcal mandase aquellas tropas; y tanto por esa circunstancia como por su número, le contestó, con política, que agradecía en extremo la fina atención de la república, pero que no podía aceptarla en atención a que no le parecía bien entrar como enemigo en un país donde se le admitía con apariencias de amistad; con todo, que permitiría lo acompañasen algunas compañías y que esperaba le permitiese elegirlas.

Jicoténcal le contestó que, habiéndole mandado la república que lo acompañase con todo su ejército, no se creía autorizado para disponer así de sus fuerzas contra las órdenes que había recibido, pero que iba a mandar inmediatamente uno de los suyos para pedir al senado instrucciones sobre el particular. Ni el uno ni el otro de los Jicoténcal habían previsto esta salida con la que el político Cortés alejaba de sí al hombre más temible para su seguridad, dividía las fuerzas de Tlascala y aumentaba las suyas. Así, pues, cuando el aviso llegó al senado, el apoyo que la insinuación de Hernán Cortés encontró en el servil y bajo Magiscatzin decidió a aquel cuerpo a conceder al capitán extranjero que escogiese las tropas que debieran acompañarle.

Interin llegó esta respuesta, estaban ambos ejércitos formados cada uno a un lado del camino de Cholula[33] y los dos comandantes en sus puestos respectivos. Esta inesperada demora ocupaba a todos con varios discursos sobre los motivos que pudieran causarla. Teutila entonces, aprovechándose de la suspensión general y cual una ligera cierva que escapa en el monte de los perros que la acosan, parte como un rayo dejando burlados a sus guardias, y con los brazos abiertos se arroja a su querido Jicoténcal, exclamando:

—¡Jicoténcal mío! Aquí tienes a tu Teutila. ¡Sálvame!

Hernán Cortés, que estaba a caballo con la espada desenvainada, corre al momento hacia el general tlascalteca, y ambos ejércitos se ponen en conmoción. Jicoténcal, que no se había movido de su puesto, se vuelve a los suyos y, con tono firme y decidido, les dice:

—¡Tlascaltecas! Guardad vuestra formación con serenidad. Esta inocente víctima, por desgracia, no es de nuestra nación, y Tlascala no nos ha dado las armas para defenderla. La voz de la patria es la sola que debe oír el soldado republicano, y a la patria le importa poco que sea noble o baja, virtuosa o criminal, la pasión a que se sacrifiquen sus intereses. Que vuestro valor espere oír esta voz, y que se conozca que sois tan subordinados como valientes.

En seguida se dirige a Hernán Cortés, al que había contenido el heroísmo de su rival, y le dice:

—¡General, dispón de tu prisionera y conoce por mi conducta lo que puedes esperar de Tlascala! Mas este mismo tlascalteca que sabe sacrificar así sus pasiones a sus deberes públicos te suplica y te pide la libertad de esta infeliz e inocente criatura cuya esclavitud oscurece tus glorias.

—¡General tlascalteca! —le contestó Cortés—. Si tú cumples con tus deberes yo sé también llenar los míos.

Y mandó a dos de sus soldados que arrancasen a Teutila de los brazos de su querido. Esta entonces, recobrando su tranquila dignidad, dijo a Jicoténcal:

—Mi amor, ¡oh dulce amigo mío!, ha expuesto tu gloria a una mancha que hubiera llorado eternamente tu Teutila. No me olvides. Adiós.

Y dirigiéndose a Hernán Cortés:

—Quítame, bárbaro —le dice—, la dulce satisfacción de amar a un hombre que tú mismo admiras y envidias en este momento. No quiero mi libertad; tu opresión realza más ese heroísmo que tanto contrasta con tus horribles maldades.

A estas expresiones Jicoténcal, cubriéndose los ojos con las manos para ocultar sus lágrimas, exclama:

—¡Oh patria mía! ¡A que duras pruebas me pone tu amor!

En esto llegó el enviado al senado, y oída la resolución de aquel cuerpo Hernán Cortés escogió unas cuantas compañías mandadas por parciales y parientes de Magiscatzin y emprendió su marcha para Cholula, al mismo tiempo que Jicoténcal se volvió a Tlascala con su ejército.

Libro Cuarto

Cuando las divisiones intestinas rompen la unión de un pueblo, éste es, sin recurso, la víctima de sus enemigos, y más infaliblemente si la astucia y las artes de la política se saben aprovechar de las ventajas que les ofrece la discordia. ¡Pueblos! Si amáis vuestra libertad, reunid vuestros intereses y vuestras fuerzas y aprended de una vez que si no hay poder que no se estrelle cuando choca contra la inmensa fuerza de vuestra unión, tampoco hay enemigo tan débil que no os venza y esclavice cuando os falta aquella.

Tlascala es un ejemplo palpable de esta verdad. Ni el valor y fuerzas de su ejército, ni la magnánima resolución de su bravo general, ni la prudencia, sabiduría y virtudes del anciano Jicoténcal, nada pudo salvarla de la ruina a que la arrastraron las parcialidades. Estas eran las reflexiones que hacían en secreto el senador patriota y su virtuoso hijo después que vieron desvanecerse todos los planes que el amor de la patria les había sugerido. Mas como el verdadero patriotismo no se abate en la adversidad ni cede a los obstáculos, estos dos grandes hombres se consolaban esperando que algún día se mostrase la fortuna menos enconada contra su infeliz república.

Hernán Cortés siguió el camino de Cholula sin inconvenientes, mas no sin inquietud por la memoria de la última escena, en que la resolución de Teutila y el heroísmo de Jicoténcal le habían hecho hacer un papel tan desairado. Ya comenzaba a servirle de peso una mujer cuya valiente y constante resistencia amenazaba hasta su gloria y su fama, y en su despecho resuelve hacer las últimas pruebas contra su firmeza y deshacerse de ella a cualquier costa si no podía rendirla.

El ejército pasó la noche a una legua de Cholula, y, mientras todos descansaban, la infeliz Teutila tuvo que sostener el más terrible y obstinado ataque contra su honor. Lágrimas, ruegos, humillaciones, protestas, regalos y promesas, todo fue en vano. Hernán Cortés no pudo conseguir ni una sola palabra de respuesta. Las amenazas y los insultos más atroces no produjeron mejor efecto. Teutila perseveró en su mismo silencio y, con éste, triunfaba siempre de su insolente tirano. Al fin la violencia y la fuerza hubieran quizá consumado el crimen si los gritos espantosos que daba la inocente víctima, debatiéndose contra su colérico opresor, no hubieran causado una alarma en el campamento.

El rumor de los soldados más inmediatos a la escena se comunicó a todos como una ola que crece y se extiende a medida que se aleja de la playa. Y lo que en unos fue solo un movimiento de indignación, se convirtió a lo lejos en miedo y sobresalto, y el grito de "¡A las armas!" se repite por todos los soldados entre la confusión y el desorden. Hernán Cortés tuvo que acudir a todas partes para contener su gente, la que no se tranquilizó hasta que la aurora disipó sus temores con las sombras de la noche.

Inmediatamente se emprendió la marcha, y al poco tiempo entró el ejército en Cholula. Allí encontró Hernán Cortés los embajadores de Motezuma, a cuya cabeza estaba el general Teutile, tío de su prisionera. Después de las ceremonias de etiqueta, reclamó Teutile la persona de su sobrina como una súbdita del imperio. Hernán Cortés conoció que le era ya imposible cohonestar su violencia y, para no perjudicar a sus miras políticas, cedió al fin, sacrificando sus pasiones en el altar de la ambición, su ídolo favorito.

Así, pues, contestó a Teutile que su sobrina no estaba presa sino solamente guardada para entregarla a sus parientes, libre de su mayor enemigo Jicoténcal; que este bárbaro, rústico y feroz, como todos los tlascaltecas, había seducido a Teutila en el mismo momento que su brutalidad acababa de asesinar a los autores de sus días; que el imbécil cacique de Zocothlán, que había sucedido al padre de Teutila, permitía a esta una comunicación escandalosa con el general de una nación enemiga, encubriendo, con el pretexto de sus amores, las maquinaciones que se urdían para separar a Zocothlán de la obediencia a su legítimo soberano, el emperador Motezuma; que deseoso él de poder obligar a este gran príncipe había aprovechado la ocasión de hacerle el servicio de impedir las negociaciones traidoras, quitando el pretexto para continuarlas y convencido de que algún día sería conocida su buena y leal intención.

—Si entretanto que este día llega —añadió— tú te dejas engañar por las ficciones que te pintara una joven apasionada y seducida por tus mayores enemigos, podrás obrar como mejor te parezca; pero te advierto que la traición de Zocothlán contra tu rey está reprimida sólo por la separación de esa joven ilusa. Jicoténcal la ama brutalmente, y el no perderla para siempre es lo que le detiene en sus proyectos ambiciosos.

De este modo consiguió el astuto Cortés privar a Teutila del afecto y confianza de su tío, en el que supo exaltar todas las pasiones con una contestación tan artificiosa y cuyo veneno iba tan hábilmente encubierto. El general Teutile mandó salir inmediatamente para Méjico a su sobrina, cuyas lágrimas y ruegos no pudieron alcanzar que el resentido tío oyese su justificación. Y la desgraciada cuanto virtuosa Teutila fue a casa de sus parientes a recibir los baldones y duros tratamientos que se suelen dar por una familia pundonorosa a una joven abandonada.

Los escandalosos horrores de Cholula cometidos por el ejército de Hernán Cortés llegaron apenas confusamente a noticia de los tlaxcaltecas, cuando su valiente general vuela a la cabeza de sus guerreros decidido a ponerse de parte de la justicia, meditando siempre sobre los peligros de su patria. Desgraciadamente, a su llegada el terror y la desolación habían derramado sobre la hermosa y rica Cholula la silenciosa tranquilidad de los cementerios, y las nuevas ofertas del general y ejército de Tlaxcala fueron desechadas por las mismas razones que dictó la política de Cortés a su salida de la república.

Después que Jicoténcal hubo llenado sus deberes públicos, el amor y su carácter franco y noble le sugirieron la idea de solicitar una conversación con Teutile, obtenida la cual le habló de esta manera:

—Aunque el destino nos ha hecho enemigos, me lisonjeo que la franqueza con que te voy a abrir mi pecho desarmará la prevención con que puedas mirarme. El corazón de un valiente es siempre generoso. Teutile, yo amo a tu sobrina; sus virtudes tienen el mismo imperio sobre mi alma que sus gracias sobre mis sentidos. En el momento de la infausta victoria de Zocothlán, su ternura filial prodigaba los consuelos más dulces a su padre, herido de muerte. ¡Quién hubiera podido ser insensible a una escena tan interesante! ¡La misma virtud derramando un bálsamo celestial sobre las agonías de aquel anciano respetable!

"Sí, general; el ardor de soldado, el furor guerrero, el entusiasmo del triunfo, todo desapareció a la vista de la misma humanidad personificada en tu encantadora sobrina. Esta inestimable prenda me cupo en suerte por derecho de guerra, mas ¡qué dignidad manifestó en sus resentimientos! ¡Cuánto decoro en su conducta! Mis soldados la respetaron como a un ángel del cielo, y yo la adoré como la soberana de mi corazón. No obstante, fiel a las leyes de mi país, nada pude hacer mas que darle la libertad y ofrecerle la promesa de que ninguna otra la destronaría del imperio que ejercía sobre mi alma.

"Pero, lo que es aún más doloroso, su calidad de extranjera ha atado mis pasos e impedido mis diligencias para salvarla de la indigna esclavitud en que le hace gemir ese jefe feroz que la fatalidad ha arrojado a nuestro país. Tú puedes hacer por ella más que yo: puedes recla-

marla bajo el doble título de su tío y de embajador de su rey. Y si el peligro que nos amenaza a todos te hiciera deponer antiguos y enconados resentimientos, conocerías que nuestro interés común no nos deja más alternativa que la de escoger entre nuestra ruina y nuestra unión."

—Tlascalteca: te sienta bien hacer en mi presencia el patriota y el sensible, después de haber sido el asesino de los honrados caciques de Zocothlán, el seductor de su débil hija y el corruptor indigno de los vasallos de mi rey. Yo velo sobre tan sagrados intereses y no necesito ni de tu cooperación ni de tus advertencias. Sigue en tus maquinaciones ambiciosas y deja en paz a los que siempre ha conducido el honor.

—Es verdad, Teutile, que Tlascala ha dado oídos a las proposiciones de alianza que le ha hecho Zocothlán. ¿Y cómo podríamos negárselos a los que nos piden nuestro auxilio para recobrar sus derechos hollados por un tirano? Empero jamás la ambición ni los deseos de engrandecernos mancharon nuestras nobles intenciones. No es lo mismo desear ganarse amigos protegiéndolos en su opresión que tratar de extender un dominio tiránico e injusto. Mas ¿quién ha pervertido tu buen juicio a términos de que me tengas por asesino, seductor y sedicioso?

En seguida le informó Jicoténcal con su natural franqueza del estado interior de Tlascala, imponiéndolo en el pormenor de todas las intrigas de Magiscatzin y de las fatales consecuencias que habían producido, tanto con respecto a la seguridad de la república como a su desgraciada sobrina, tan tiránica y bárbaramente perseguida por Hernán Cortés. El virtuoso tlascalteca se iba abriendo un acceso favorable a la estimación del mejicano y, resentido su pundonor de la agria respuesta de éste, concluyó diciéndole:

—Busca a Teutila y que ella misma te diga lo que Jicoténcal ha hecho en obsequio de su patria el día de la salida de esos extranjeros, y, cuando me conozcas, trátame, si te atreves, de alevoso y de seductor.

Teutile, que ya estaba conmovido por la verdad y por la fuerza de las expresiones de su antiguo enemigo, le dice con bastante sensibilidad:

—Dame la mano, tlascalteca; mi corazón se rinde y Teutile es tu amigo. Tanta virtud, tanta nobleza y tanto valor no pueden ser fingidos. Pero, Jicoténcal, tú al fin tienes todavía una patria, cuando nosotros, ¡ah!, no tenemos más que un gobierno despótico, imbécil y cobarde. Motezuma, devorado por una sed insaciable de poder y de riquezas, se hace cada día más odioso a los pueblos, que le vendían una obediencia sumisa; desconfiado, suspicaz y cruel, atormenta a sus súbditos, sin que los males que les hace sufrir calmen las mortales angustias que le causan sus pavorosos temores; pasa su vida solo y encerrado con sus recelos y con sus tesoros, y, cuando la necesidad le obliga a dejarse ver, su mirar siniestro y vago, su respiración entrecortada, su inquieto movimiento, su silencio estúpido, todo descubre el roedor desasosiego que agita su conciencia.

"Y por cúmulo de males, hecho un vil esclavo de las preocupaciones más ridículas, es el juguete y la burla de la bribonería de sus sacerdotes, que le han puesto cadenas hasta en el entendimiento. Tal es el jefe que tiraniza veinte naciones, cada una de las cuales bastaría por sí sola para aniquilar a esos extranjeros. Mas divididas estas naciones entre descontentos irritados de tanta tiranía y tímidos y envilecidos esclavos, los primeros se dejan ganar por ese capitán astuto y los segundos tiemblan a la vista de sus armas y de sus animales de guerra.

"Y en semejante situación el estúpido monarca no hace más que manifestar sus recelos y sus temores, enviando ricos presentes a su enemigo y atrayendo así su codicia hacia su país, que no le opone ninguna resistencia y dentro del cual encuentra los medios de subyugarlo. Yo fui uno de los embajadores que Motezuma envió a esos extranjeros cuando llegó a Méjico la noticia de su arribo a nuestras costas. El jefe tiene valor y talentos, y a la vista del incendio de sus naves, lo creí un hombre capaz de las más grandes acciones.

"Nuestro extenso imperio se encamina rápidamente a su disolución, porque, cuando el despotismo y la tiranía toman las riendas del gobierno, el azote que descarga su mano de hierro irrita al fin a los que tiran de su carro, y más pronto o más tarde siempre arrastran los hombres al que los quiere conducir con la violencia y la opresión. Si ese extranjero cuyas prendas me admiraron se hubiera puesto de parte de la justicia y de la equidad, si nos hubiera dado ejemplos de moderación, de sabiduría y de virtud, ¿qué importa de la parte que nos viniera el bien como los pueblos fueran felices?

"Estas eran las disposiciones generales de los mejicanos; por ellas se han aliado con los extranjeros varios caciques poderosos a quienes ha seducido fácilmente la bizarría de sus empresas, y ésta era la única esperanza que nos quedaba después que conocimos que el obcecado e impotente Motezuma, sepultado entre tesoros inmensos y con millones de combatientes a sus órdenes, es incapaz de salvar su imperio de quinientos hombres que lo invaden.

"El continente entero se brindaba a ese advenedizo, en cuyo favor explicaba con complacencia las absurdas y vagas profecías con que se alimentaba la credulidad. Pero las tragedias espantosas de Cholula han disipado nuestras esperanzas como una tormenta que asola en un instante los campos que nos prometían la abundancia. Ese pérfido, ese monstruo, entra entre nosotros como amigo y aliado; conoce que en los ricos habitantes de la ciudad no tiene ya que temer el valor rígido de los republicanos de Tlascala y, so pretexto de un ejército de observación que habíamos podido arrancar a la timidez de Motezuma, fragua una intriga infernal; hace prender a una patricia anciana y débil, a la que, a fuerza de amenazas, violencias y tormentos, arranca la confesión de cuanto creyó necesario para dar un viso de justicia a su devastadora rabia.

"Después de este inicuo cuanto insignificante sumario nos pide tropas aliadas que le concedemos con generosidad y confianza; las encierra en los patios de su alojamiento y las hace asesinar sin defensa por sus feroces soldados que, con las manos ensangrentadas roban, violan y pasan a cuchillo a los dulces habitantes de la populosa Cholula. Esta no es hoy más que un desierto sembrado de cadáveres y de los vestigios de su rabia infernal. ¡Ah! A tanta costa hemos aprendido a conocer al monstruo que nos envían los hados para nuestro exterminio. Ya sabíamos cual era el móvil de sus empresas cuando, en presencia nuestra, hizo a los suyos la arenga siguiente: 'Esto, amigos, es lo que buscamos, grandes dificultades y grandes riquezas; de las unas se hace la fama, y de las otras la fortuna.' Mas ahora sabemos por desgracia los medios que es capaz de poner en obra para conducirlas.

"El arma del terror, tan poderosa contra los pueblos esclavos, va sin recurso a asegurarle su triunfo si no se levanta un hombre magnánimo y fuerte que arrostre el torrente de la adversidad. Nadie mejor que tú puedes salvar a la generación presente y a las futuras de su inminente desolación. Tú tienes un ejército que te respeta y te ama por tus virtudes y por tu valor. Tu patria no es ya Tlascala, la humanidad reclama tus servicios y un mundo entero te señala como a su libertador.

"Yo he tenido la debilidad de creer a ese hipócrita artificioso en el abominable cuento que me hizo sobre Teutila, pero mi amistad y las caricias de mi sobrina te resarcirán con creces de la injuria que te ha hecho mi crédula necedad."

Los dos generales se pusieron de acuerdo, movidos por el buen deseo de salvar a su país de tantos males como lo amenazaban, y convinieron en que por entonces era lo más prudente dejar que Hernán Cortés se internase hasta Méjico, donde debía destruir el prestigio de un pueblo fanático hacia la majestad de su tirano con los insultos y envilecimientos a que sin duda lo sujetaría en su impotencia; que Jicoténcal aprovecharía la primera ocasión de presentarse con sus tropas en un lugar que las circunstancias le indicasen favorable, que Teutile no omitiría ningún sacrificio para cooperar con él en su grandiosa empresa, y que, vencidos los extranjeros, los mejicanos y

tlascaltecas harían una paz sólida, asegurada en una reforma, tan generalmente deseada y tan necesaria en el imperio de Méjico.

El garante de este pacto patriótico fue el casamiento de Jicoténcal con Teutila, que se acordó definitivamente, comprometiéndose el tío a hacerla venir de Méjico a Tlascala lo más pronto posible. Para facilitar este enlace y para ir abriendo los caminos a una paz y alianza general, se decidió entre ambos que la república haría la paz con las naciones de Zocothlán y de Cholula, en cuya medida entró gustoso Hernán Cortés con la mira de no encontrar estorbos en caso de una retirada y porque nada temía tanto como la presencia de Jicoténcal lejos del influjo de Magiscatzin y del senado.

Después de concluídos los preliminares de esta negociación, Hernán Cortés siguió el camino de Méjico, encontrando siempre el espanto y el terror que por todas partes había difundido la noticia de la horrorosa suerte de Cholula.

El ejército tlascalteca se volvió a sus hogares, y el anciano Jicoténcal, al oír las agradables nuevas que le dió su hijo, exclamó, levantando las manos hacia el cielo:

—Pues que tú no nos abandonas ¡oh Gran Ser que gobiernas el mundo!, aún tenemos patria. ¡Benditas sean tus providencias! ¡Vea yo la libertad de mi país asegurada para siempre y ciérrense mis ojos en paz! ¡Animo, hijo mío! ¡Qué dulce es poder salvar a su patria!

Teutila había llegado a Méjico más abatida por la nota contra su conducta que lo estuvo jamás en la esclavitud más espantosa. Su alma grande no pudo resistir a tanta adversidad, y su naturaleza robusta cedió a este golpe contra su honor. Una calentura maligna la tenía postrada y casi sin esperanzas de vida a la llegada de su tío. Las caricias de éste, sus demostraciones de estimación, sus protestas de arrepentimiento por la ligereza con que la creyó culpable y, sobre todo, su casamiento concluído con Jicoténcal, fueron el bálsamo consolador que mitigó el fuego devorador que la consumía y que reanimó su alma abatida por la ignominia. Su corta edad y la fuerza de su buen temperamento ayudaron mucho a tan satisfactoria mudanza, y al fin convaleció de sus males consolándose en la tardanza que estos ocasionaban en su viaje en la feliz perspectiva que presentaba su destino.

Durante este tiempo el honrado Diego de Ordaz aprovechó una sola ocasión que tuvo para ver a Teutila. La sensibilidad que había desenvuelto en el amor, y la mansedumbre que había contraído con la continua violencia con que reprimía su pasión, dieron a esta visita una ternura interesante.

—Anda a ser feliz, mujer idolatrada —le dijo a Teutila apretándole la mano—. Tú vas a vivir entre unos hombres sencillos, cuyas virtudes endulzarán las penas que afligen a la humanidad. La paz y el sosiego te esperan en la mansión pura de la honradez y de la moderación; ínterin tu amigo queda condenado a arrastrar su vida entre crímenes, falacias, tropelías e intrigas. Abraza en mi nombre al respetable anciano, padre de tu afortunado esposo; al manifestar a este franco y fiel amigo las memorias de mi afecto, dale de mi parte esta daga que recibí de manos de mi padre al salir de mis hogares; y cuando reunidos en vuestra envidiable morada disfrutéis los dulces placeres de vuestra pura felicidad, acordaos alguna vez de Diego de Ordaz, vuestro amigo desgraciado.

Las noticias que llegaron a Méjico de una nueva flota de españoles que había arribado a las costas, y el movimiento que en su consecuencia se observaba entre los que había en la capital, todo reunido a los grandes sucesos ocurridos en aquella corte y de que Teutile quería informar a los dos Jicoténcales, aceleraron la partida de Teutila para Tlascala.

En su viaje se ocupó más tiempo que el necesario, tanto por el cuidado con que se evitaban las jornadas muy largas como por el rodeo que tuvieron que hacer por fuera de los límites de Tlascala, donde no podían entrar los parientes que la conducían por ser mejicanos y enemigos aún de la república. Por último, llegaron a Zocothlán, desde donde mandaron el aviso de su llegada a Jicoténcal, y éste voló a recibir de mano de sus parientes la prenda tan suspirada de su dicha.

Después de la primera efusión de estas dos almas grandes, Jicoténcal oyó con atención patriótica lo que Teutile mandaba a decir por un sobrino suyo. Este le informó que, desde que llegaron a Méjico las noticias de los horrores de Cholula, el imbécil emperador se había acobardado de manera que no salía de entre las manos de sus fanáticos sacerdotes ni hacía más que cebar la codicia del capitán extranjero con inmensos regalos, que redoblaba a medida que se aproximaban a la capital, habiendo llegado su bajeza hasta obligar a su sobrino, el cacique de Tezcuco,[34] a que le saliera al encuentro y haber salido él mismo a recibirlo ostentando la inútil grandeza de su corte; que el gobierno había alojado al ejército extranjero en un palacio magnífico y fuerte, dándole así los medios de defenderse en todas ocasiones; que el emperador les había hecho la acogida más lisonjera, prodigándoles regalos y atenciones hasta la más baja adulación y tratando al jefe como a su igual.

Que en el ínterin el monarca envilecido se abatía así, el bravo Cualpopoca[35] con el ejército a su mando, había escarmentado a los insolentes españoles que quedaron en una fortaleza a las orillas del mar cuando quisieron oponérsele en sus movimientos, ayudados de varias naciones revolucionadas, en cuyos encuentros perdieron la vida el jefe de aquellos españoles y otros muchos soldados, y uno quedó vivo en su poder. Que esta acción, que en cualquier otro hubiera despertado el valor con la posibilidad del triunfo, acobardó a Motezuma a términos de dejarse conducir preso al cuartel de sus enemigos, que lo tomaron como garante de su seguridad, bajo el pretexto de su queja por la muerte de sus soldados.

Que el vil monarca afectó ir voluntariamente a su prisión, imponiendo pena de la vida al que intentase libertarle, y mandó el arresto del valiente Cualpopoca y demás cabos de su ejército. Que estos guerreros habían perecido en las llamas, condenados a tan horroroso suplicio por los mismos extranjeros, que no fiaron a nadie la ejecución de sus crueldades; y mientras ésta, el jefe tuvo la osadía de cargar los pies de Motezuma con unas prisiones de metal que, al parecer, se ponen en su país a los grandes facinerosos.

Que tanto envilecimiento de una parte y tanto descaro de la otra habían exaltado al fin los ánimos de algunos mejicanos, a cuya cabeza se presentó Cacumatzin, cacique de Tezcuco y sobrino del emperador; que indignado este valiente joven por la infame cobardía de su tío, organizó sus amigos, y todos juraron lavar su honor con el escarmiento de los opresores. Pero la mas vil traición puso su persona en manos de los enemigos, y un monarca de veinte naciones y un general que no dejaba de la boca a Dios y al honor fueron bastante bajos para comprar con el oro a los criados del bravo mejicano, que lo presentaron atado ante los que no osaron acometerlo cara a cara.

Que el desgraciado Cacumatzin gemía en una prisión horrorosa, no atreviéndose sus viles enemigos a saciar su saña dándole la muerte. En fin, que la noticia del arribo de otros españoles a las costas había puesto en movimiento a los que estaban en Méjico, y, según todas las apariencias, estos trataban de tomar la vuelta de Cempoala. Que se aprovechase de todas estas noticias y contase siempre con los buenos mejicanos que suspiraban por el momento de sacudir un yugo tan ignominioso.

Jicoténcal y Teutila se despidieron de sus parientes los mejicanos y, acompañados de sus amigos y deudos de Zocothlán, pasaron a Tlascala, donde todos fueron recibidos por el anciano y respetable Jicoténcal con las demostraciones más afectuosas. Este patriarca de la familia determinó para dentro de tres días la celebración del matrimonio, a cuyo término, aunque demasiado largo para la impaciente pasión de su hijo, que precisó conformarse en consideración a las costumbres del país y a la necesidad de descanso que tenía Teutila, demasiado combatida por tantas y tan fuertes impresiones.

Llegado el día de los esponsales, los dos amantes se presentan animados por el rubor que embellecía sus rostros ante el anciano respetable que los esperaba para darles su bendición.

—¡Que el cielo os bendiga, hijos míos! —dijo aquel derramando lágrimas de gozo y haciéndolas derramar a los concurrentes—. Id en paz a unir vuestros inocentes corazones y a juraros un amor y fidelidad que duren tanto como vuestras vidas. Este grande acto de la primera alianza del hombre os va a elevar al gran rango de padres de familia, rango cuya nobleza incomparable habéis merecido por vuestras virtudes. ¡Los dioses os preserven de faltar a las dulces pero sagradas obligaciones que vais a contraer el uno hacia el otro, y ambos hacia vuestros hijos y hacia la sociedad! ¡Que la tibieza no debilite vuestro afecto, que la tea de la discordia no esparza su fatal humo en vuestra pacífica mansión y que una larga posteridad, educada como vosotros en la virtud, haga vuestras canas tan felices como lo es en este momento vuestro anciano padre!

"Abrazadme, hijos míos, y que el cielo os bendiga, como os bendigo yo con mi corazón y con mi alma. Y tú, mi querido Jicoténcal, no te dejes seducir por los dulces placeres de tu nuevo estado cuando la voz de la patria te llame en su socorro; ésta es la primera obligación de todo hombre en sociedad y la tuya se aumenta hoy en razón de que vas a engrandecer tu existencia social. Adiós, mis queridos hijos."

Los dos novios salieron de la casa paterna engalanados con sus vestidos nupciales: el nuevo esposo con un manto, y su querida con un velo, ambos blancos como la nieve. El padre, los parientes y amigos los siguieron en procesión con una compostura respetuosa.

Así se dirigieron al templo, donde un sacerdote les preguntó, con las expresiones que prescribía su ley, si se querían y consentían mutuamente por esposos. Recibida la contestación afirmativa, el sacerdote tomó con una mano el velo de Teutila y con la otra el manto de Jicoténcal y los ató ambos por sus extremos con un nudo en nombre de Dios, manifestando con esta ceremonia la unión sagrada de los dos esposos.

Ligados estos de esta manera y acompañados del mismo sacerdote y de la anterior comitiva, se dirigieron a su casa, al hogar donde ardía el fuego doméstico; y después de haber dado siete vueltas alrededor de él, todos en respetuosa procesión, se sentaron los recién casados a recibir al sagrado calor de su fuego doméstico, en significación del amor conyugal que debía animarlos en lo restante de su vida. Concluído así el matrimonio todos se entregaron a las fiestas y regocijos de costumbre para celebrar la boda.

La inocente alegría de esta sencilla familia no fue de mucha duración. Hernán Cortés mandó a decir a Magiscatzin que se preparaba para una facción importante, de cuya gloria haría partícipes a sus amigos los tlascaltecas, si éstos se le brindaban voluntariamente, y que dentro de pocos días tendría el gusto de verlo en su casa. El anciano Jicoténcal había sabido por sus amigos los cempoales que las tropas extranjeras recién venidas estaban de guerra contra Hernán Cortés y los suyos, lo cual, junto a las noticias que le había mandado Teutile, lo decidieron a oponerse con firmeza en el senado contra la proposición de Magiscatzin para que se diese a Cortés un ejército auxiliar en su empresa. Los tlascaltecas oyeron las razones poderosas del prudente anciano, y se desechó la proposición de Magiscatzin.

Reunidos en su casa padre e hijo después de esta sesión, dijo el joven Jicoténcal:

—El respeto y deferencia que tengo siempre a tus consejos me han cerrado la boca en el senado; pero no alcanzo los motivos que tu prudencia pueda tener para haberte opuesto a que una fuerte división de nuestra república observe a ese extranjero en su peligrosa jornada. Quizá ésta es la mejor ocasión de obligarlo a que deje nuestro país.

—Cuando dos bestias feroces se pelean, imprudente sería, hijo mío, el cazador que no esperase el fin de su lucha, que infaliblemente debe ser ventajoso para él. Según vemos, parece que esas gentes obran por sus intereses personales y que el príncipe de que nos hablan no es más que el pretexto de sus piraterías. Dejemos batirse a esos dos grandes enemigos: sus sangrientas desavenencias acabarán de destruir el prestigio con que los mira el vulgo. Y créeme que esas plagas que de tiempo en tiempo vienen a afligir a la humanidad, tarde o temprano ceden a la constancia inalterable del patriotismo.

"Tú has visto como al fin la mayoría del senado ha presentido estas verdades y las intrigas de Magiscatzin han sido impotentes. Este es un triunfo, hijo mío, contra nuestros enemigos; contentémonos por ahora y esperemos que el cielo no permitirá que sea el último. Mas después de haber atendido así a los intereses de la patria, ahora es menester mirar por los nuestros. Ese capitán va a venir a Tlascala, su brutal pasión a Teutila puede encenderse y comprometernos a todos si provoca nuestro justo resentimiento. Me parece que lo mejor será que te ausentes con ella y que, en cuanto esté de nuestra parte, evitemos una desgracia.

"Respecto a mí, la naturaleza me retira de los cuidados públicos; y ahora que veo con satisfacción que la mayoría de los representantes del pueblo miran por los intereses de éste, dejo gustoso la presidencia del senado a Magiscatzin, designado por la ley a sucederme como el más

antiguo de sus compañeros. Yo no volveré más a aquel santuario de la justicia sin una causa grande que reanime mi flaqueza."

Los nuevos esposos, obedientes al consejo de su padre, se retiraron a una de sus tierras, mientras que Hernán Cortés estuvo solo de paso en Tlascala, afectando no tener la menor queja por el desaire que le había hecho la república. Diego de Ordaz abrazó afectuosamente al anciano Jicoténcal y, con la franqueza que acostumbraba, tachó de nimia la precaución de haber hecho salir a su hijo de la ciudad. Su honradez creía imposible que se atentase contra la moral pública de un modo tan escandaloso y por un hombre que tenía que sostenerse por la fuerza al frente de una expedición cuyo mando había usurpado a la autoridad establecida. Como Hernán Cortés no habló tampoco una palabra ni de Teutila ni de su matrimonio, Jicoténcal tuvo escrúpulos de sus sospechas y, para reparar su falta y poder procurar al honrado español que abrazase a sus amigos, mandó venir a sus hijos luego que salieron los extranjeros para Cempoala. ¡Padre infeliz! Tu sencilla honradez no conocía bastante las artes de la corrupción europea.

A los pocos días se presentó Hernán Cortés de vuelta de su expedición, habiendo aumentado su ejército con los soldados que vinieron a combatirlo y que excedían en número a los suyos. En su entrada en Tlascala ostentó su nueva y lúcida tropa y los trenes y pertrechos de guerra que había adquirido en su expedición. Puesto a la cabeza de su brillante columna se dirigió en derechura a casa de Magiscatzin. El triunfo que los patriotas habían conseguido contra la facción de aquel magistrado, negando las tropas auxiliares a Cortés, descubrió a éste la flaqueza de su partido, y, hallándose entonces con una fuerza imponente, se puso de su parte, sin consideración ni disimulo, para reanimarlo y ponerlo en estado de conseguir la victoria contra los buenos tlascaltecas. Así, presidió la fuerza en los consejos del Estado. Los débiles cedieron a su impulso, los malos y revoltosos encontraron un apoyo, y los buenos se vieron abatidos en los momentos en que cifraban sus mayores esperanzas.

Diego de Ordaz participó con sus amigos de la dulce satisfacción que gozaban y les abrió su pecho, depositando sus sentimientos en el seno de la amistad inocente y pura de las únicas personas virtuosas que conocía. Entonces informó a Jicoténcal de la manera como salió Hernán Cortés de la isla de Cuba y que aquella nueva flota y ejército que habían arribado venía con el fin de prenderlo y conducirlo como reo para ser juzgado y castigado por sus crímenes. Pero que él, sagaz y sereno, entabló pláticas de paz con el jefe que la mandaba, entreteniéndolo de esta manera mientras se aseguró con dádivas y promesas de los soldados que tenía a sus órdenes en Méjico y mientras consiguió corromper los de su adversario con el oro que había arrancado a los temores de Motezuma.

Por último, que la suerte le había favorecido tanto, que logró revolucionar las tropas recién venidas, y en este estado las atacó por la noche con la espada en una mano y el bolsillo en otra. El desorden le sirvió maravillosamente en su empresa, y del aire de una batalla que supo darle tomó pretexto para tratar a los vencidos con la dureza y rigor que él solo merecía. Así se deshizo de los unos, puso en prisión segura a otros y aumentó su gente con la multitud, ciega por el atractivo del oro.

El infame Magiscatzin, embriagado de vanidad por las distinciones que le acordaba el hombre a quien se había vendido, se abandonó sin límites a la más vil dependencia y, para completar su infamia, apostató públicamente de la religión de sus abuelos para abrazar la de su protector, que tenía en las manos el poder. Este ejemplo tuvo algunos imitadores, y el padre fray Bartolomé de Olmedo, que no veía en estos sucesos más que los efectos de su celo por la propagación de su creencia, tomó a su cargo el convertir al anciano Jicoténcal.

Hernán Cortés lo animó en su empresa, suponiendo al respetable senador bastante débil por los estragos del tiempo para dar entrada a los escrúpulos y temores sobre su destino después de la muerte, si se conseguía hacerlo vacilar en su creencia. Así, pues, el buen capellán pasó a visitarlo y le habló de esta manera:

—Hermano, pues que todos somos hijos de un mismo Dios, todos debemos amar a nuestro padre común y a nuestros hermanos, que son todos hombres.

—Me sorprendes, extranjero, con unas máximas tan conformes con las que existen en mi corazón, cuando vuestras acciones son tan contrarias a estas mismas máximas. Si todos debemos amarnos fraternalmente, ¿por qué venís vosotros como nuestros más terribles enemigos?

—Venimos a poneros en el camino de la salvación, venimos a daros a conocer a Dios, al único y solo Dios verdadero. Venimos a enseñaros el único culto que le conviene, el que exige de nosotros y la religión divina que puede solamente salvaros de una condenación eterna.

—Prescindo por ahora de que vuestra conducta desmiente esa misión divina y esas miras benéficas. Y tú mismo no podrás negarme que es imposible que Dios se haga anunciar por medio de crímenes que condena nuestro corazón. Pienso que vienes de paz y no quiero ofenderte con la relación de lo que tú tocas y palpas, si ya no lo practicas también. Yo sé que hay un Dios, esto es, un Ser muy poderoso que ha ordenado todo el universo con una inteligencia tan grande, que cada cosa corresponde a un gran fin con una admirable precisión. Dentro de mí mismo lo siento, en las cosas más abstractas lo mismo que en las más materiales. Hasta aquí llegan mis conocimientos; pero pues que tú los tienes mayores, según dices, dame a conocer este Dios, que yo creo muy poderoso y muy sabio, pero del que no tengo más idea que la que me dan sus obras.

—Ese mismo Dios, criador, hacedor, principio y fin de todas las cosas, infinitamente bueno, sabio, justo y poderoso nos ha revelado sus misterios y la religión que profesamos.

—Yo no concibo como puede haberse creado el mundo, porque no concibo que de la nada pueda salir nada; mi imaginación reposa cuando lo supongo tan antiguo como su Ordenador. Tampoco concibo la bondad, sabiduría, justicia y poder infinitos, porque la idea de una cosa sin termino no cabe en mi entendimiento. Yo me paseo por esta sala y digo: "Pues que hay un espacio tan grande como éste, bien puede haber otro mayor." Mas por lejos que lleve a mi imaginación, siempre me encuentro con los límites. También pongo un peso en una balanza, por ejemplo, un poco de maíz; en la otra pongo una piedra y esta hace levantar el saco: luego la piedra pesa más que el saco. Pero ¿cuánto más pesa? Esto me es imposible averiguarlo si no comparo su peso con otros objetos. Así, pues, digo: "La inteligencia y el poder del que ha ordenado el mundo son muy grandes sin duda, pues que han sido suficientes para tan grandes efectos; pero mis conocimientos no pueden pasar de aquí." Mas, supuesto que tú me dices que Dios ha revelado sus misterios, instrúyeme en ellos, dime cuales son.

El padre capellán, entonces, viendo unas luces tan claras en el anciano Jicoténcal, le refirió los artículos de la fe. El anciano le pidió la explicación de los misterios que contienen y habiéndole respondido que son misterios superiores al alcance de nuestro entendimiento, replicó con viveza:

—Luego Dios no ha revelado nada. ¿Y tú quieres hacerme creer que ese Ser tan sabio, ha comunicado unas cosas que repugnan a mi razón? ¿Qué fin podría haberse propuesto en una conducta semejante?

—El de probar tu sumisión a su voluntad, el de que reconozcas tu pequeñez y tu ignorancia.

—¿Y que necesidad hay para eso de unos misterios contradictorios y absurdos cuando tengo mi juicio, que continuamente está midiendo mi flaqueza y una voz que me dice aquí, en el corazón, que debo ser reconocido y obediente al Autor de todo bien? Mis deberes están bien claros, y, cuando la miseria de mi naturaleza intenta extraviarme de su senda, tengo en mí un instinto, una cosa que me los recuerda y que tú llamas razón. ¿Y quieres que yo renuncie a este gobernante para agradar a Dios? ¿Para qué me lo habría dado en este caso? Pero al fin, si en tu religión todo es violencia y todo ciega sumisión, dime cuales son las pruebas en que se funda.

—Una de ellas se toma de los muchos milagros que se han obrado en favor de la doctrina que enseña.

—¿Qué es un milagro?

—Es un fenómeno que excede a todas las leyes de la Naturaleza, como el de resucitar a un muerto.

—¿Eres tú ministro de tu Dios?

—Si, por su misericordia, aunque indigno pecador.

—Pues bien, haz un milagro: resucita a mi mujer, que hace veinte lunas que se murió.

—Yo no tengo ese don.

—¿Has visto tú algún milagro?

—Sí, por la bondad de Dios.

—Refiérelo.

Aquí se vió muy embarazado fray Bartolomé, pues aunque creía milagrosos muchos de los sucesos ocurridos en la empresa en que se hallaba, conoció la dificultad de probar que estaban fuera del orden de la Naturaleza. Jicoténcal lo sacó de su embarazo, diciéndole:

—Mira, extranjero, un milagro es una cosa imposible, y el creerlo ofende la sabiduría y el poder de ese mismo Dios que tú llamas infinitamente sabio y poderoso. Todo lo que nuestra inteligencia alcanza a conocer en este mundo está ordenado por leyes inmutables y con una relación tan íntima que cualquiera de éstas que se infringiera faltaría enteramente el orden de las cosas. Por otra parte, ninguna necesidad hay de esas excepciones, pues que ese Ser Gobernador del mundo ha sabido poner dentro de nosotros los conocimientos que ha tenido por conveniente, sin necesidad de quebrantar estas mismas leyes.

La conversación se extendió demasiado sobre las profecías, la tradición y otras pruebas de la religión cristiana pero Jicoténcal se obstinó en no oír mas que las falsas luces de su razón natural, de manera que el padre fray Bartolomé desesperaba de su empresa mas, recordando el principio de la conversación, le dijo:

—Obcecado anciano: mi divina religión prescribe unas reglas de moral que te aseguran, si las observas, la felicidad en este mundo y te quitan los temores para el otro. He aquí su resumen: "Ama a Dios sobre todas las cosas y al prójimo como a ti mismo." Dime ahora que no es divina la religión que te ordena esta conducta.

—Sin duda, mi amigo, esas reglas vienen de Dios; ellas están aquí en mi pecho y me las ha dado el mismo a quien debo estas manos, esta lengua con que te hablo y los pensamientos que te expresa. Sí, yo siento, de la misma manera que siento el hambre y la sed, que es menester ser justo y benéfico. Y esto lo sientes tú, que vienes de regiones tan distantes, como lo sienten más de veinte naciones que pueblan el país que yo conozco. Tú eres más blanco que nosotros, tienes barbas y otra diferencias que, al parecer, te hacen un hombre de otra especie que la nuestra; y, no obstante, tu moral es la misma que la mía. Luego ésta viene de Dios.

"Si quieres que yo adore este Dios contigo, dame ese manjar blanco que tú le ofreces, pues me es indiferente ofrecerle un poco de copal o cualquiera otra cosa con tal de que le manifieste mi reconocimiento. Observa los animales domésticos cuando nos halagan: cada uno lo hace a su modo, y nosotros no nos cuidamos de la manera con que se explican y atendemos solo a lo que manifiestan sus señales. Así el Autor de la Naturaleza no atenderá sin duda más que a nuestra intención. Y si hubiera querido que todos pensásemos de un mismo modo sobre esos misterios, no le hubiera costado más trabajo que habernos hecho convenir en la moral.

"Ahora voy a darte un consejo. Predica la práctica de esas reglas de tu religión entre los tuyos: exhórtalos a llenar esos deberes divinos; y si, por dicha, llegases a conseguir que oigan tu voz y nosotros vemos en ellos unos ejemplos de virtud, unos hombres justos, moderados y señores de sus pasiones, arrojad vuestras máquinas de guerra como inútiles, pues todos os mirarán como unos dioses. Aun hay más: también os creeremos cuantos misterios nos querráis proponer, por absurdos que sean, porque entonces el sacrificio de nuestra luz natural sería recompensado con la felicidad del género humano. Pero, amigo, ¡predicar una doctrina semejante con la guerra, el libertinaje y los vicios más escandalosos!… ¡Que contradicción! ¡Dios mío estos sucesos ponen a prueba mi creencia de tu sabiduría!"

Fray Bartolomé no iba preparado para tan terrible ataque, y así, pretextando que su deber lo llamaba a otra parte, salió sin grandes deseos de continuar en la conversación del anciano tlaxcalteca. El santo celo de la religión había acalorado tanto al buen religioso, que este olvidó enteramente el encargo que le había hecho Cortés de insinuar lo que se había extrañado entre naturales y extranjeros la falta de atención de Teutila en no haber pasado a visitar a su amiga doña Marina.

Intentaba de este modo Cortés atraerla a casa de Magiscatzin, donde, con más seguridad que en ninguna otra parte, podía abandonarse a cualquier extremo, no sin peligro entre los suyos. Con el mismo fin manifestó políticamente su queja a Jicoténcal cuando éste fue a visitarlo como general de la república.

—Me parece, extranjero— le contestó el bravo tlascalteca—, que diriges la palabra a Jicoténcal. Este es incapaz de doblez y de disimulo, y te responde sin rodeos que su mujer no se envilecerá con el trato de una indigna prostituida. Los tlascaltecas respetan el honor de sus esposas.

—Insolente, conoce mi poder y tiembla.

—Jamás, jamás te temerá Jicoténcal. Ni pienses que Teutila deja de ver a esa miserable por recelo de tus tropelías. Teutila es hoy una tlascalteca.

Cortés, entonces, conociendo la desventaja que iba tomando su situación, cambia de semblante y reprimiendo apenas su cólera:

—¡Ingrato! —le dice—. Tú no quieres ser mi amigo... Pues lo serás, ¡vive Dios!, o...

La entrada de algunos de los oficiales españoles interrumpió esta escena, y Jicoténcal se retiró a su casa.

Cuando Hernán Cortés quedó solo mandó llamar a Magiscatzin.

—Amigo —le dijo—, ¿puedo yo contar con tu afecto?

—¿Y dudáis, señor, de la fidelidad de vuestro esclavo Magiscatzin? ¿Qué puedo yo hacer para vuestra gloria? Hablad.

—Escucha, amigo. Ese insolente Jicoténcal es el grande enemigo que tienes que temer. Tlascala cometió la imprudencia de nombrarlo su general, y esta imprudencia os dará mucho que hacer. Para vuestro bien y tranquilidad, quisiera yo sujetarlo de un modo que su fogoso carácter sintiera el freno y conociera que no hay más recurso que reducirse a la fuerza. Con este fin tuve detenida en mi cuartel a esa necia de Teutila, porque, habiendo descubierto sus amores con Jicoténcal, ella me servía de garante para la quietud de su querido. Teutile la reclamó, y yo que soy incapaz de faltar a la justicia, se la entregué. Mas ahora, que veo su casamiento celebrado, sospecho que ese indigno tlascalteca está de acuerdo con vuestros enemigos, y desearía poder ampararme de su mujer para sujetar a ese temerario, que al fin os perderá a todos.

—¡Ay, señor! Nadie mejor que yo quisiera poder abatir el orgullo de esa insolente familia, también tengo motivos de justo resentimiento contra los parientes de la infame Teutila. Pero, señor, ¿cómo mirará el senado una tropelía contra una matrona tlascalteca? Estos imbéciles se asustan tanto cuando se atropella a una mujer, que les parece que se va a desquiciar el mundo. Yo temo las resultas de ese proyecto, y ansío, no obstante, que a vuestra sabiduría se le ocurra un medio de ponerlo en ejecución. ¡Qué placer! La rabia ridícula del viejo decrépito y la desesperación del joven insolente formarían la escena más divertida.

—Pues óyeme: esta noche está convidado a cenar con ellos el capitán Ordaz. Yo tengo sospechas de que este capitán ha sido cómplice en la traición de los españoles contra mí, que tan victoriosamente ha conducido en Cempoala, y lo mandaré prender durante la cena. El es fiero y altivo, yo mandaré para arrestarlo a un enemigo suyo, valiente y de toda mi confianza. Probablemente habrá una escena escandalosa; Jicoténcal, que debe su vida a un arrojo suyo, lo querrá defender y mi comisionado, siguiendo mis instrucciones, los conducirá a todos a una prisión. Inmediatamente pondré mis tropas sobre las armas y me presentaré en persona en el senado, donde espero que me apoyes para que este cuerpo acuerde que todos sean juzgados según las leyes de nuestra disciplina militar. En consecuencia del proceso, Jicoténcal quedará depuesto y en una prisión, y yo me llevaré a Teutila, librándoos de este modo de un enemigo tan terrible y asegurándome, además, contra las reclamaciones de los parientes de Teutila, pues ésta será juzgada con la autorización de la república.

El infame senador aplaudió con las mas viles adulaciones la trama infernal que acababa de oír, y todo fue acordado en el momento. Mas el destino reservaba al valiente tlaxcalteca y a su honesta esposa para escenas más trágicas, aunque no menos viles.

Reunidos los amigos virtuosos en casa de Jicoténcal, vinieron a advertir a éste de un ligero desorden ocurrido entre los trabajadores de sus tierras, y, atento a sus deberes domésticos, vuela a poner en regla lo que también pertenecía a su querida esposa. En este tiempo una patrulla cerca la casa. El oficial que la manda entra sin anunciarse; encuentra solo a Ordaz con el anciano venerable y con la virtuosa matrona.

—Date preso—le dice—a nombre del rey.

—Preso estoy—le contesta Ordaz, sin la menor resistencia.

El oficial quedó desconcertado y todos los planes de la más infernal intriga se deshicieron como las bolas de jabón que arrojan los niños al viento.

Hernán Cortés babeaba de cólera. Magiscatzin estaba instruído de su flaqueza, y todos sus enemigos triunfantes. Sus pasiones, así exaltadas, rompieron todos los frenos y se decidió la pérdida de Jicoténcal sin apelación ni recurso. Diego de Ordaz fue puesto en libertad, después de haberle formado una sumaria, por la inutilidad y peligros que podría traer la prosecución de su proceso.

Hernán Cortés determinó seguir hasta Méjico, de donde había recibido noticias que los naturales habían tomado las armas contra los españoles que quedaron de guarnición en su cuartel. Con las mismas miras políticas que en las ocasiones anteriores, no quiso que lo acompañase un grande ejército tlascalteca; pero sí eligió una división de él al mando de sus parciales.

Resuelta la jornada, ésta tuvo que dilatarse por un accidente inesperado. Los dolores del parto acometieron a doña Marina: ésta había enervado su natural robustez en los excesos a que se había aficionado con vehemencia; y la Naturaleza, que jamás deja estas faltas sin castigo, se conmovió con síntomas mortales en un momento, del que sale templanza bien a poca costa. Su educación religiosa había sido demasiado superficial, y la muerte, rodeada de espectros horrorosos, se presenta a su imaginación.

Esta loca de la casa, como la llama una santa española, aumentó al infinito sus preocupaciones y sus terrores, y los remordimientos más crueles vinieron a hacer su estado verdaderamente lastimoso. En estas angustias de su espíritu, exaltado por la violencia de los dolores, llama a fray Bartolomé de Olmedo y le confiesa toda su pasada conducta, sin ocultarle ni la galante escena con Ordaz, ni su guardianía de Teutila, ni la persecución de ésta por Hernán Cortés, ni las intrigas y embustes políticos; nada absolutamente.

En vano el buen religioso le prodigaba los saludables consuelos que su ministerio le prescribe; ella ve el infierno abierto ante sus pies, los tormentos sin fin se presentan a su frenética imaginación y, en este estado, no se le ocurre más medio para expiar sus culpas que el de hacer una pública confesión de ellas y pedir perdón a tantas personas como había ofendido. Para esto quiere que venga todo el mundo a su habitación, y, sin mirar más que las venganzas de un Dios justiciero, no teme ni a Hernán Cortés ni a todos los príncipes de la tierra reunidos. ¿Qué son, en efecto, las consideraciones humanas para la imaginación exaltada de una mujer?

—No, padre mío —decía a su confesor—, no hay remedio para mí. Yo soy una grande pecadora, y es menester que todo el universo conozca mis culpas y vea mis remordimientos, que el martirio que sufro sirva de ejemplo y de escarmiento a los que, como yo, abandonan la senda de la virtud.

Fácil es de concebir el apuro de un reverendo capellán al que se presentan en tropel todas las consideraciones a que da motivo una escena semejante, y esto sin que su penitenta le deje un momento de reflexión. Cuatro o seis fuertes dolores y los gritos de una criatura que comenzó a respirar al aire sacaron a fray Bartolomé de Olmedo de un embarazo que se iba haciendo ya demasiado grande para su mucha prudencia.

Con mucha sorpresa y no sin satisfacción del buen religioso, infierno, tormentos, escrúpulos, culpas, reparación, todo cede como por encanto al cariño maternal a la vista del hijo que acaba de nacer. Violenta en sus pasiones y viva y traviesa en sus talentos, esta americana hubiera podido ser una mujer apreciable sin la corrupción a que se le adiestró desde que se reunió a los españoles. Sin embargo, el tierno amor maternal derramó una dulce tinta sobre sus sentimientos, y, bastante tranquila para no alarmar a su confesor, le pidió que hiciera venir a Diego de Ordaz. Luego que éste se le presentó, le dijo así:

—Ordaz, yo soy madre. ¡Ojalá mi pasada conducta no me hiciera indigna de esta dicha! No obstante, quizá la Naturaleza podrá en mí más que la corrupción. Quiero pedirte una gracia: mi corazón ansía ver a Teutila. Sus virtudes me la hacen en extremo necesaria; ella será madre también, y el fruto de sus entrañas participará de la pureza de su alma. Haz que venga esa criatura angelical, cuyo aliento reanimará en mí estas sensaciones que despierta la Naturaleza. Hazme esta gracia Ordaz; no por mí, sino por esta criatura inocente. ¡Mira qué hermoso es!

Enternecido, Diego de Ordaz le prometió que se interesaría con sus amigos y que esperaba que la buena Teutila accedería a su deseo. Y entonces fray Bartolomé de Olmedo hizo una patética oración sobre los deberes de las madres para con sus hijos, con mucho sosiego y oportunidad.

Hernán Cortés se ocupaba en sistematizar el partido de Magiscatzin, al que también iba preparando para sus planes contra Jicoténcal. Las noticias del levantamiento de los mejicanos le apuraban; pero no había medio de dejar abandonada a doña Marina, de cuyo auxilio tanto necesitaba. Fue, pues, indispensable esperar a su restablecimiento; y entretanto no perdía ocasión de aumentar su partido, animando a unos con promesas y halagando a otros con regalos.

La calentura para la leche que acomete a las mujeres débiles se declaró en doña Marina con un fuerte delirio, cuando entraron a verla Jicoténcal y su esposa, a quienes habían persuadido las instancias de Diego de Ordaz y las protestas del retorno de la enferma a los sentimientos honrados. La lastimosa situación de doña Marina conmovió a la sensible americana, la cual propuso a su marido quedarse acompañándola hasta su restablecimiento. Jicoténcal era demasiado humano para no asentir al benéfico deseo de su mujer, y la amable Teutila quedó así expuesta a nuevos insultos, mientras prodigaba los esmeros más tiernos a la enferma.

Cuando Hernán Cortés dio punto a sus negocios y a sus intrigas, se acordó, al fin, que doña Marina sufría gravemente, y pasa a su cuarto. No es fácil de explicar cuál fue su sorpresa al ver a Teutila a la cabecera de la cama de la enferma y tan ocupada de ella que no advirtió la entrada de Cortés.

—¿A qué feliz suceso—le dijo éste— debemos el placer de que la señora de Jicoténcal nos haga una visita?

—A uno bien desgraciado... —respondió Teutila, interrumpiéndose para cuidar de Marina, que se removía con grande violencia en la cama.

Entonces informó fray Bartolomé de Olmedo a su general de las buenas disposiciones de la doliente, del acceso fácil que sus deseos de ver a Teutila habían tenido en el sensible corazón de ésta y de la tierna compasión con que se había quedado cuidándola en su estado de delirio.

Poco a poco se fue serenando doña Marina, hasta quedarse dormida con un sueño profundo y sosegado. Todos los circunstantes salieron, y Hernán Cortés, dirigiéndose a Teutila que no se movía de su puesto, le dijo en un tono bajo y dulce:

—No es sólo Marina quien tiene que manifestarte su arrepentimiento. Si quieres venir a esta habitación inmediata, yo te manifestaré que, aunque tarde, conozco al fin todo el precio de tus virtudes.

—Me alegro, extranjero, que reconozcas tus faltas, porque esto aligera el peso que causan; pero es inútil que te empeñes en hacerme dejar este sitio.

—Mas ¿no ves que podemos despertar a la enferma?

—Retírate, pues, Adiós.

—No, que me harás el gusto de venir.

—De ninguna manera.

En esto entró un correo de Méjico con noticias urgentes, y Hernán Cortés, acercándose a Teutila, le dice con un aire decidido:

—Sabe, mujer obstinada, que estás en mi poder. Tu condescendencia y tu silencio te libertarán solo de que se publique tu ignominia. Escoge, pues entre una resistencia escandalosa e inútil y una prudente sumisión a la fuerza del destino.

Y saliendo del cuarto cerró la puerta con llave, dejando a la pobre Teutila en la más apurada situación. Mas a las almas grandes nunca faltan recursos y una voluntad decidida vence todos los obstáculos. Teutila forma su resolución. Se acerca muy quedito a Marina, le da un beso de paz sobre la frente, le pone en la mano un collar que traía en su garganta, abre la ventana que cae a la calle y, sin meditar en su altura ni mas consideración que la de su honor alarmado, se arroja fuera de la prisión.

Diego de Ordaz estaba aquella noche de ronda y, cuando su amigo Jicoténcal le refirió la resolución de Teutila de quedarse cuidando a doña Marina, concibió los mayores sobresaltos por la seguridad de su amiga, aunque por prudencia no manifestó sus recelos al honrado esposo. Mas, temblando sobre el peligro de Teutila, no acertaba en toda la noche a separarse de las paredes la casa de Magiscatzin.

Temeroso cerca de la madrugada de que sus soldados sospechasen de su asiduidad a los alrededores de aquella manzana, encargó la patrulla a su cabo, suponiendo una indisposición y advirtiéndole que rondase hacia su cuarto donde los encontraría antes de rendir la patrulla. Un presentimiento fatal atormentaba al honrado español, que estaba alerta, fijando su atención al menor ruido; y, sin embargo, aun no sabía el partido que debería tomar en caso de accidente.

Al golpe que dio Teutila al caer de la ventana, y a un ¡ay! medio sofocado que se le escapó, corre Ordaz y encuentra un bulto que hace inútiles esfuerzos por escaparse.

—¿Quién eres? —le dijo— ¿y qué te sucede?

Tan asustada estaba la pobre Teutila, que no conoció la voz de su amigo, y viéndose imposibilitada de huir por la caída, le respondió:

—Si no eres el monstruo de quien huyo, salva a una infeliz y honrada mujer de su deshonor.

Diego de Ordaz toma a su amada y respetable amiga en sus brazos y, sin contestarle una palabra de temor de que los oyeran desde la casa, corre cuanto le permiten sus fuerzas, reanimadas por los más nobles sentimientos. La aurora comenzaba a rayar cuando el buen español cae en tierra, apuradas sus fuerzas por las fatigas del cuerpo y por los grandes afectos que combatían su alma.

Hasta entonces no había conocido Teutila a su libertador, ni aún había sospechado de las intenciones del que la conducía, atenta sólo a que se retiraba del mortal enemigo de su sosiego. Las demostraciones de gratitud y de estimación que la virtuosa americana hizo a su generoso amigo reanimaron un poco al fatigado Ordaz; pero fue indispensable contener la efusión de sus afectos, para acabar de poner en salvo a la honrada matrona.

Esta se había lastimado una pierna lo bastante para serle muy doloroso el andar, y su amigo podía apenas sostenerse en pie. Ya habían salido del barrio donde vivía Magiscatzin y se encaminaban lentamente hacia casa de Jicoténcal, apoyándose Teutila con un brazo sobre los hombros de su amigo, cuando suenan las cajas a generala. El deber llamaba a Ordaz a su cuartel, y la humanidad y la amistad reclamaban sus socorros en favor de Teutila. En este terrible compromiso ve a lo lejos a Jicoténcal, que venía hacia el barrio de Magiscatzin.

—Adiós, Teutila —le dice desprendiéndose de ella—; no puedo detenerme ni un momento y vuelvo gustoso a mi deber, dejándote en manos del valiente Jicoténcal. Adiós, hasta la vista.

El bravo tlascalteca se sobresalta al ver venir a su esposa abrazada de su amigo; y la súbita huída de éste, al descubrirlo, despierta sus celos con toda la violencia de que era capaz su alma fuerte y fogosa. Esta pasión terrible, enemiga cruel de la tranquilidad del hombre, no fue, sin embargo, bastante para que el valiente republicano desatendiese la voz de sus deberes públicos. Iba al senado, llamado con urgencia, y así se contentó con decir a su triste esposa con un tono seco y desabrido:

—Anda, ingrata, anda a casa y oculta tu conducta a mi venerado padre que morirá de sentimiento si sabe la desgracia de su hijo.

Y sin esperar ni una palabra de respuesta, corre a su obligación con el infierno dentro de su pecho.

La carta que Hernán Cortés había recibido de Méjico le avisaba del extremado apuro de la guarnición que había dejado en el cuartel de aquella capital, apuro que no le permitía dilatar ni un momento la partida, sin renunciar a la esperanza de evitar su pérdida infalible. Así, pues, resolvió la jornada para el amanecer. Mas ¿qué haría de Teutila? Esta se hallaba en su poder (así lo pensaba), pero no era de esperar que la que había resistido valientemente y por tantos días, cuando soltera, cediese ahora casada a ningún género de instancias en un momento. Abandonar la presa era demasiado duro para un carácter como el suyo.

La pasión resolvió, pues, llevársela a la fuerza. Para esto manda despertar a Magiscatzin y le dice que es indispensable que al instante convoque al senado y que espera que se acuerde que lo sigan por el camino de Méjico, lo más pronto posible, las compañías que tenía escogidas con los jefes de su confianza, y que se cuide, sobre todo, que no fuese con ellas Jicoténcal, pues que lo haría volver sin remedio desde cualquier parte que lo encontrase. En seguida manda tocar la generala, para recoger sus rondas y demás partidas de servicio, y pasa al cuartel para venir a la cabeza de sus tropas y salir con su prisionera, mientras su esposo estaba en el senado.

La detención de Diego de Ordaz después de haberse reunido la patrulla que mandaba, alarmó la inquietud de Hernán Cortés y le dejó tiempo para reflexionar en las fatales consecuencias que pudiera tener su atentado, si despertaba con él la justa indignación de los rígidos tlascaltecas. ¡Perder todas las esperanzas por una mujer! El ambicioso no debe ser sensible a ninguna otra pasión, o, a lo menos, todas deben estar subordinadas a su ídolo. "Que Teutila se salve, como yo no pierda el apoyo de Tlascala." Tal fue la resolución que tomó la política de Hernán Cortés.

Ordaz llega en este momento, y, después de una reprehensión sobre su tardanza, le manda que pase a casa de Magiscatzin con su compañía, que haga acomodar sobre una camilla a doña Marina y salga convoyando el bagaje, después de despedir a la mujer de Jicoténcal, que encontrará con la enferma, dándole en su nombre las gracias por su benéfica asistencia.

Había escogido para este servicio a Ordaz esperando que su amistad con la familia de Teutila calmaría a ésta en su resentimiento, sobre todo cuando por esta vez todo había quedado reducido a un poco de miedo. Diego de Ordaz pidió al jefe hablarle en secreto sobre cosas importantes y, cuando estuvieron solos, le dijo:

—Mi general, yo soy incapaz de disimulo y de ficción. Teutila está en su casa.

—Es imposible, pues que está encerrada bajo de llave.

—Teutila se ha arrojado por la ventana.

Hernán Cortés se quedó sorprendido y confuso sin saber qué hacerse, viendo que todos sus planes caían a tierra reducidos a polvo. Tlaxcala era una enemiga demasiado poderosa y temible en su situación; y en semejante apuro atento solo a sus miras, depone su ordinaria severidad con Ordaz y le ruega con expresiones amistosas que interponga su amistad con Teutila a fin de conseguir que su padre y esposo no lleguen a saber el suceso de la noche, pues que, estando el uno recogido a causa de sus achaques y el otro en el senado, era de esperar que todavía se podría reparar el perjuicio que pudiera traer a las armas del rey una desavenencia con Tlaxcala.

Ordaz le contestó que él mismo había dejado a Teutila en poder de su esposo Jicoténcal.

—Pues que ese bárbaro —dijo con cólera Hernán Cortés—siempre se opone a mis miras, fuerza será… ceder a la necesidad…—pronunciando estas últimas palabras con una moderación afectada.

Doña Marina se había recobrado bastante con el sueño de la noche, y así se encontró en disposición de soportar las fatigas de un viaje. Y el ejército se puso en marcha, tomando el camino de Méjico.

Libro Quinto

En los grandes apuros las resoluciones medias producen siempre los resultados más funestos. La pereza, natural al hombre, y el temor de desprenderse de las cosas que se aman demasiado, son siempre los consejeros de esas medidas de contemporización que dan infaliblemente la victoria a los perversos, cuya fuerza se funda en la osadía y en la constancia.

Así, pues, el padre de Tlascala, el anciano Jicoténcal, débil por los estragos que había causado en su naturaleza la corriente de un siglo, principiaba a flaquear en sus consejos, y, apegado en extremo al amor de su hijo, comprometió la seguridad de éste con su demasiado esmero por conservarlo. Abatido por el peso de los años y por los achaques inseparables de su edad, se abandona dulcemente a los consuelos que le prodigaban sus hijos, y su amor a la patria iba reconcentrándose en su propia familia, por falta de fuerzas para extenderse a una esfera mayor.

—Venid, hijos míos —decía a Jicoténcal y a Teutila—, venid a hacer felices los últimos días de vuestro anciano padre. Esos extranjeros nos dejan con su ausencia gozar en paz de nuestra felicidad. Que yo os vea dichosos, que vuestros días se pasen sin hacerse sentir más que por las dulzuras de vuestro amor, y mi tránsito a otra vida será como el dulce sueño de un padre que ha dejado contenta y alegre toda su familia.

Así hablaba el anciano respetable al joven Jicoténcal, a quien devoraban los celos más crueles. El había visto a su adorada esposa abrazada de Ordaz y caminando a paso lento y sosegado, y al instante en que fue percibido del que sostenía a Teutila, aquel la abandona y huye de su presencia.

La buena esposa, resentida por su parte del extraño recibimiento que le hizo Jicoténcal, cuando a riesgo de su vida había conservado intacto su honor, lo recibe en su casa con frialdad y aun con despego. El amor de la tierna Teutila reconcentra sus caricias hacia el anciano inocente y se desahoga así de la violencia que su pundonor le obligaba hacerse respecto a su injusto marido.

¿Qué debía pensar éste de una serie de sucesos que la fatalidad ordenaba tan en perjuicio de su tranquilidad? Triste unas veces, furioso otras, cuando descontento de sí mismo y quizá arrepentido presintiendo su injusticia, luchaba contra tan opuestos sentimientos como un bajel que abandonado, sin brújula ni timón, a merced de las olas, en tanto toca a las nubes y en tanto desciende a los abismos.

¡Pobre Jicoténcal! Los consejos de tu padre te son ahora más necesarios,que nunca, y, no obstante, tu amor a él te cierra la boca cuando tu corazón ansía abrirse a los consuelos de su cariño paternal. La noble fiereza de Teutila y la inquieta turbación de su esposo los indujeron a ambos al partido más opuesto a su mutua tranquilidad. Serenos en la apariencia delante de su padre, la fría reserva los separaba uno de otro cuando se encontraban solos. Jicoténcal no se atrevía a pedir una explicación, temiendo que fuera imposible darle una satisfactoria, y Teutila callaba, resentida de haber perdido tan injustamente la estimación de su esposo.

Así pasaban estas dos almas inocentes la vida más amarga, y al poco tiempo una profunda melancolía había alterado sensiblemente su buen natural. Las caricias al buen viejo se suspendían con frecuencia por un melancólico silencio, y un triste y largo suspiro solía seguirse a las preguntas del anciano. Al fin conoció éste que sus hijos no estaban contentos, y su cariño se alarmó sobremanera.

—¿Qué os ha sucedido —los decía—, mis amados hijos? Ven acá, Jicoténcal y tú, Teutila, dadme las manos. ¿Será posible que la discordia haya derramado su veneno en vuestros puros corazones? ¡Ah! Vuestro pobre padre moriría de pena. Decidme qué tenéis, qué os aflige. Descubridme vuestro corazón. Vosotros solos sois la única dicha que me resta, y yo veo contento el fin de mi carrera si mis amados hijos son felices.

Entonces redoblan las caricias a su padre, y las lágrimas de su ternura filial desahogaban sus corazones sin aliviarlos del peso que los abrumaba. Un día en que esta familia desgraciada estaba reunida después de comer, el anciano Jicoténcal dijo a sus hijos:

—Queridos míos, nuestro cariño mutuo nos ha hecho olvidarnos de nuestro buen amigo Ordaz. Ahora me acuerdo que se fue sin despedirse de nosotros. ¡Pobre hombre! ¡Cuánto debe sufrir su honradez entre esos malvados! ¿Sabes tú, Jicoténcal, por qué se fue tan precipitadamente? ¿Has sabido algo de él?

—No, señor.

—¿Cómo? ¿Tampoco se despidió de ti? Yo pensaba que lo habías visto cuando fuiste al senado. ¿Y tú, Teutila, lo viste en casa de Magiscatzin?

—No, señor.

—Es posible que un amigo tan fiel, un hombre tan virtuoso y tan sensible?...

—Es un malvado, como todos los suyos—dijo con un furor celoso el joven Jicoténcal—; es un vil e inicuo que a su perversidad añade la hipocresía y la bajeza más cobarde.

—No, Jicoténcal —replicó con entereza Teutila—, jamás permitiré que denigres así al modesto, al generoso libertador de mi honor, al virtuoso amigo cuyos servicios importantes pagas con tanta injusticia.

—Ese monstruo te ha seducido, y tú lo amas.

—Sí, con todo mi corazón y con toda mi alma. Si, Jicoténcal, lo amo; amo sus virtudes, amo su heroísmo, pues que a él solo debe la esposa de Jicoténcal no verse otra vez hecha la víctima de su feroz y brutal jefe.

Un torrente de lágrimas ahogó las palabras de la tierna Teutila, que, reposando su cabeza en el seno de su padre, sollozaba como un niño.

—¿Qué es esto, Jicoténcal? —dijo el anciano—. ¿Es posible, hijo mío, que tu alma generosa ha dado entrada a la desconfianza? Los celos infernales han trastornado tu cabeza. ¡Padre de bondad! ¡Autor del universo! Compadécete de estas infelices criaturas y ahuyenta de entre nosotros los genios maléficos que nos persiguen. Ven acá, Teutila mía; dime todo lo que te ha pasado, cuéntame todo y compadécete de mi pobre hijo, que en este instante sufre todos los tormentos de su infernal pasión.

En efecto, Jicoténcal estaba trastornado y, cual un criminal que espera oír su sentencia, deseaba y temía que hablase su esposa. Esta debía asegurarlo en su infortunio o demostrar su injusticia. Al fin Teutila habla, y, al referir la historia fiel de su heroísmo, Jicoténcal cae a sus pies, abraza sus rodillas y, con lágrimas y sollozos que salen de su corazón, implora el perdón y las bondades de su tierna esposa.

—Ven a mis brazos, ingrato—le dice ésta—; tu Teutila te adora, y no hay falta que no te perdone mi amor. Ven y repara con tu cariño los días de tormento que me has hecho pasar.

El anciano lloraba, y los dos esposos mezclaban sus besos, sus lágrimas y sus suspiros. El desenlace de esta desagradable ocurrencia estrechó más los lazos de su amorosa unión, y la paz y el sosiego derramaron su dulzura sobre los puros placeres de sus corazones. Así se pasaron muchos días sin que Jicoténcal tuviese noticias directas de

Teutile y sin que supiese de los españoles que estaban en Méjico más que lo que el partido de Magiscatzin quería comunicar. La última mansión de Hernán Cortés en Tlascala había dado a este partido una preponderancia funesta, y la falta de salud del anciano Jicoténcal le había librado de un censor demasiado temible para sus traidoras maquinaciones.

En este estado de cosas llega el ejército español y aliado delante de Gualipar,[36] villa de considerable población y fronteriza de los términos de Tlascala con el imperio mejicano. Hernán Cortés hizo alto antes de entrar en ella y, dirigiendo la palabra a sus soldados, reducidos a sólo 420 hombres, les dijo *"cuanto importaba conservar con el agrado y la modestia el afecto de los tlascaltecas, y que mirase cada uno en la ciudad, como peligro de todos, la queja de un paisano".*[37] Única y singular ocasión en que el interés tomó el lenguaje de la justicia.

En seguida comisionó a dos de los tlascaltecas que venían entre sus tropas para que fuesen a decir de su parte al senado de la república que, después de haber vencido en el valle de Otumba[38] a todo el poder mejicano, esperaba que el senado le permitiría entrar en la capital, donde pensaba dar a sus tropas algunos días de descanso para volverlas a conducir a nuevas victorias.

El senado, conducido por Magiscatzin, le contestó con las expresiones más lisonjeras, ínterin una comisión de su seno, presidida por el mismo Magiscatzin, fue a Gualipar a cumplimentarlo. Hernán Cortés hizo a esta comisión una relación estudiada y hábil de su campaña, ocultando cuidadosamente lo que pudiera perjudicar a su fama. En la respuesta de los senadores conoció bien que el partido de Magiscatzin dominaba al senado y que todo lo podía esperar de su servil condescendencia.

Convencido así del buen estado de sus parciales, dijo a la comisión que, prefiriendo a todas las demás consideraciones la amistad y estimación de los tlascaltecas, se detendría en Gualipar hasta que, instruido el senado en el pormenor de las acciones adonde había tenido el honor de conducir un tercio de las valientes tropas que aquel cuerpo le había confiado, le manifestase también su juicio imparcial sobre la conducta que había seguido respecto al interés común de los aliados.

Con este pretexto especioso se tomó tiempo para reparar su gente, que venía en un estado lastimoso, y lo dio también a Magiscatzin para que se resolviesen nuevas bajezas y nuevos envilecimientos de parte del senado. Este cuerpo acordó, en efecto, recibir a Hernán Cortés con las fiestas y regocijos con que la república acostumbraba celebrar el triunfo de sus armas. Y el ejército español entró por segunda vez triunfante en Tlascala, habiéndose salvado de una ruina casi inevitable.

Hernán Cortés se hospedó en casa de Magiscatzin y, rodeado de los principales de la facción, les manifestó su extrañeza por la frialdad y reserva con que lo había recibido Jicoténcal el joven; y con este motivo iba disponiendo los ánimos de los tlascaltecas contra su bravo general. Este había recibido noticias de Teutile, por uno de los tlascaltecas que acompañaron a Cortés y que el ejemplo no había seducido contra su patria, y le dijo que el nuevo emperador de Méjico, Guatimotzin,[39] había determinado, con consejo de los buenos patricios, proponer la paz a Tlascala, dando con este acto de justicia una prueba de sus buenas disposiciones en favor de los intereses de los pueblos, sacrificados hasta entonces a resentimientos particulares y a odios envejecidos, y que, para no malograr esta gran negociación, había dado orden a sus tropas de no perseguir a los españoles dentro del territorio de la república. Que Teutile esperaba ser uno de los embajadores en este importante negocio, sobre el que le prevenía de antemano, reservándose más largas explicaciones para cuando tuviera el gusto de darle un abrazo.

Desgraciadamente, las mudanzas saludables que comenzaban a mejorar las esperanzas de los mejicanos no habían extendido todavía su benéfica influencia a todas las provincias, y la nación de Tepeaca[40] rompió las hostilidades contra Tlascala, penetrando y saqueando algunos de los pueblos de la frontera. Esta provocación había encendido en los tlascaltecas el espíritu de venganza, y Hernán Cortés consiguió, sin dificultad, que la república declarase la guerra a Tepeaca, comprometiéndose a auxiliarla en ella.

Esta fue la primera vez que consintió la cooperación de un grande ejército tlascalteca; el temor que le infundía su general estaba cubierto con el entusiasmo con que Tlascala había acordado esta guerra, movida por la agresión y, quizá mas todavía, por los odios antiguos entre dos naciones vecinas y enemigas. Este entusiasmo condenaría infaliblemente cualquiera tentativa que no se dirigiese a la venganza.

De esta manera debilitaba Hernán Cortés el poder de los mejicanos destruyéndoles una provincia, acostumbraba al ejército tlascalteca a pelear con él y ensayaba con cierta seguridad el efecto que pudiera producir una declaración de Jicoténcal si éste intentase algo contra él. Además, se tomaba tiempo para la construcción de trece bergantines que había proyectado llevar a la laguna de Méjico sobre los hombros de los naturales del país.

En este tiempo llega a Tlascala el aviso de que unos embajadores de Guatimotzin piden al senado la licencia de presentarse a exponer su embajada de parte del emperador. Este accidente puso en gran cuidado a Hernán Cortés, y todas sus artes y su despótica influencia en el poderoso partido de Magiscatzin no fueron bastantes para impedir la audiencia de los embajadores. Los pueblos que se han acostumbrado a ser soberanos tardan mucho tiempo en perder toda su dignidad, y algunos restos de esta sobreviven a su fuerza y a sus virtudes patrióticas.

El senado acordó oír a los embajadores de su poderoso enemigo. A la cabeza de estos venía Teutile, el que acompañado de un séquito lucido, ofreció al senado un magnífico presente de piezas de oro y plata, ropas y otras curiosidades, con un gran número de cargas de sal, todo en nombre de Guatimotzin, que proponía su amistad a la nación tlascalteca. Su embajada se redujo a lo siguiente:

—Senadores de Tlascala: el emperador de Méjico os desea la mayor prosperidad y *"os ofrece la paz y alianza perpetua entre las dos naciones, libertad de comercio y comunicación de intereses, con calidad y condición que toméis luego las armas contra los españoles"*[41] y hagáis con él causa común contra el enemigo común.

Retirados los embajadores, se principió la discusión y, desde luego, se presintió en ésta sin reserva ni embozo el ataque más encarnizado de la facción patricida contra los restos de patriotismo que aún quedaban en el senado. En los debates se pasó de las voces a los insultos, y el templo de la sabiduría y de la prudencia se convirtió en un teatro de furor.

El joven Jicoténcal consiguió, por último, hacerse oír y les dijo:

—Tlascaltecas: *"El emperador mejicano, cuya potencia formidable nos trae siempre con las armas en las manos y envueltos en la continua infelicidad de una guerra defensiva, nos ruega con su amistad, sin pedirnos otra recompensa que la guerra a los españoles, en que sólo nos propone lo que debíamos ejecutar por nuestra propia conveniencia y conservación; pues cuando perdonemos a estos advenedizos el intento de aniquilar y destruir nuestra religión, no se puede negar que tratan de alterar nuestras leyes y forma de gobierno, convirtiendo en monarquía la república venerable de los tlascaltecas y reduciéndolos al dominio aborrecible de los emperadores, yugo tan pesado y tan violento que, aun visto en la cerviz de nuestros enemigos, lastima la consideración..."*[42]

Los gritos descompasados de Magiscatzin y sus secuaces no dejaron acabar al general patriota se discurso lleno de razón, de política y de interés. Y la sesión se levantó sin haber podido conseguir la serenidad necesaria para votar la respuesta a la embajada.

Hernán Cortés reunió al instante en casa de Magiscatzin los partidarios más decididos de éste y pasó la noche en consultas y reflexiones sobre los medios de hacer acordar al día inmediato una respuesta dictada por el mismo Cortés. El momento era urgente, y todas las finuras de la intriga se pusieron por obra en el transcurso de la noche. Esta ocupación facilitó a Jicoténcal los medios de ver a Teutile y de poderlo conducir a su casa. El general mejicano conoció con sentimientos la gran pérdida que había hecho la buena causa con la imposibilidad del anciano Jicoténcal y, después de haber abrazado cariñosamente a su sobrina Teutila, felicitándola por su buena suerte, dirigió la palabra a su esposo de esta manera:

—Después que esos aventureros salieron de Méjico por la noticia de la llegada de otros que venían a disputarles su presa, quedó en la capital solamente una corta guarnición de españoles, y sin embargo, el imbécil Motezuma no quiso salir de su prisión. El miedo le hacía aparentar que estaba contento, y reprimía todos los esfuerzos de sus súbditos para librarlo de tan indigna esclavitud.

"En aquel tiempo se celebraba en el imperio una fiesta nacional, a la que asistía toda la juventud de ambos sexos, adornada con sus más ricas joyas para lucir en las danzas públicas y solemnes. El infatuado monarca quiso que los españoles concurriesen a la solemnidad; éstos se presentan armados y, aunque muy pocos, acometen a los mejicanos indefensos, y cual leopardos y linces que sitian un tímido rebaño, convierten el teatro de los regocijos pacíficos en una horrorosa carnicería. *Santiago y a ellos* fue la señal para el degüello a que los arrastró la codicia del pillaje de los ricos adornos.[43]

"Tantos horrores exaltaron al fin el justo resentimiento de los mejicanos, y éstos se reunieron bajo la autoridad del valiente Quetlabaca,[44] al que nombraron regente en la cautividad de Motezuma. Interin se reorganizó el sistema político y militar, no pudimos hacer más que encerrar y sitiar al enemigo en su fortaleza. Hernán Cortés llegó con su ejército, reforzado con nuevos extranjeros, las tropas de Tlascala y demás aliados, y nosotros los dejamos penetrar hasta su cuartel, para impedirle que se retirase.

"Al día siguiente ordena Quetlabaca el ejército y el pueblo y manda el sitio y después el asalto del palacio fortificado. En esta empresa nos sostuvimos con un valor prodigioso, a pesar del estrago que hacían sus máquinas de fuego, Y sin duda la constancia de un pueblo hubiera al fin conseguido su triunfo, si la noche no hubiera impedido la continuación del combate. Al amanecer del día inmediato todo Méjico tenía las armas en la mano, los españoles salieron de su cuartel y la ciudad se convirtió en campo de batalla; la carnicería fue general y horrorosa, y la noche suspendió nuestro porfiado combate.

"En el discurso de ésta organizó el general regente las tropas, dispuso sus puestos, y animando a todos, procuró contener la fogosidad que los precipitaba, estableciendo mejor orden que el del día. Al amanecer sale de nuevo el enemigo con unas nuevas máquinas, que, como otras tantas torres de madera sobre cuatro ruedas y tiradas por sus brutos guerreros, los ponían a cubierto de las armas arrojadizas que les tirábamos desde las ventanas y techados de las casas. Al mismo tiempo incendiaban la ciudad desde sus torres, arrojando contra las paredes una especie de mixtos que prendían el fuego.

"Quetlabaca corría a todas partes, infundiendo aquí y reanimando allí el amor de la libertad y los deseos de una justa satisfacción. Piedras enormes, conducidas a lo alto de los edificios destruyeron su nueva e infernal invención. Entonces se peleó a descubierto y en orden, en medio del incendio de manzanas enteras de casas. Más de cuarenta españoles quedaron tendidos en las calles, y las dos terceras partes de ellos volvieron heridos, más o menos gravemente, a encerrarse en su palacio. La matanza de los tlascaltecas, cempoales y demás aliados fue grande e igual a la nuestra.

"Al fin, aunque a tanta costa, conoció el pueblo que los extranjeros no son inmortales. Al día siguiente se dio nuevo asalto al palacio de los españoles, no queriendo dejarles tiempo para reponerse. El entusiasmo era general, los mejicanos habían despertado de su letargo, y, cuando su constancia y su valor iba sin recurso a tomar el primer recinto, ese jefe, osado sin igual, aunque reducido al último apuro, hace conducir por la fuerza al inepto Motezuma y lo presenta por blanco a los tiros del pueblo, que poco hacía se prosternaba a su presencia.

"El prestigio a la majestad real, que los tiranos han fomentado tan hábilmente en el vulgo, hace que el pueblo abandone su victoria y desatienda su causa y su interés, para oír a un fantasma necio, ridículo e impotente, revestido de las insignias de la suprema autoridad. El cobarde monarca tuvo la vileza de mandar al pueblo que depusiese las armas... ¡Lección terrible para los que delegan sus derechos o sufren se los usurpe la arbitrariedad de un hombre! Quetlabaca, entonces, habló así al atónito pueblo mejicano: '¡Pueblo! Ese objeto que se os presenta no es más que un hombre que, por miedo, por cobardía y por pusilanimidad, os dejaría degollar a todos con tal de que su persona no corriera el menor riesgo. Salvad un ídolo semejante, pereciendo ignominiosa y vilmente, o salvad la patria, la libertad, vuestro honor y vuestras mujeres y vuestras propiedades peleando en el camino de la gloria. Escoged.'

"El asalto se emprendió de nuevo. En vano el pueblo ruega a Motezuma que se retire, y en vano Quetlabaca dirige sus esfuerzos por otros lados. Su astuto opresor lo presenta como su único escudo en los sitios más peligrosos, y al fin una pedrada en la sien acabó el fatal reinado del despótico e imbécil Motezuma.

"Las preocupaciones que se han mamado con la leche y que se han nutrido bajo la égida de un sagrado respeto son más fuertes que la razón, el juicio y aún más también que las pasiones del pueblo: magia fatal de que tanto abusan los tiranos y que salvó a nuestro enemigo en el mismo momento de su ruina. El astuto político envió el cadáver real al pueblo, que huye a su vista despavorido y horrorizado; y de esta manera se tomó tiempo para respirar en su angustiosa situación y para prepararse, si era posible, para lo sucesivo.

"Quetlabaca, que fue elegido emperador, se aprovechó del tiempo que el pueblo fanático empleaba en llorar a su tirano, para organizar un nuevo plan de un resultado infalible contra los enemigos. Reducidos éstos a no poder salir de su fortificación, coloca sus tropas a los alrededores del palacio, bien parapetadas con buenos atrincheramientos, y estrecha así su sitio hasta poder volver al asalto. El sagaz jefe conoce su desesperada situación y a toda costa emprende, en medio de la noche, una retirada que al otro día quizá hubiera sido imposible.

"El nuevo emperador atacó su columna a la cabeza de una tropa escogida de mejicanos, y, después de una acción la más sangrienta, consigue cortar a los enemigos. El jefe se salvó, dejando más de doscientos españoles y mil de sus aliados muertos en las calles de Méjico y diques de su laguna, y toda la artillería y el bagaje en poder del vencedor. En esta ocasión observamos que los primeros españoles que cayeron en la pelea estaban cargados de oro, de forma que, si sucumbrieron a su peso, alguna vez nos ha sido útil este funesto metal.

"Esta batalla costó la vida al valiente Quetlabaca; pero su glorioso aunque corto reinado y su heróica muerte han reanimado el espíritu público de la nación, entumecida en la esclavitud y en el envilecimiento. Esta ha nombrado para su jefe a Guatimozin, joven de un valor y de un patriotismo a toda prueba y cuyo generoso desinterés ha justificado su elección. El mismo ha derribado los abusos y aligerado las cargas con que nos oprimía Motezuma; y de buena fe desea la paz y amistad con Tlascala, pues su alma generosa se conduce por el amor de la Humanidad.

"Interin nuestro joven monarca procuraba reorganizar los desórdenes que habían producido dos mudanzas tan próximas en el gobierno y en circunstancias tan notables, se reunían los restos del derrotado ejército español y aliado de esta parte de la laguna, y dicen que, sentado su jefe en una piedra, rompieron sus ojos en lágrimas. Flaqueza notable y no sin ejemplo de esos ambiciosos a cuyo valor nada resiste en la prosperidad, pero que en la desgracia manifiestan las miserias de la naturaleza humana.

"Sin embargo, como el miedo tiene alas, su retirada se ejecutó con una celeridad que las tropas que Guatimozin envió a perseguirlos no pudieron alcanzar el ejército hasta el valle de Otumba. Allí se dio una batalla sangrienta, en la que ese advenedizo afortunada fue herido, y la única ventaja que sacaron de ella los enemigos, fue el poder llegar a los términos de Tlascala, tan apurados y deshechos que no pudieron pasar de Gualípar.

"Nuestro ejército no los persiguió dentro de vuestro territorio, porque esto se oponía a las miras amistosas que tiene Guatimozin. Temo que el senado desatienda las proposiciones honrosas que le hace el emperador; pero no te desalientes, pues conociendo que sólo el fatal influjo de ese aventurero es la causa del mal resultado de la negociación, ésta se repetirá en circunstancias más favorables. Ahora lo que conviene es que hagamos salir de Tlascala a ese pérfido enemigo, y entonces ambos lo batiremos o pereceremos en nuestro glorioso empeño."

Después de hablar así y de abrazar tiernamente a su sobrina y al respetable anciano, volvió Teutile a la Calpisca acompañado del joven Jicoténcal.

Convocado el senado al día inmediato, y a la hora de abrirse la sesión, uno de los antiguos amigos del anciano Jicoténcal se presenta temblando en casa de éste y le dice:

—Tu hijo, amigo, está en el mayor peligro. Ahora mismo acaban de acusarlo ante mí y uno de los senadores partidarios de Magiscatzin de haberlo visto anoche bien tarde salir de tu casa con uno de los embajadores mejicanos; éste es un crimen de traición, sobre todo si no se admiten las proposiciones de paz. El senador me ha dicho que hoy mismo lo acusarán según la ley, y Magiscatzin va a triunfar de su rival y de la última esperanza de Tlascala.

El buen viejo reanima sus fuerzas abatidas y se hace conducir al senado, no ya, como otras veces, a sostener con su prudencia y con su inflexible justicia el bien de su patria: este peso era demasiado grande para su estado de debilidad. Pero su hijo está amenazado, y las impresiones de la naturaleza son más durables que las que produce la educación y la sociedad. Así, pues, corre a su socorro, sostenido sólo por la ternura paternal. La entrada del anciano venerable causó conmociones bien diferentes en el senado. Magiscatzin tuvo que cederle el asiento de la presidencia, y Jicoténcal les habló de esta manera:

—No es mi venida, senadores, a tomar parte en una deliberación tan importante como la que os reúne en este momento. Retirado por la Naturaleza de todos los negocios políticos, no me considero con bastante instrucción para poder proponer un dictamen fundado en justicia y en el interés de la patria. Mas he querido que mi última asistencia a este santo templo de las libertades de Tlascala sea en una ocasión tan ardua, tan interesante y tan crítica como la presente. Así os dejo deliberar sin más detención sobre lo que discutisteis ayer y sobre lo que espero que habréis meditado con los mejores deseos de acierto.

El senado negó a la mayoría que se volviese a abrir la discusión sobre el asunto de la embajada del emperador de Méjico, y, a propuesta de Magiscatzin, se acordó dar la siguiente respuesta, que había aprendido de memoria: *"Que sea admitida con toda estimación la paz, como viniese propuesta con partidos razonables y proporcionados a la conveniencia y pundonor de ambos dominios; pero que los tlascaltecas observaban religiosamente las leyes del hospedaje y no acostumbraban ofender a nadie sobre seguro, preciándose de tener por imposible lo ilícito y de irse derechos a la verdad de las cosas, porque no entendían de pretextos, ni sabían otro nombre a la traición."*[45]

Luego que salió el encargado de comunicar la respuesta y de despedir a los embajadores, el senador de que se ha hablado antes hizo la acusación contra Jicoténcal, según las formas prescritas por las leyes. Como no había habido tiempo para informar de este negocio a Magiscatzin, el deseo de vengarse de su enemigo se manifestó en la alegre sorpresa con que oyó la acusación. El amor paternal reanima al anciano presidente, el que, tomando el tono que convenía a su puesto, dirige así la palabra a su hijo:

—¿Qué respondes, tlascalteca, a esta acusación?

—Que es cierta.

—Sal, ínterin el senado delibera.

El tierno padre, que atendía con toda su alma a la discusión, conoció por ella que algunos se inclinaban a las dilaciones y, temiendo la pérdida de su hijo si los consejos de Hernán Cortés se mezclaban en este negocio, tomó la palabra y dijo con mucha gravedad:

—¡Senadores! La justicia del senado de Tlascala ha sido siempre inflexible, y lo debe ser mientras sus miembros no renuncien al honor y a la virtud. El general tlascalteca ha comunicado con un enemigo; su acusación sienta este hecho, y el acusado no lo niega. Su crimen está calificado por la ley. ¿Cuál es la pena que ésta le impone? La deposición de su destino. Yo la voto.

El heróico rigor del respetable padre llenó de admiración a los senadores, que no se atrevieron a oponerse a su voto. La deposición de Jicoténcal fue acordada, y el valiente guerrero entregó al senado su bastón con alegría indecible de los unos y con lágrimas de los otros, que acababan de asentir a su deposición. Retirado a su casa, lo abraza su anciano padre, diciéndole con la mayor ternura:

—Te he salvado, hijo mío, te he salvado. El amor de padre ha dado fortaleza a mi debilidad, y, con un rigor tal vez extremado, he podido arrancarte de las garras de tu mortal enemigo. Si la resolución se hubiera dilatado a términos de que el jefe de esos extranjeros hubiera podido influir en ella, tu ruina era infalible. Te he salvado, hijo mío. Vive para consolar los últimos días de tu anciano padre.

El joven héroe no quería turbar la alegría de su amado padre; pero su corazón rebosaba de pena, viéndose imposibilitado de poder tomar la defensa de su patria. Al fin, a las instancias cariñosas del anciano, rompe su silencio:

—No, mi amado padre —le dice— no es el sentimiento por la pérdida de un destino lo que aflige y atormenta a tu hijo. Este es el más infeliz de los hombres en la ociosidad a que lo condena tu cariño, cuando su patria corre precipitada a su perdición. Pero ya que el invencible poder de la suerte la priva de un defensor con influencia y autoridad, Jicoténcal sabrá llenar sus deberes como ciudadano, como un hombre que vió la primera luz en Tlascala.

En efecto, este generoso y valiente americano proyectaba una venganza noble y digna de un alma republicana y, cual otro Bruto,[46] juró la muerte del tirano.

Hernán Cortés conoció el inocente artificio del respetable Jicoténcal y no dejaron de darle algún temor las sospechas de que su valiente hijo tomase un partido desesperado en el exceso de su justo resentimiento; y tanto para evitar este extremo como para volver a poner a su terrible enemigo al alcance de sus intrigas, hizo el papel de generoso y se declaró su protector, presentándose en el senado y suplicando a este cuerpo que repusiese a Jicoténcal en el mando de las armas de Tlascala.

Esta conducta debía hacer condenar cualquier atentado de parte de Jicoténcal contra Cortés, tachándolo con la nota de la más negra ingratitud a tan generosa protección. El diestro español vio en la fácil flexibilidad del senado a sus insinuaciones que podía arrancar de éste con astuto disimulo cuanto necesitaba para llevar a cabo y sin riesgos el horrible crimen que urdía en su imaginación.

Jicoténcal debía perecer: su existencia comprometía a cada momento la de las armas españolas en América; el temple de su alma era inaccesible a toda especie de corrupción y abatimiento, la fama de su valor y de sus virtudes era respetada hasta por los mismos tlascaltecas vendidos a la facción traidora, y un atentado contra su persona podía tener resultados fatales, sobre todo si se malograba su ejecución. Para obviar, pues, todos estos inconvenientes manifestó al senado que el acto de generosidad magnánima que aquel cuerpo acababa de hacer, movido por los méritos relevantes del joven general de la república, podría incitar a los revoltosos con la esperanza de obtener el perdón de sus crímenes, lo que quizá acarrearía consecuencias desagradables en el curso de una guerra como la que se iba a emprender. Que para evitar graves inconvenientes proponía se acordase una providencia enérgica que pusiese un freno a los traidores y revoltosos, pues que la política dicta impedir que se cometan los crímenes más bien que tratar de castigarlos; que a él le parecía que, acordando el senado que todos los delitos de rebelión y felonía cometidos en los ejércitos fuesen castigados militarmente según la ordenanza de los españoles, la fama de su recta justicia y de su rígida disciplina harían desanimar a los más osados y revoltosos. Mas que, sin embargo, el senado podía decidir con libertad lo que mejor le pareciera para el bien común.

Hernán Cortés salió sin aguardar respuesta, y Magiscatzin, libre en aquel momento de los dos Jicoténcal, triunfó de la débil resistencia de algunos pocos senadores que se opusieron inútilmente a la prostitución y envilecimiento de la autoridad soberana de Tlascala.

La fatalidad condujo, al fin, a aquel cuerpo, en otros tiempos tan respetable, al último grado de prevaricación y el poder judicial fue abandonado al arbitrio de un extranjero hábil y poderoso. Desde este momento dejó de existir como nación la república de Tlascala. La soberanía de los Estados es como el honor de la mujer: cuando los pueblos la conservan intacta, son respetados y estimables, como lo es una mujer honrada en todos los países; mas cuando el interés, la corrupción, la debilidad o cualquiera otra causa les hacen ceder su apreciable joya, ni los unos ni las otras son más que objetos de desprecio, dignos, cuando más, de lástima y de conmiseración. Sin embargo, los pueblos pueden revivir al honor y lavar su envilecimiento reconquistando con valor lo que les arrancará el torrente de la fatalidad. Empero la infeliz república de Tlascala fue condenada por entonces a sufrir por largas edades el digno castigo de su vil prostitución.

Hernán Cortés escogió ocho mil tlascaltecas mandados por jefes de toda su confianza y a sus órdenes inmediatas, dejando a Jicoténcal el mando del grande ejército de la república. En seguida todos salieron para la guerra contra Tepeaca.

Diego de Ordaz convaleciente aún de varias heridas se quedó en Tlascala cuidando de los enfermos y heridos y de doña Marina que aún no estaba restablecida de las fatigas de una retirada tan peligrosa. Esta se aprovechó de la ausencia de Hernán Cortés para estrechar su comunicación con la virtuosa Teutila. Aunque la disipación y los sucesos estrepitosos de Méjico habían entibiado las buenas disposiciones con que salió doña Marina de Tlascala, la tranquilidad en que quedó y más que todo, el ejemplo vivo de Teutila la llamaron dentro de sí misma y principió a tomar gusto por las dulces habitudes de la virtud. También se iba acostumbrando a ver a Ordaz como un amigo sincero y desinteresado y desahogaba la sensibilidad de su corazón con las inocentes caricias que prodigaba a su hijo. Estas buenas semillas comenzaban a germinar en el corazón de Marina cuando la muerte de Magiscatzin vino a determinar irrevocablemente su conversión a la virtud.

Al aproximarse la última hora se presenta al viejo prevaricador la perspectiva de una vida futura tan temible para el malvado. Los crueles remordimientos y los pánicos terrores, ministros de las venganzas de un Dios justiciero, atormentaban su alma y no pudiendo resistir la horrible pintura de su vida que le ponía delante su importuna memoria se estremece horrorizado al grito de la tremenda voz de la conciencia que lo acusa. Sus suspiros angustiosos y gemidos lamentables manifiestan el tormento insufrible que lo despedaza.

Doña Marina ve con estremecimiento esta terrible lucha del hombre contra una voz que sale de dentro de él mismo, y principia con calor a exhortarlo al arrepentimiento: único, aunque tristísimo, consuelo que le queda a un malvado moribundo. Magiscatzin pide entonces, con instancias porfiadas, que se haga venir a su presencia al anciano Jicoténcal, a Ordaz y a Teutila. Reunidos todos alrededor de la cama con doña Marina y los parientes y amigos del enfermo, habló éste de la siguiente manera:

—¡Feliz tú una y mil veces, oh respetable Jicoténcal! Tú bajas al sepulcro con la suave tranquilidad de un labrador que se retira a su hogar después de haber cuidado con esmero el campo que lo sustenta a él y a su afortunada familia, ínterin que yo me acerco a mi fin con el desasosiego y receloso temor de un bandido que en vano quiere esconder sus remordimientos en la oscura caverna donde va a sepultarse. Sí, por oscura y profunda que nos imaginemos la guarida que nos espera, aquí dentro de nosotros hay una luz contra la que tan en vano intentamos cerrar los ojos.

"¡Qué de males he causado! ¡Y cuán terrible debe ser mi castigo!… Mitiguemos, si es posible, el horror de los tormentos que me esperan, reconociendo con humillación la grandeza de mis crímenes. Pero no: ¿cómo tendría límites el tormento del autor de la injusta guerra de Zocothlán y del que ha vendido su patria a un advenedizo por satisfacer sus inicuas y ruines pasiones? Si a lo menos ese extranjero presenciara el martirio que sufro en este momento, quizá pudieran repararse en alguna manera los enormes males que he causado.

"Este es el objeto que me ha movido a llamaros a este espectáculo horroroso: reuníos todos, y cada uno pintadle las crueles angustias con que deja la vida su criminal favorito. Jamás podréis alcanzar a describir los furores que me destrozan el corazón. Las furias infernales, con sus cabelleras de serpientes rodean mi lecho y me amenazan con la boca abierta y con las uñas aguzadas; el genio del mal quema sus negras teas llenando de un humo hediondo esta habitación; y sobre todos estos espantosos espectros se deja ver, luciente como el rayo, la terrible espada que dirige contra mí el potente brazo de un Dios vengador. ¡Ah, detened, detened el golpe, Dios terrible!...; ¡Miserable de mí! ¡Rabia y sufre, malvado..., asesino..., traidor! ¡Este es el premio de tus triunfos patricidas! Acabemos, en fin... ¡Maldita sea!"

Una convulsión espantosa, seguida de la más cruel agonía, puso fin a una escena tan fuerte y a la vida del inicuo senador tlaxcalteca. Todos los circunstantes, sobrecogidos de terror, se prosternaron contra el suelo, guardando el silencio más profundo, como si esperasen que se retirara el supremo e invisible tribunal que acababa de hacer ejecutar tan grande y ejemplar justicia.

Los sollozos y las lágrimas de doña Marina rompieron el lúgubre silencio de los concurrentes, que acudieron a socorrerla creyéndola accidentada. Esta infeliz mujer sentía en su alma todo el peso de su conducta pasada; pero, preparada de antemano a las impresiones dulces de la virtud, sus lágrimas eran la señal consoladora de los esfuerzos que hace un alma para acabar de sacudir el yugo de los vicios.

En este momento entró fray Bartolomé de Olmedo, enviado por Hernán Cortés para auxiliar en su última hora al miserable Magiscatzin. Doña Marina le dirige la palabra y le dice:

—Extranjero, la ambición de pasar desde la condición de esclava a ser la querida de un hombre poderoso me arrastró a abjurar de la religión de mis abuelos por la vuestra. Aunque poco instruída en la doctrina de esta religión, sobre la que tú mismo vacilas y te contradices continuamente, veo, no obstante, en vosotros la monstruosa mezcla de las máximas más justas y más dulces con los hechos más atroces y más inicuos y de los discursos más profundos y delicados con los absurdos más necios y despreciables.

"Cuando yo seguía mi culto sencillo y puro, pues que salía de mi corazón; cuando yo era una idólatra, segun tú me llamabas, yo fui una mujer virtuosa, y mi humilde y desgraciada fortuna me tenían muy lejos del heroísmo de esa matrona respetable que tienes a la vista; pero desde que fui cristiana, mis progresos en la carrera del crimen fueron más grandes que las hermosas virtudes de Teutila.

"Abjuro para siempre de una religión que me habéis enseñado con mentira, con la intriga, con la codicia, con la destemplanza y, sobre todo, con la indiferencia a los crímenes más atroces. La doctrina se predica con el ejemplo, y, cuando éste se ha ganado el respeto, el entendimiento se sujeta a la convicción. Di a Hernán Cortés que su esclava amasará su pan, que lavará sus ropas, pero que no volverá a ser la cooperadora de sus planes ambiciosos ni su cómplice en sus desórdenes."

Así se expresaba la pobre de Marina, haciendo con su fogosa imaginación una mezcla informe entre las cosas, los hombres y sus discursos. Su rudeza no alcanzaba a comprender las piadosas razones con que el celoso sacerdote procuraba contener aquella oveja descarriada en el borde del precipicio. Ella no quería continuar ni en el amor ni en la confidencia de Hernán Cortés, y sostenía con todas sus fuerzas que, siguiendo en sus intrigas amorosas y políticas, se separaba infaliblemente del camino de la virtud.

El capellán le exponía que su buen propósito podría tal vez acarrear muchos bienes a la causa de Dios, pues nada tenía más influjo sobre el corazón de un hombre magnánimo que las lágrimas y los ruegos de una mujer virtuosa.

—Sí —respondió Marina—, ya lo vimos en la influencia y en el poder que tuvieron las de Teutila. Un hombre que no se arredra por la cólera de un Dios que nos pintáis tan terrible; un hombre a quien no conmueve una ciudad reducida a cenizas o un campo cubierto de cadaveres palpitante, ¿quiéres que ceda a las lágrimas de una esclava? Déjame en paz con tus quimeras.

—Pues bien, idólatra obstinada, la gracia del Señor te abandona. Anda y púdrete en el asqueroso cenagal de tus antiguos errores; pero dame ese niño redimido por la sangre del Cordero Inmaculado, que no es justo que su alma pura mame con la leche las semillas de la idolatría y del error.

—¡Hábil hipócrita! Tú sabes atacarme por los sentimientos de la Naturaleza. Lo mismo hizo tu astuto jefe; después que se insinuó en mi corazón, trató de esclavizar un entendimiento. Pero ...

Las lágrimas no la dejaron continuar. Unas escenas tan fuertes apuraron las fuerzas del anciano Jicoténcal y su naturaleza usada por el curso de los años sucumbió al peso de tan vivas sensaciones. El desfallecimiento del anciano llamó la atención de todos que después de haberle prodigado los cuidados más cariñosos, lo sacaron en brazos de aquella casa de horror y lo condujeron a su cama, donde, rodeado de su inocente familia, principió a recobrar su serenidad.

—¡Qué contraste! ¡Qué cambio tan portentoso para los sensibles espectadores! A la escena del crimen que muerde sus cadenas atado a un poste, y que rechina los dientes y se despedaza con sus propias uñas ínterin cruje sobre él el látigo de las venganzas del cielo, sucedió la de la dulce y tranquila virtud que reposa en el seno de la confianza, cortejada por el amor filial y la amistad, y consolada con las memorias de una inocente vida.

Entretanto pasaban estas escenas en Tlascala, el ejército de la república conquistaba sin dificultad la provincia de Tepeaca, y Hernán Cortés se aprovechaba de sus victorias tomando posesión del territorio de los vencidos, donde edificó una fortaleza con el nombre de Segura de la Frontera, y dejando a los vencedores sólo con una parte del botín que habían hecho las tropas. Jicoténcal se portó en esta campaña con la estricta obediencia de un republicano que ejecuta las órdenes de su gobierno persuadido de la justicia con que se han dictado.

Hernán Cortés observó cuidadosamente el valor y la disciplina de la milicia tlascalteca, tan superiores a los demás americanos con quienes había combatido; y deseando acostumbrar a estos guerreros a pelear y vencer fuera de la voz de su joven general, dejó a éste en Tepeaca con una división de los suyos y una pequeña partida de españoles y se extendió a nuevas empresas contra las provincias confinantes que no le presentaban la sumisión.

La influencia benéfica del nuevo gobierno mejicano no se había extendido a las provincias remotas y aquella grande y vieja máquina se había desquiciado enteramente en el tiempo de anarquía durante la prisión de Motezuma. Así es, que auxiliado Cortés de un ejército poderoso y triunfante sometió a los que resistían, se atrajo a los descontentos y organizó una especie de liga o confederación de distintas naciones que, conservada cuidadosamente, debía contribuirle con un ejército de más de cien mil hombres, fuerza respetable que unida a las de Tlascala, lo ponía en estado de poder volver con más esperanzas contra la ciudad de Méjico.

Si sus soldados estaban disgustados los contenía con los tlascaltecas; si alguno de estos últimos causaba el menor recelo, se le separaba con política o con violencia de donde pudiera perjudicar. Y las demás naciones eran manejadas con la misma astuta política. Para colmo de felicidad, llegaron nuevos refuerzos de Cuba que Diego Velázquez mandaba para auxiliar a Narváez;[47] los hombres se ganaron con el oro y con promesas o se contuvieron con amenazas y con rigor, y el ejército español aumentó su número de hombres y de caballos, y se proveyó de armas y municiones de guerra de que estaba escasísimo.

La noticia de la muerte de Magiscatzin detuvo a Hernán Cortés en sus felicísimas incursiones. El nudo de la amistad de Tlascala podía romperse si un patriota ocupaba la vacante, y sin más dilación tomó la vuelta de aquella capital, llevándose consigo al hijo mayor de Magiscatzin, que mandaba una de las compañías de su confianza. Este joven, corrompido por el mal ejemplo de su padre y aficionado al lujo y a la ambición con el trato de los españoles, se vendió ciegamente a su protector Cortés, que lo iba a exaltar a un rango donde no se habían atrevido a llegar sus esperanzas. Los principales patricios del barrio o distrito de que Magiscatzin era cacique y representante en el senado, y que pudieran dar alguna sospecha de oposición, se detuvieron en Tepeaca, para lo que se mandó a Jicoténcal que esperase en aquella ciudad tres días antes de seguir al primer cuerpo que marchó para Tlascala.

Hernán Cortés *"resolvió entrar de luto en la ciudad por la muerte de Magiscatzin; prevínose de ropas negras, que vistieron sobre las armas él y sus capitanes, a cuyo efecto mandó teñir algunas mantas de la tierra. Hízose la entrada sin más aparato que la buena ordenanza y un silencio artificioso en los soldados, que iba publicando el duelo de su general."*[48] Con esta farsa ridícula se manifestó Cortés, a la muerte del jefe ostensible de su facción, como mantenedor público y desenmascarado. El distrito que habitaba el difunto, sitiado por las intrigas, ocupado por las armas y privado de muchos de sus electores, nombró para su cacique y representante en el consejo supremo al hijo de Magiscatzin. Y la facción quedó igualmente dominante.

Todo ejecutado al gusto de Hernán Cortés, por la influencia de éste se negó el triunfo a Jicoténcal, so pretexto del luto y sentimiento de la república por la pérdida de su magistrado. Instruido en seguida por el padre capellán de la manera con que doña Marina había insultado la santa religión bajo especiosos y aparentes pretextos de virtud y de escrúpulos, la hizo venir a su presencia, determinado a derribar todos sus planes por amor, o por rigor, o de cualquiera otra manera. La cooperación de esta hábil americana le era demasiado útil para que renunciase fácilmente a ella por escrúpulos mujeriles.

—Parece, Marina —le dijo—, que quieres hacer la mojigata. Yo te conozco y sospecho que algún joven tlaxcalteca es quizá la causa de esta conversión. Mas temblad uno y otro de mi resentimiento, que será tan grande como lo han sido mis bondades.

—Señor, yo soy vuestra esclava, y vos podéis disponer a vuestra voluntad del trabajo de mis manos y de mi persona, pero mi corazón ha vuelto irrevocablemente a la virtud. Y la que en la carrera del vicio ha podido no temblar de las venganzas del cielo, bien podrá en las sendas de su deber estar tranquila ante la cólera de un hombre.

Este lenguaje desconcertó a Hernán Cortés. La resolución de Marina estaba, según todas las apariencias, sostenida por la constancia natural a las gentes que no ha enervado el refinamiento de la sociedad, y fortalecida por las luces que había adquirido en el comercio de los europeos.

—¡Ingrata! —le dijo su amo—. ¿Y abandonarás así al hombre que tanto ha hecho por tu bien? ¿Al padre tierno de tu hijo? Dime, ¿en qué te ha faltado mi cariño? Y si tus entrañas son tan duras, abandona a tu amante y protector, ve y ponte de parte de sus enemigos y ayúdales a perderlo.

—Señor, la memoria de los males que me habéis causado no disminuirá ni un ápice mi reconocimiento a vuestros beneficios ni mi estimación a vuestra persona. Y si mi pasada conducta os autoriza para suponerme capaz de tan negra y vil ingratitud, el tiempo os desengañará de que Marina es otra muy distinta de la que habéis conocido.

—¿Y quién ha causado esa mudanza?

—La naturaleza, señor; esta madre solícita necesitaba de mis sentimientos para sus grandes fines y supo despertarlos. El vértigo que precedió a su renovación hizo de mí un objeto digno de lástima. Los buenos ejemplos reanimaron aquellos sentimientos benéficos, y la espantosa catástrofe de Magiscatzin ha arraigado en mi corazón un odio invencible contra el vicio.

—¿Qué catástrofe? ¿Qué ha sucedido?

—¡Qué lástima, señor, que no hayáis estado presente! Vuestro corazón grande no hubiera podido resistir a la escena de un malvado en la agonía.

Marina le pintó entonces, con sencillos pero animados colores, el horroroso espectáculo de que había sido testigo. En seguida, queriendo dar más expresión a la pintura por medio del contraste y para desahogar al mismo tiempo su corazón angustiado, pasó a referir la celestial calma que reinaba en el tránsito del virtuoso Jicoténcal. Cuando habla el corazón, sus discursos son elocuentes, y todo el carácter de Hernán Cortés no pudo sostener su serenidad a unas escenas tan al vivo referidas por la sensible americana. Una tristeza silenciosa y profunda embargó los sentidos del jefe español; su fruncido entrecejo, su respiración larga y penosa, su cabeza sostenida por una mano interín el otro brazo estaba abandonado a su propio peso, todo denotaba la grande impresión que recibía su alma. Al fin, después de un largo rato, rompió su lúgubre silencio diciendo:

—Vete Marina— te prohibo expresamente que vayas a casa de Jicoténcal. Tu estado de nodriza hace peligrosas esas escenas para ti y para tu hijo. Adiós.

A este tiempo había llegado a Tlascala con sus tropas el joven Jicoténcal, y sus temores sobre la salud de su padre lo distrajeron del desaire que sufría por haberle rehusado los honores del triunfo.

Inmediatamente vuela a donde lo llama su corazón, y encuentra al respetable autor de sus días, al maestro de sus virtudes, al amigo de su alma, a su querido padre, postrado en la cama y recibiendo con una dulce y celestial sonrisa las caricias de su amada Teutila y de su fiel amigo Diego de Ordaz.

El soplo de la vida del anciano se iba extinguiendo poco a poco con la misma dulce e inalterable calma que el sol traspone los límites de un horizonte despejado en una hermosa tarde del estío.

—¡Ven querido de mi alma! —exclamó el anciano, cobrando ánimo al oír la voz de su hijo—. Ven, Jicoténcal mío- ven a los brazos de tu padre. ¡Dios de bondad! Al fin me retiro contento de una carrera que he recorrido sin hacerme indigno de tus misericordias.

"Estoy contento, hijos míos, porque sois felices y porque merecéis serlo. Mi peregrinación va a concluírse, y yo voy voluntariamente a pagar una deuda a la naturaleza, que ésta no perdona a nadie. Recibid, queridos míos, mi última bendición paternal, ¡y haga el cielo que vuestra dicha sea tan colmada como la mía!

"Escuchadme, hijos míos: yo he sido joven y he tenido pasiones vivas como vosotros; he recorrido una larga vida, en la que he obtenido victorias gloriosas, empleos grandes y representación en los negocios públicos; tuve una esposa, modelo de las matronas de Tlaxcala y de un carácter angelical; el cielo me ha dado un hijo lleno de virtudes y una hija digna de él; también he tenido amigos, tesoro de una rareza y valor inapreciables.

"Escuchadme bien lo que os digo con un pie en el sepulcro y abierta delante de mí la puerta de otra vida, donde voy a ser juzgado por el que es incapaz de corrupción y de ignorancia: todos los placeres juntos que he disfrutado en una serie tan larga de prosperidades, son un átomo, son nada en comparación del gozo celestial que embriaga mi alma al daros mi último adiós con una conciencia pura y libre de todo temor."

Un llanto tierno y tranquilo humedecía y hermoseaba las mejillas de los tres espectadores, y algún dulce suspiro se mezclaba de cuando en cuando a los santos consejos de la sabiduría y a las últimas expresiones del amor paternal. La serenidad del anciano moribundo había dulcificado la viva sensibilidad de los que le rodeaban, de manera que parecían más bien penetrados de una devoción religiosa que afligidos de un grande sentimiento.

Nadie se atrevía a interrumpir al venerable Jicoténcal, temerosos todos de profanar sus sacrosantas máximas. Este continuó en una dulce conversación, hablándoles de la justicia, primero y principal deber de los hombres; de la beneficencia, gran virtud y consuelo de la humanidad; del conocimiento de un ser supremo, gobernador del universo y juez remunerador y vengador de las acciones humanas, y después de otros objetos dependientes de estos tres principios cardinales, apretando suavemente las manos de sus hijos, les dio un dulce adiós con una voz desfallecida y quedó tranquilo, como el que se duerme en el regazo de la templanza y de la salud.

Entonces se desahogaron sin reserva los oprimidos corazones de los tres dolientes, y estos, después de haber pagado a la naturaleza el tributo de la debilidad humana abandonándose al sentimiento de su justa pena, contuvieron sus transportes dolorosos para rendir al despojo de su querido padre el último homenaje de su respeto y de amor.

Jicoténcal repartió una gran parte de sus bienes entre ancianos, viudas y huérfanos necesitados, y dispuso que los funerales fueran con toda la ostentación y pompa debidas a sus virtudes y a su rango. Todos los sacerdotes de Tlascala salieron con incensarios, donde quemaban copal, a recibir al cuerpo que conducían en unas andas los cuatro senadores más modernos; el clero rodeaba el féretro, cantando himnos lúgubres y detrás iban Jicoténcal, a un lado, y su esposa, al otro: el primero seguido de todos los tlascaltecas virtuosos y honrados, y la otra, de las respetables matronas y jóvenes honestas de la ciudad.

Diego de Ordaz había ido a comunicar a Cortés la noticia de la muerte del respetable senador; y, el que supo adular con una pompa ridícula la memoria de un Magiscatzin, se negó a que se hiciesen ningunos honores al virtuoso Jicoténcal. Así descubrió que sus obsequios no se habían dirigido al senador del Estado, sino al jefe subalterno de su facción. Al salir de la casa la lúgubre procesión, se presentó solo Diego de Ordaz a acompañar a su desolado amigo Jicoténcal, y éste, por primera vez de su vida, fue sensible al desprecio de Hernán Cortés. Dos lágrimas se asomaron a los ojos abatidos del joven general tlascalteca, el que dijo a su fiel amigo:

—Al fin ese hombre tiene poder sobre mí y me ha hecho sentir su desaire.

Llegada la procesión al templo, se colocó el cadáver en medio de él sobre un banco, y los sacerdotes entonaron los cánticos de su rito. La augusta ceremonia fue interrumpida varias veces por los sollozos de la inmensa concurrencia, y, concluída, pasó en el mismo orden toda la comitiva hasta el lugar del cementerio. Colocado el cadáver en una fosa abierta al lado de la de su mujer, los sacerdotes repitieron algunas libaciones sencillas, Teutila colocó una flor pálida en las manos del difunto y su hijo lo cubrió de tierra con sus propias manos. El clero se retiró, y el duelo acompañó hasta su casa a los dolientes.

Fatigado, al fin, el honrado Diego de Ordaz de la parcialidad e injusticias de su jefe, y horrorizado de las escenas de sangre en que las leyes de la subordinación le habían hecho tomar parte, se presenta a Hernán Cortés y le pide licencia para retirarse con pretexto de su quebrantada salud. El jefe sintió esta resolución en un capitán tan benemérito y tan bien quisto, por la influencia que podría tener contra su opinión el retiro voluntario de un hombre como Ordaz; y después de haber intentado en vano persuadirlo a quedarse, su política encontró un medio para cubrir el peligro que le amenazaba.

Le dijo, pues, que ya que estaba decidido a retirarse, lo nombraba por uno de los comisionados para llevar sus pliegos a España, donde podía quedarse o volver según lo permitiera el estado de su salud, y que tomaba esta resolución tanto por manifestarle esta nueva señal de su aprecio como para economizar la falta de otro capitán de igual confianza suya. Diego de Ordaz aceptó la comisión, y desde entonces se dedicó a los preparativos de su partida.

Sus amigos Jicoténcal y Teutila sintieron mucho esta novedad, porque las almas virtuosas se quieren con una cierta ternura que se parece mucho al amor. Así su despedida fue en extremo interesante.

—Adiós, dulces amigos. Yo me alejo de vuestra pacífica y encantadora morada y voy al bullicio tumultuoso de una corte; pero hace algunos días que mi corazón está asaltado de los presentimientos más fatales: mis noches son inquietas y mis sueños lúgubres y sangrientos. Yo no sé si estos fenómenos son el efecto de tantas y tan horrorosas escenas en que me he visto comprometido, o si es un instinto que me aconseja alejarme de catástrofes más terribles; lo cierto es que no he podido resistir a la inclinación de abandonar estas regiones, a pesar de que en ellas ha ofrecido mi corazón sus primicias al amor y a la amistad. Vivid felices, y el cielo os preserve de la desgracia como estáis seguros de que os olvide un momento vuestro fiel amigo.

Su partida llenó de luto a los dos esposos, y, como si los tristes presentimientos del honrado Ordaz fueran contagiosos, Jicoténcal y Teutila comenzaron a sentirse agitados y abatidos sin ninguna causa ni motivo.

La resolución que Hernán Cortés comunicó al senado de llevar a efecto la grande expedición que tenía proyectada contra el imperio de Méjico, y para la que contaba con todas las fuerzas de Tlascala, sacó a Jicoténcal de sus tristes y profundas meditaciones. Desde el mismo instante se dedicó a reunir y organizar sus tropas, y los deberes públicos en que se ejercitaba reanimaron su patriotismo, reemplazado en los últimos momentos por las emociones naturales a un hombre sensible que acababa de sufrir dos pérdidas tan irreparables.

La patria se presenta a su imaginación como un enfermo desesperado de salud y que se consume de día en día por falta de un hombre animoso que se atreva a correr el riesgo de salvarlo. La cadena de sucesos que la fatalidad había dispuesto contra su república, había hecho que ésta pasase en tan poco tiempo desde el alto rango de una nación digna y respetable al envilecimiento de unos esclavos vendidos a un advenedizo afortunado. Los vínculos sociales estaban rotos, la autoridad prostituída, la traición dominante y premiada, el patriotismo y el mérito despreciados, hollados los derechos y ultrajadas las leyes; en una palabra: desquiciado todo el grande edificio que no pudo jamás conmover el poder colosal de los emperadores mejicanos.

El orden natural de las cosas devuelve en semejantes ocasiones todos los poderes a los individuos que los habían delegado para el bien común, y el alma grande de Jicoténcal concibe el noble y patriótico proyecto de recoger entre tantas ruinas los materiales más útiles para volver a levantar el alcázar de la libertad tlascalteca, después de librar a su país de los enemigos que lo habían destruido. Con todas las fuerzas de Tlascala a sus órdenes, su plan fue acompañar al ejército aliado hasta que, a larga distancia de las autoridades traidoras, pudiera obrar con libertad, y en este estado hacer saber a Cortés que depusiese las armas y evacuase el territorio americano, o morir con los suyos haciendo todos los esfuerzos para conseguirlo. Al mismo tiempo debía también volver a entablar las negociaciones con el nuevo emperador mejicano para que, obrando de acuerdo, pudiesen conseguir sus grandes intentos con menos estragos de los naturales alucinados por Hernán Cortés.

Mas ¿por qué fatal destino el heroísmo y la virtud se ven tan frecuentemente atados al carro triunfal de la astuta malicia y de la prevenida desconfianza? ¡Valiente y honrado republicano! ¡Generoso Jicoténcal! Tu noble franqueza va a perderte, y tú vas a descubrir toda la grandeza de tu alma a un enemigo astuto que te espía insidiosamente para clavarte el puñal traidor que conoce su impotencia de hacerte doblar la cerviz.

Los ejércitos de las naciones nuevamente aliadas acaban de llegar a las inmediaciones de la ciudad en número como de cien mil hombres, y al fin amanece el día de la partida.

—Adiós, querida Teutila —dijo Jicoténcal a su esposa, dándole un tierno abrazo—; la patria me separa de ti y solo por ella dejaría las dulzuras de tu compañía.

Y sin aguardar más respuesta dejó a Teutila hecha un mar de lágrimas en los brazos de sus parientes.

Hernán Cortés estaba a la salida de la ciudad, acompañado de las autoridades de la república y de los generales de las tropas aliadas; un inmenso concurso ocupaba los alrededores, y el jefe español hizo desfilar su tropa y la artillería que había sacado de los buques, repitiendo su pomposa farsa, cuya ostentación consistía más en la novedad del vestuario y armamento que en el número de su gente, la que, con todos sus refuerzos, no llegaba a quinientos hombres. El pundonor patriótico enciende el corazón franco de Jicoténcal, que con un noble despejo se acerca a Cortés y le dice:

—General, te felicito por el lucimiento y buen orden de tus tropas; ahora vas a ver las de Tlascala.

Y, sin aguardar contestación, dio sus órdenes a uno de sus oficiales, y al instante se ponen en movimiento ochenta mil tlascaltecas, los que, antes de desfilar delante de los generales, hicieron varias evoluciones con la mejor disciplina. En la desfilada venía rompiendo la marcha un oficial que ocupaba el lugar del jefe, seguido de las bocinas y demás instrumentos de su música marcial; después iban los capitanes, en hileras, vistosamente adornados con grandes penachos de plumas de varios colores y sus macanas o montantes terciadas sobre el brazo izquierdo con las puntas en alto; cada uno de ellos llevaba un paje o escudero de a pie con sus rodelas, en las que estaban pintadas varias hazañas militares, históricas o fabulosas.

A estos seguían las compañías de distintas armas, que se distinguían por el color de las plumas de sus penachos, y cada una de ellas tenía su bandera, formada de una figura de oro que representaba un animal sobre su lanza. Detrás iba el bagaje con las provisiones de guerra y boca, conducido por hombres al estilo del país. Hernán Cortés vio con una atención silenciosa, a este grande ejército que desfilaba con el mayor orden y cuyo valor en el combate conocía por repetidas experiencias. El noble orgullo con que su joven general gozaba de la vista de sus tropas, y la desventajosa comparación de éstas respecto a las de Cortés, acabaron de resolver a éste en sus planes.

"Este insolente —se decía Hernán Cortés a sí mismo mientras pasaban las tropas tlascaltecas—, este bárbaro pensará imponerme con su gran fuerza. En efecto, es grande, pero yo la haré pequeña. Es menester que mis conocimientos triunfen de su rústico valor. ¿Qué suerte me espera si ese general, tan amado de los suyos y tan infatuado por las salvajes costumbres de su país hace amistad y alianza con el nuevo emperador de Méjico? Sin remedio soy perdido. La política ha fallado tu sentencia, orgulloso. Gózate en tu último placer."

Luego que pasaron las tropas tlascaltecas, Hernán Cortés, con una estudiada dulzura, hizo sus cumplimientos a Jicoténcal, prodigando los elogios.

—Y en prueba —añadió— de la estimación que me merece ese lúcido ejército quiero que participe de la gloria de todos los peligros. Un tercio romperá la vanguardia del ejército aliado al mando de uno de mis capitanes, otro vendrá conmigo en el centro, y tú cerrarás la retaguardia con el restante. Además, para que no haya ninguna acción en la que no se encuentre el nombre de Tlascala, quedarán en el país algunas compañías que ayuden a conducir los bajeles que se están fabricando para nuestra empresa.

De esta manera quitó a Jicoténcal más de las dos terceras partes de sus fuerzas, dividiendo éstas con el inmenso ejército aliado e imposibilitando absolutamente su comunicación. En el primer movimiento de cólera iba Jicoténcal a dar la orden del ataque, pero la presencia de la autoridad republicana le llamó a la reflexión y le hizo conocer que un instante solo bastaba para quitarle de las manos el mando de la fuerza en que fundaba la salvación de su patria. El amor a ésta lo contuvo, y con la esperanza de que no siempre iría el ejército en este orden, pues que en la primera acción deberían ejecutarse muchos y complicados movimientos, se dedicó a esperar mejor oportunidad para llevar a cabo sus grandes miras.

Hernán Cortés despidió a los generales, cada uno se fue a su puesto respectivo, y el ejército se puso en marcha, camino de Tezcuco, donde mandaba otra vez Cacumatzin, repuesto en su destino y sacado de su prisión por el emperador que sucedió a Motezuma.

Libro Sexto

Cuando el poder arbitrario llega a asesinar a un hombre virtuoso, cubriendo este horrible atentado con una farsa judicial tan ridícula como insultante, y cuando el despotismo descarga así su mano de hierro a presencia de un pueblo que no le ahoga o despedaza en la justa indignación que debe excitar tan bárbara tiranía, ese pueblo sufre justamente sus cadenas, y aun éstas son poco para lo que merece su cobarde y vil paciencia.

La Justicia es el alma de la Libertad, y esta matrona benéfica, manantial fecundo y único de todos los bienes sociales, es tan celosa de su pundonor que vuelve la espalda al país que no sabe vengar sus insultos, y abandona la generación presente y las futuras a la orfandad y a la esclavitud. Por esta razón se contienen los déspotas en su sed de sangre y de venganza, hasta que, caminando cautelosamente y de paso en paso, les muestra la experiencia el envilecimiento de la nación que oprimen.

Tal fue la infame política que condujo a Hernán Cortés para llevar a su fin la gran tragedia que va a llenar de horror las páginas de este libro. En vano los historiadores intentan encubrir la negra infamia con que se cargó para siempre aquel insolente y astuto cuanto afortunado capitán; en vano el vértigo monárquico que ha embrutecido por tantos tiempos a Europa nos ha privado de los documentos históricos más preciosos sobre la república de Tlascala. El ojo perspicaz del filósofo sabe distinguir, entre el fango y basura que ensucian el papel de las historias, algunas chispas de verdad que no han podido apagar ni el fanatismo ni la servil adulación. Estas chispas lo conducen, y, cuando llega su día, desentierra los hechos y los presenta al mundo, y si no le es posible exhumarlos de sus antiguos sepulcros en toda su integridad, a lo menos no los tuerce ni los afea con preocupaciones y con bajezas.

La infeliz y virtuosa Teutila vivía en la más triste y angustiosa soledad. ¡Cómo echaba de menos su corazón sensible los consuelos del respetable anciano, de que tanto necesitaba en la ausencia de su tierno y amado esposo! Una triste melancolía se apoderó de su alma, y las fuerzas de su naturaleza comenzaron a desfallecer visiblemente; sus colores se marchitaron, el brillo de sus ojos se apagó, y la risa y la alegría desaparecieron de su semblante, siempre cubierto de lágrimas.

Sus parientes estaban sobresaltados y recelosos, viendo desaparecer por momentos la frescura y lozanía de su salud, y su solícito cariño inventaba continuas diversiones para entretener su pena. Todo era inútil: su corazón desechaba cualquier especie de distracción. Un día le propusieron un viaje para visitar a sus parientes de Zocothlán. La alegría se difundió por toda la casa al oír la fácil y pronta condescendencia de Teutila en favor de este proyecto. Todo lo necesario se apresta con la mayor celeridad, y hasta la misma Teutila se anima y toma parte en los preparativos.

Al día siguiente se emprende la marcha proporcionando las jornadas a las débiles fuerzas del objeto del cariño universal. Cuando los viajeros pasaron por el sitio del antiguo cuartel de los españoles, Teutila se paró y exclamó con los ojos anegados en lágrimas:

—¡Ay, cuánto más feliz era yo cuando gemía encerrada en ese sitio! Entonces no era todavía esposa y los negros temores de perder a mi Jicoténcal no atormentaban mi corazón. Vamos, amigos, huyamos de ese sitio contaminado con la mansión que hicieron en él unos monstruos.

Serena, al parecer, continuó Teutila su camino, hasta la frontera de las dos naciones. Allí se paró y con las palabras más expresivas pidió a sus parientes que la dejasen ir sola a visitar el templo de su puro e inocente amor, la gruta querida donde en tiempos más felices veía a su amado Jicoténcal.

—A lo menos esta gruta—les decía— no ha sido pisada por más extranjero que el virtuoso Ordaz y el otro anciano, que al fin no es un perverso.

¿Quién hubiera podido negarle este inocente desahogo? La comitiva se detiene a la entrada del bosque, y Teutila corre con todas sus fuerzas hacia un lugar de recuerdos tan deliciosos. Al acercarse a él ve con sorpresa amontonadas unas piedras a su entrada y lo restante de ésta cerrado con ramas de arboles y maleza. ¿Quién habra profanado así este sitio? Esta duda la detiene un instante; mas, al oír un triste quejido que al parecer salía de la gruta, la idea de una criatura oprimida la reanima y, derribando las ramas y algunas piedras de las que cerraban la entrada, trepa sobre las otras la valerosa matrona en alas de su humanidad.

El objeto que se presenta a su vista alarma su pudor y la llena de compasión al mismo tiempo: un hombre enteramente desnudo y tan fuertemente atado que le era imposible todo movimiento. Este miserable era un español. ¿Qué importa? Era un hombre que gemía en la opresión, y Teutila lo cubre con su velo e intenta desatarlo.

—Cualquiera que sea tu opresor —le dice— nadie más que la ley tiene el derecho de privarte así de tu libertad.

La pobre Teutila consumía en vano sus débiles esfuerzos; los nudos eran tantos y tan fuertes, que no pudo vencerlos su delicadeza. En el ínterin le decía el preso:

—¡Ay, señora! ¡Qué bondad! Yo os conozco y me acuerdo cuando a mí me hubiera costado muy poco haceros el beneficio que tan generosamente os esforzáis a hacerme ahora a mí. Mi dureza de entonces y mis delitos posteriores merecen la muerte que me espera. Idos en paz y dejadme sufrir mi castigo. La providencia os ha enviado para que me consoléis, y ya que habéis cumplido vuestra misión, inspirándome la conformidad a sus justos decretos, evitad el espectáculo de mi suplicio.

—Yo no te abandono, extranjero. Mi corazón no puede sufrir la idea de un hombre tan cruelmente aprisionado. Voy solo a buscar quien me ayude a darte la libertad.

—¡Anda, ángel bajado del cielo! ¿Cómo ha permitido éste que tu inocencia y tus virtudes giman oprimidas?

Teutila sale y, al dirigirse hacia los suyos, ve dos hombres que bajaban por lo más áspero de la montaña y que a su vista tratan de recatarse. Les hace señas, y, viéndose descubiertos, llegan al fin donde los esperaba Teutila. ¡Cuál fue la sorpresa de los dos americanos al reconocer la esposa del general de Tlascala! Ellos eran dos honrados tlascaltecas vecinos y conocidos de la familia de Teutila.

—¿Es posible —les dice ésta— que unas buenas gentes como vosotros cometáis un atentado tan atroz contra la humanidad? ¿Dónde están las virtudes de los tlascaltecas?

—Escúchanos —dijo el más anciano—, óyenos antes de condenarnos. Ese facineroso que te interesa es uno de esos extranjeros que se han quedado construyendo esas grandes canoas o casas de madera, y antes de ayer se paseaba sólo por nuestros campos matando pájaros con su máquina y confiado en la paz y buena armonía que les guarda la república. La mujer de este amigo venía de ver una parienta suya que está mala; el malvado la asalta como un águila a un pobre pajarillo y la arrastra de un brazo a lo interior del bosque, y su brutal lujuria consuma el crimen atroz que yo no me atrevo a nombrar en tu presencia.

"Los gritos de la infeliz llegaron a mí y a mis dos hijos, que estábamos poco distantes cortando maderas. Los tres corrimos, guiados por sus ayes y lamentos, y al descubrir al malvado, que estaba sobre su infeliz víctima ya desmayada, estábamos bastante cerca para haberlo podido sorprender, cayendo los tres juntos sobre el culpable. En efecto, lo arrancamos de allí aun encendido en su feroz lujuria; lo aseguramos bien con cuerdas, le envolvimos la cabeza con un manto, y fuimos a socorrer a la infeliz matrona. Mas fue en vano: al perder su honor perdió también la vida. Lástima es, pero murió como una buena tlascalteca.

"Consultamos lo que se debía hacer, y todos tres resolvimos que se le quitase la vida. Mas al disponernos para la ejecución, ninguno de los tres nos atrevimos a matar a un hombre atado. ¿Quién hubiera creído esto de mí que me he encontrado en tantas batallas? En esta perplejidad se me ocurrió proponer a mis hijos entregar el reo a este desgraciado esposo, que es el más ofendido, y desde luego nos dedicamos a pensar donde lo dejaríamos bien seguro. Entonces nos acordamos de esta gruta, donde mi hijo mayor y yo vinimos una noche a clavar unas flechas de orden de nuestro general, cuando estaban esos extranjeros en esta nación, y la escogimos como lugar más apartado y escondido.

"Mis dos hijos cargaron al delincuente sobre sus hombros y lo condujeron aquí habiendo tenido la precaución de quitarle sus vestidos y cubrirlo con un manto, por si encontraban alguien en el camino. Yo me fui a buscar al ofendido esposo, y éste, después de haber dado sepultura al cadáver de su mujer, viene a hacerse justicia de su ofensa."

—¿Y quién te ha enseñado, tlascalteca, esa manera de hacer justicia, que pervierte el orden de la sociedad? ¿Por qué no recurrís a vuestros magistrados?

—Matrona respetable, desde que en cualquier negocio se mezcla el nombre de uno de esos bandoleros, ya no hay justicia en Tlascala.

—¿Habéis presenciado algún acto de injusticia notoria y voluntaria en las autoridades?

—¡Ah, matrona! Mil y mil a cada momento.

—Pues sois bien despreciables si lo conocéis y lo sufrís. Vosotros tenéis el poder soberano de recoger vuestros poderes y de juzgar y castigar a los que se los habéis acordado; pero mientras las autoridades existan, es necesario respetarlas. Lo demás es una confusión y una anarquía. Cumplid vuestro deber y entregad ese miserable a la justicia.

La dignidad con que les habló Teutila puso silencio a los dos tlascaltecas, los cuales, conociendo su falta, se pusieron al arbitrio de su compatriota, ofreciéndose a seguir ciegamente sus órdenes.

—Pues bien —les dijo Teutila—, si hasta aquí no habéis sido justos, es menester purgar esta falta siendo ahora generosos. Por otra parte, vosotros habéis hecho mala vuestra buena causa, que es el resultado que tiene siempre la separación de los deberes. Vete, pues, esposo desgraciado; para nada es bueno que conozcas al autor de tus infortunios. Espéranle tú, anciano.

Ambos obedecen, y Teutila entra a la gruta y pregunta al preso si conoce a los que le habían puesto en un estado semejante. El español le respondió que no, pues que le habían cubierto la cabeza cuidadosamente cuando lo sorprendieron y que, cuando lo dejaron en la gruta, era de noche. Asegurada así de un mal proceder contra aquellas buenas gentes, llamó al anciano, y entre ambos quitaron sus ataduras al soldado y, dejándolo un poco descansar, le dieron una manta y lo pusieron en el camino de Tlascala. El español se arrojó a los pies de su libertadora, que regaba con sus lágrimas, y ésta le dijo:

—Anda, extranjero; anda y dile a los tuyos cómo se conquistan los corazones. Adiós.

Esta generosa acción sacó a Teutila de su apática tristeza, y su alma grande tomó poco a poco su natural temple dedicada a la práctica de la beneficencia. Dondequiera que había un desconsolado, allí estaba Teutila prodigando sus socorros, más con sus palabras dulces e instructivas que con sus bienes, que empleaba como auxilios de segundo orden. La viuda, el huérfano, el anciano, el enfermo, todos eran iguales para ella; así la miraban sus compatriotas como un ángel consolador enviado del cielo a los infelices. Su salida de Zocothlán fue llorada como una pérdida sensible, y su memoria sirvió de consuelo por largas edades a todos los desgraciados. Vuelta a su casa, emprende un plan activo de vida para llenar con sus tareas benéficas y con sus quehaceres domésticos el gran vacío de su corazón, y para aliviar las penas extraordinarias que presentía su alma.

El bravo Jicoténcal iba en su puesto meditando tristemente las desgracias de su patria mientras el ejército avanzaba sin dificultades a Tezcuco. Esta provincia se había dividido en facciones desde la baja traición que puso a Cacumatzin, su cacique, en poder de Cortés; de manera que cuando el jefe americano rompió sus cadenas y volvió a tomar las riendas del gobierno, encontró al pueblo despedazado por las discordias intestinas y amenazado de los horrores de una guerra civil.

En este estado de cosas, tan natural consecuencia de los vicios de un gobierno arbitrario y desmoralizado, la proximidad del grande ejército que mandaba Hernán Cortés animó a los revoltosos, que vieron a los enemigos de la patria como los instrumentos de su fortuna. La facción contra Cacumatzin se presentó descaradamente, teniendo a su cabeza el hijo de un antiguo cacique del país. Y en esta angustia Hernán Cortés envía al jefe de la nación un parlamentario proponiéndole la paz, si le permite la ocupación de su capital.

El prudente Cacumatzin, sin bastantes fuerzas para resistir a los enemigos de dentro y de fuera, tomó el partido de retirarse con los leales y se reunió a las armas mejicanas para pelear entre ellas como un soldado y como un patriota. Hernán Cortés entra sin dificultad en Tezcuco y, queriendo conservar, sin desmembrar su ejército, este punto importante, recibió con singulares demostraciones de amistad al jefe de los revoltosos, que se le presentó seguido de los suyos implorando su protección.

Lo toma de la mano, y, dirigiéndose a los que lo seguían, les dice:

—Aquí tenéis, amigos, al hijo legítimo de vuestro legítimo rey.

¡Imprudencia atroz! ¡Proclamar como fundamentos de una usurpación por la fuerza los necios absurdos de la legitimidad y del derecho hereditario, desconocidos absolutamente en aquellas regiones, donde no había más derecho que el de elección! El usurpador aduló tan bajamente a su padrino que, en seguida de su coronación, abjuró de sus dioses y abrazó la religión de su protector, tomando en el bautismo el nombre de "Hernando Cortés". ¡Tan antigua es la bajeza y vil sumisión de los monarcas al brazo que les sostiene las coronas!

Jicoténcal estaba siempre destinado con su trozo de tlascaltecas a los últimos puestos de la retaguardia y, sobre todo, en lugares donde no pudiese comunicar con sus enemigos. Esta posición cruel principió a debilitar sus esperanzas de poder ser útil a su patria y, no obstante, su constancia lo sostenía sufriendo sin murmurar tanto desprecio, por si la fortuna le presentaba alguna ocasión favorable. ¡Oh heroísmo patriótico! ¡Cuán grande es tu ascendiente! Amor, pundonor, resentimientos justos, orgullo, vanidad, noble ambición: todas las pasiones son sacrificadas en tus altares por un hombre como Jicoténcal.

Este pasó a situarse a las inmediaciones de Tezcuco cuando Hernán Cortés, asegurado de la fidelidad de aquella capital, fue en persona a la jornada de Ixtapalapa, de la que volvió tan mal parado, y gracias al destino fatal que había decidido la pérdida de América, pues no otra cosa salvó a su ejército de quedar todo ahogado en aquella ciudad. Los descontentos y revoltosos de las provincias de Chalco[49] y de Otumba acudieron al que tan bien sabía premiar la traición y la felonía, y, auxiliados por las tropas de Cortés, todo el país quedó hecho presa de los furores de los inquietos y codiciosos conspiradores. Jicoténcal se veía así cada vez más estrechado en su círculo y más imposibilitado de poder hacer nada en favor de su causa. Hernán Cortés cebaba la codicia de los tlascaltecas, llevando siempre a algunos de ellos adonde esperaba un buen botín, y de esta manera iba enervando la rígida austeridad de aquella milicia y, con el pretexto de sus contínuas expediciones, iba disminuyendo poco a poco las tropas que mandaba Jicoténcal.

Ya para este tiempo habían llegado a Tezcuco los trece bergantines que se fabricaron en Tlaxcala, conducidos por tamemes, u hombres de carga, y escoltados por una división tlascalteca al mando de Chechimical. Era éste un joven altivo y ambicioso que supo ganarse el afecto de Hernán Cortés por sus disposiciones para las grandes empresas, a términos de que, en su primera expedición contra Tacuba,[50] le confió veinte mil tlascaltecas, cinco mil de los cuales los tomó de los que había dejado a Jicoténcal. La derrota que sufrió Cortés en esta expedición, cuya retirada se debió solo al valor de las tropas tlascaltecas, le hacía sensible la tardanza que exigía la política en la ejecución de sus planes para hacerse dueño de todas las fuerzas de aquella república. Mas aún no había llegado el momento oportuno y era necesario tomar precauciones preliminares que pedían todavía algún tiempo. En la misma época llegó un nuevo socorro de españoles, armas y municiones, con lo que se activó la guerra desoladora que se llevaba a todas partes donde no se encontraban hombres viles que vinieran voluntariamente a someterse al yugo.

Ya para aquel tiempo las pérdidas y golpes continuos que había sufrido Hernán Cortés, con un ejército, aunque tan grande, compuesto de materiales casi incapaces de reunirse en un cuerpo uniforme, le habían demostrado que nada podía esperar sin la cooperación de todas las tropas de Tlaxcala reunidas, y para esto era menester deshacerse de su émulo, el general que debía mandarlas. Mas como el déspota en sus grandes golpes es tan cobarde como un asesino, al acercarse el plazo fatal de un proyecto tan meditado como inicuo, los negros temores cercan al malvado, su mano tiembla al empuñar el cuchillo y, en el sosiego aparente de su seguridad, un poder invisible le hace asustarse hasta de su misma sombra. Así un lobo hambriento que acecha al inocente ternerillo que pace en el prado, lo contempla primero con atención detenida para asegurarse que no es un mastín que le haga resistencia; después rodea el campo, temeroso de que su presa esté guardada por enemigos más fuertes que él; el canto de un pajarillo, el ruido de las hojas que mueve el viento, todo lo asusta y sobresalta, hasta que, arrastrado al fin de su instinto sanguinario, da el golpe mortal a su infeliz víctima y huye horrorizado de su misma ferocidad.

Antes de salir de Tlaxcala había publicado Hernán Cortés diferentes bandos en los que se imponía la pena de muerte por los delitos más leves; disciplina rigurosa y cruel que era casi imposible practicar con una milicia tan poco acostumbrada a la maquinal y servil obediencia de los soldados europeos. El rigor de estos bandos sobresaltó a las diferentes tropas, que, ignorantes del fin a que se dirigían, temblaban temerosas de su execución. La falta de ejemplares había ya hecho olvidar este aviso terrible, cuando se volvieron a publicar los mismos bandos con grande ostentación en Tezcuco y en los demás puntos ocupados por las tropas. Este aparato amenazador llamó la atención de los soldados, que dirigían la vista a todas partes, buscando con ansiosa solicitud, el objeto que designaba por víctima la fuerza revestida de tan imponentes exterioridades.

A los dos o tres días amaneció ahorcado de una de las ventanas de su habitación un soldado español. Este espectáculo horroroso por su novedad, por su sorpresa y por las circunstancias del ejecutado, produjo una conmoción general que se manifestó de diferentes maneras. Hernán Cortés comunicó a los oficiales, y estos a sus súbditos respectivos, *"las horribles novedades que traía en el pensamiento Antonio de Villafaña (éste era el nombre del ajusticiado) y la conjuración que iba forjando contra su vida y contra otros muchos"* habiendo hecho de antemano *"correr la voz de que se había tragado Villafaña un papel hecho pedazos en que, a su parecer, tendría los nombres o firmas de los conjurados"*.[51]

Para formar una idea justa del motivo a que se dirigió el sacrificio de este individuo, basta ver el resultado que produjo. Hernán Cortés hizo rodear su persona de una guardia poderosa de soldados escogidos entre los de su confianza, prevención notable que descubría sus temores, mal encubiertos con la necia invención del papel de las firmas de los conjurados. Mas el juicio y la manera de la ejecución de Villafaña es uno de los rasgos que dan a conocer el carácter del hombre que en los tiempos de esclavitud se ha celebrado como un héroe.

Dice un historiador panegirista que un soldado de los antiguos del ejército se delató como cómplice en una conjuración contra su vida y la de todos sus amigos; que los conjurados habían firmado un papel obligándose a seguir a su jefe Villafaña, que su plan era fingir un pliego con cartas de Vera Cruz y entregárselo a Cortés cuando estuviera a la mesa con sus camaradas, entrar todos con pretexto de la novedad y, mientras abría las cartas, matarle a puñaladas a él y a sus amigos y salir después a correr las calles apellidando libertad...¡Este santo nombre se oye en la boca de nuestros envilecidos antepasados como el complemento y la recriminación de un asesinato! ¡Hasta dónde ha llegado la degradación de la especie humana!

Cuando se encarecen como heróicas y grandes hazañas la devastación de pueblos enteros, la agresión injusta de países pacíficos y remotos, la muerte y la desolación conducidas por un ambicioso y acompañadas de todos los crímenes y horrores de una soldadesca sin freno; cuando se veneran como hechos de la piedad más cristiana el haber levantado una cruz sobre los escombros de provincias enteras y sobre los cadáveres de millones de hombres, y el haber convertido a algunos naturales, arrastrados o por miedo, o por la bajeza, o por el interés, ¡se osa profanar así el nombre augusto de Libertad!

Sobre este fundamento, que no pasa de una delación secreta que se supone que recibió Hernán Cortés, se estableció el proceso y fallo de Villafaña, que fueron como sigue: Va a hablar Antonio de Solís en su *Historia de la conquista de Méjico* (libro V, capítulo XIX).

"De esta sustancia fueron las noticias que dio el soldado, pidiendo la vida en recompensa de su fidelidad, por hallarse comprendido en la sedición, y Hernán Cortés resolvió asistir personalmente a la prisión de Villafana y a las primeras diligencias que se debían hacer para convencerle de su culpa, en cuya dirección suele consistir el aclararse o el oscurecerse la verdad. No pedía menos cuidado la importancia del negocio ni se podía aguardar la madura inquisición de los términos judiciales.

"Partió luego a ejecutar la prisión de Villafaña, llevando consigo a los alcaldes ordinarios con algunos de sus capitanes, y le halló en su posada con tres o cuatro de sus parciales. Adelantóse a deponer contra él su misma turbación, y, después de mandarle aprisionar, hizo seña para que se retirasen todos, con pretexto de hacer algún examen secreto, y, sirviéndose de las noticias que llevaba, le sacó del pecho el papel del tratado con las firmas de los conjurados.

"Leyóle y halló en él algunas personas cuya infidelidad le puso en mayor cuidado; pero, recatándole de los suyos, mandó poner en otra prisión a los que se hallaron con el reo, y se retiró, dejando su instrucción a los ministros de justicia, para que se fulminase la causa con toda la brevedad que fuese posible, sin hacer diligencia que tocase a los cómplices, en que hubo pocos lances, porque Villafaña, convencido con la aprehensión del papel y creyendo que le habían entregado sus amigos, confesó luego el delito, con que se fueron estrechando los términos según el estilo militar, y se pronunció contra él sentencia de muerte, la cual se ejecutó aquella misma noche, dándole lugar para que cumpliese con las obligaciones de cristiano. Y el día siguiente amaneció colgado en una ventana de su mismo alojamiento."

¡Oh horror! ¡Acusación, prisión, sumario, proceso, pruebas, sentencia, ejecución, todo en una misma noche! ¡Sin duda un ser poderosísimo conserva la especie humana, pues que la vemos sobrevivir a semejantes monstruos!

Tal fue el paso que precedió al horroroso atentado que debía librar a Hernán Cortés del poderoso enemigo, del valiente e inflexible Jicoténcal. Confinado éste a un puesto donde se podía considerar más bien como sitiado que como auxiliar del ejército, privado de sus fuerzas casi enteramente, llegó al fin a conocer que su existencia como hombre público era nula y determinó retirarse para poder así disponer de su persona, sirviendo la causa de la justicia como un hombre privado.

El valiente americano había proyectado sacrificar su vida al país que lo vio nacer, librándolo del monstruo que lo asolaba. Para ejecutar su proyecto, más generoso que practicable, quería verse libre de toda obligación pública y correr el riesgo como un particular, teniendo la delicadeza de evitar, con tanta consideración, que Hernán Cortés tomase pretexto de su atentado, en caso de fallar, para oprimir de nuevo a su patria. ¡Joven generoso! Ni tus resentimientos, ni tu justa indignación, ni los desprecios que sufrías, nada bastaba para darte a conocer el corazón de tu enemigo. Los tiranos no necesitan de pretextos para hacer mal: su opresión no reconoce más límites que los de su poder. El más moderado de todos, si se puede dar este epíteto a semejantes monstruos, llora de envidia porque no puede exceder a los Nerones y los Calígulas.[52]

Mientras pensaba así el noble tlascalteca, Hernán Cortés, ya decidido a consumar su crimen, reflexiona sobre la paciencia heróica con que Jicoténcal ha sufrido una serie no interrumpida de desaires y tiembla del peligro en que lo hubiera puesto su rompimiento antes de haber tomado todas las precauciones. Y no obstante éstas, sus noches eran turbadas por inquietudes horrorosas, sus placeres los amargaba un desasosiego roedor y continuo: la sombra de Jicoténcal se le presenta a su imaginación exaltada; y vacila un momento. Mas la ambición y la envidia lo vencen y se resuelve a la felonía más infame.

Para que su víctima diese algún motivo con qué poder dar color a su atentado en cualquiera ocurrencia; o por mejor decir, para que esta especie de maldades sea siempre acompañada de la ruin cobardía que derrama un eterno deshonor en sus autores, Hernán Cortés hizo que faltasen las provisiones en el punto donde estaba apostado Jicoténcal. Este y los suyos sufrieron la escasez hasta el último extremo, alargando así las mortales inquietudes del leopardo que lo acechaba; mas, al fin, el hambre lo hizo salir a buscar víveres para sus tropas en las inmediaciones de su cantón. Los espías que lo cercaban dan aviso de este movimiento, y el débil tercio de tlascaltecas se vió rodeado por todas las tropas del traidor jefe de Tezcuco, de los revoltosos de Chalco y varias compañías de españoles, fuerza formidable que mandó Hernán Cortés para que no se le escapase su víctima.

Jicoténcal y los suyos pelearon y se defendieron como leones, a pesar del estado de abatimiento en que los había puesto el hambre. Mas ¿cuándo se humilla el valor de un honrado republicano? Este sabe morir antes de entregarse, y ésta fue la resolución de aquellos héroes de Tlascala, que vendieron caras sus vidas, vengando noblemente el honor de su república. El desgraciado Jicoténcal fue herido de una bala de arcabuz que le atravesó una pierna, y aun tendido en el suelo, derribó muchos con su terrible maza antes de ser desarmado. La multitud cae por último sobre él, y, a fuerza de hombres, se consigue atar al héroe, que hacía, no obstante, temblar a sus guardias, como el león impone aun encerrado por fuertes rejas de hierro.

El preso fue conducido de noche a Tezcuco con la mayor cautela y las prevenciones más minuciosas. Hernán Cortés, trémulo, no acierta a resolver: ya para entonces había dividido y esparcido las tropas de Tlascala en toda la extensión que ocupaba su grande ejército, y, sin embargo, teme aún que se despierte el águila tlascalteca. Preciso es que sea muy poderosa la rabia del ambicioso, pues que camina entre tantos y tan horribles escollos. Entonces se recordó con ostentación la autoridad que le había conferido el senado de Tlascala para tratar con el rigor de la ordenanza militar española cualquiera de los súbditos de la república que faltase a la subordinación y disciplina, y a pesar de todo, ni aun se hizo la farsa de un consejo de guerra.

Se intentaba así arrancar al bravo general una confesión de su falta; pero éste, superior al miedo y al temor, desconcertó todos los planes con su inflexible firmeza y con su noble altivez. Los más crueles tratamientos y los más viles insultos no tuvieron mejor resultado. Jicoténcal, con las piernas llenas de grillos encima de sus heridas, atado por la cintura con una gruesa cadena amarrada a una argolla fija en la pared y sus manos sujetas atrás por dos fuertes esposas, Jicoténcal en este estado horroroso era más grande que viles y bajos sus crueles verdugos. Estos lo cargaban de bofetadas y de golpes, insultando al mismo tiempo su pundonor con expresiones indignas de referirse, y el héroe miraba a los bajos satélites de su tirano como sabandijas venenosas que asaltan a un cadáver. Ni el hambre, ni la sed, ni la falta de sueño, ningún tormento de los que ha imaginado el delirio frenético de los opresores, dejó de ponerse por obra para doblegar su altivez. Todo fue en vano.

Cansados, por último, sus verdugos, dejaron sólo al héroe, mientras reposaban un poco para volver a su tarea. Jicoténcal entonces se abandona a sus reflexiones, y la memoria de Teutila arrancó una lágrima a su alma varonil. ¡Lágrima envidiable y de más precio que todos los laureles y triunfos de su tirano opresor! La patria se presenta en seguida a su mente: su querida patria, despedazada, vendida, deshonrada y débil; los suspiros amargos que siguieron a esta consideración fueron el más insoportable de sus tormentos.

"¡Qué—se decía a sí mismo—, Tlascala será la presa de un tirano, y los fieros tlascaltecas se prosternarán ante un señor cobarde cuanto inicuo e insolente!... ¿Qué fatalidad ha conducido tu destino, patria mía? Pero no; tus virtudes están ahogadas por los humos de un vértigo que te embriaga. La horrorosa muerte que me espera, los tormentos que sufro, van a despertar tu antiguo valor; y sin duda vosotros, ¡oh valientes tlascaltecas!, vengaréis la América, castigando a los monstruos que me martirizan. ¡Feliz yo mil veces si mi sacrificio os vuelve a vuestro antiguo heroísmo! ¿De qué modo pudiera mi vida seros más útil que arrancándoos de vuestro envilecimiento y de vuestro letárgico desvarío? Y tú, ¡monstruo el más abominable que abortó jamás el abismo!, acaba tu obra, que cuanto más multipliques tus horrores más seguras serán mis dulces y consoladoras esperanzas."

La sabia providencia que ha ordenado el mundo ha hecho que el alma del justo encuentre en sí misma consuelos eficaces hasta en las mayores angustias. Y así esta idea grande y consoladora de que su muerte injusta, tiránica y cruel iba a volver su temple a los degenerados tlascaltecas, la tomó Jicoténcal en sus mismos sentimientos y no tuvo que recurrir fuera de sí para hacer dulce su horrorosa situación. Contento entonces de su destino, el amor de la patria mitigó también las penas de su corazón, que él presentaba a su esposa cubierta de luto y de llanto.

—No, adorada Teutila —exclama—, no te abata mi desgracia. Tu Jicoténcal, asesinado vilmente, va a despertar las venganzas de un gran pueblo; y al correr mi sangre, va a reventar el volcán que debe consumir a los asesinos de la libertad.

La hora de la terrible ejecución se designa irrevocablemente, y una mordaza en la boca del general tlascalteca previene el efecto que pudiera hacer su valiente y varonil elocuencia. Mas a la vista de esta atrocidad inaudita y desconocida, un tezcucano, que ve cerrada la boca del bravo joven con el hierro y que, en lugar de palabras, sólo sale de ella la sangre que delata al mundo tal extremo de barbarie, cayó, desmayado al horror de semejante espectáculo. Este accidente hizo necesario suprimir el tormento de la mordaza; pero, por lo mismo, se hacía también indispensable evitar que el héroe dirigiese la palabra al público. El tirano es fecundo en recursos y poco delicado en la elección de estos; nada le importa que sean bajos y viles como lo conduzcan al logro de su fin. Se determinó, pues, abatir por el opio la sensibilidad del fuerte caudillo y conducirlo adormecido al altar de su gloria y al monumento de la deshonra de su opresor.

La imaginación humana no tiene colores para pintar lo restante de esta catástrofe. Ciento cincuenta mil hombres sobre las armas, espiándose unos a otros; todo el mundo en una pavorosa conmoción y en un sobresalto notable; el califa europeo, pálido y temblando, queriendo disimular su inquietud a los satélites que lo rodean con no menor desasosiego, y todo esto porque se arrastra un hombre privado de sentido y de fuerzas, un cadáver, hacia el cadalso. ¡El crimen se consuma! Un silencio lúgubre y pavoroso tiene al público en una quietud estúpida que demuestra su envilecimiento y que evidencia que dobló para siempre la cerviz al yugo que le tiene preparado la tiranía. Y, sin embargo, el jefe español entretiene por algunos días las tropas aliadas con maniobras y movimientos repetidos y continuos que les impidan reflexionar demasiado sobre las grandes impresiones que acaban de recibir.

Un joven tlaxcalteca que escapó a la carnicería que causó la prisión de su amado general, corre a Tlaxcala despavorido y horrorizado de lo que había visto. El bravo republicano entra en casa de Teutila y encuentra a ésta rodeada de ancianos y niños a quienes ella misma servía un alimento sencillo y sano, sazonado con las dulces y sensibles expresiones que le sugería su humanidad. El tlaxcalteca cae prosternado a tierra y, después de haber derramado un mar de lágrimas, casi ahogado por los sollozos:

—Matrona ejemplar —dice a Teutila—, el cielo te paga tus virtudes con amarguras sin ejemplo. Prepara tu alma para oír la gran desgracia que te condena a un dolor y luto eternos.

Teutila se sobresalta; su corazón late con fuerza contra su pecho, que apenas puede contenerlo, y un triste presentimiento acobarda su valor magnánimo. El soldado empieza la relación de la horrible tragedia, y la pobre Teutila no pudo sostener el doloroso relato hasta su fin. ¡Bastante lo previó su amor! Las fuerzas la abandonan, y cae al suelo sin sentido. Una calentura ardiente con el delirio más horroroso sucedió a su desmayo. La desolada y huérfana familia rodeaba el lecho de la virtuosa y desgraciada viuda, que se debatía contra las convulsiones producidas por los espectros horrorosos que dominaban su imaginación.

La naturaleza de Teutila se estremeció hasta en sus cimientos, pero su grande alma le impidió el sucumbir a su dolor. En el primer momento de calma que siguió a un sueño agitado por continuos sobresaltos forma su plan y jura la justa venganza contra el asesino. Su alma recobra fuerzas con este proyecto noble y valiente, y al poco tiempo aparece en su rostro una serenidad, pero una serenidad alarmante por el melancólico y profundo silencio que la acompaña. Sin embargo, la familia se consuela esperando que el tiempo le hará al fin soportable su dolor.

Teutila procura conservar en todos esta ilusión agradable, y propone salir a esparcirse al campo con el objeto de recobrar algunas fuerzas para proseguir sus grandes intentos. Un día, separada de la compañía, con un primo de su marido desgraciado, le propone si quiere acompañarla a Tezcuco, donde debe ir sin que nadie sepa su partida. El tlascalteca penetró sus intenciones y, con un entusiasmo heróico, le contesta: —Matrona desgraciada, tu resolución derrama en las heridas de mi corazón un bálsamo celestial que mitiga sus crueles dolores. Respeto tu silencio, garante seguro de la firmeza de tu ánimo, y con toda la fuerza de mi alma te agradezco el honor de haberme elegido por compañero de tu hazaña. Habla y partimos.

—Digno pariente de mi malaventurado esposo —le dijo Teutila—, no en vano había yo puesto mi confianza en ti. Esta misma noche, cuando todos descansen, saldremos a cumplir nuestro último deber, tú como un ciudadano no corrompido, y yo como la esposa de ese inmortal tlascalteca tan vilmente asesinado. Sí, amigo, la justicia del cielo dirigirá nuestros pasos y conducirá mi mano; tú servirás de escudo y de guía a una esposa infeliz que debe sucumbir a su desgracia, pero manifestándose digna del hombre grande que tanto la distinguió.

En efecto, entrada la noche todos se retiran a descansar, confiados en la serenidad que manifestaba Teutila. Esta aguarda que todo repose en silencio y, sentada a su fuego doméstico, derrama algunas lágrimas como si quisiera apagar aquel foco que bien pronto iba a arder inútilmente. En seguida se recoge en su habitación y, prosternada ante el cielo, dirige la más fervorosa súplica al Supremo Juez del universo para que la ayude en su grande empresa. Levántase con ánimo, toma la daga que Diego de Ordaz había regalado a su esposo, la oculta cuidadosamente bajo su túnica, y sale con paso firme a reunirse con su pariente, que la espera en un sitio convenido de antemano.

El día cogió a los dos viajeros a alguna distancia de la capital, y haciendo, de tiempo en tiempo, cortos descansos, llegaron hasta las inmediaciones de Tezmeluca[53] sin novedad considerable. En este sitio montuoso una gran tormenta obligó a los dos caminantes a llegar a una casa pobre que no distaba mucho del camino, y, habiendo tocado a la puerta, pidieron la hospitalidad al ama, que salió a abrirles. Esta era como de unos treinta años y, después de haberles ofrecido con buena voluntad su pobre habitación, los conduce a su fuego, donde les hizo tomar asiento.

Dos niños inocentes acompañaban a la paisana, que parecía sumergida en una profunda tristeza. Todos guardaban el mayor silencio hasta que, después de algunos minutos, fue interrumpido por el ama de la casa, que dijo a sus huéspedes:

—Perdonadme, hermanos, si mis penas me han hecho olvidar que necesitaréis algún alimento. Mas si supierais el estado de mi corazón, no extrañaríais mi inadvertencia.

—Las penas, generosa mujer —le contestó Teutila—, no son escasas en nuestra malaventurada edad. Compadezco tu dolor: harto conoce mi corazón los tormentos del alma. Mas al fin parece que tienes dos hermosas criaturas, cuyas caricias inocentes te servirán de consuelo.

La americana abraza con una grande emoción a los dos niños y contesta a Teutila con entusiasmo:

—Si, amiga, estos dos hijos de mis entrañas han conservado la vida de esta desdichada mujer; frutos de un matrimonio tan feliz que daba envidia a las mismas criaturas celestiales, mi corazón los ama con ternura, y este amor me ha hecho sobrevivir a su virtuoso y desgraciado padre. Pero vamos a tomar alguna cosa, que no es justo que los recuerdos de mi desgracia os priven de lo necesario.

La americana hospitalaria dispuso una comida limpia y sencilla, durante la cual la heróica viuda del general de Tlascala acariciaba tiernamente a los dos huerfanitos. Estos, llenándola de besos, exclamaban:

—¡Mamita! ¡Qué buena es!

Esta escena interesante acabó de estrechar las almas de las dos matronas, cuyas virtudes y cuyos pesares las había predispuesto a amarse mutuamente.

Concluida la comida, Teutila tomó por la mano a su huéspeda y, encerrándose con ella en su habitación, le habla, así:

—Amiga: pues que el destino me ha conducido a tu casa, temeraria sería yo si por una obstinada resistencia a sus insinuaciones me privase del beneficio que me presenta. Los desgraciados necesitan de consuelos que los animen y los fortalezcan en su aflicción, y nada es más capaz de producir este saludable efecto que el abrir su pecho a una alma cuya disposición análoga la hará sensible a las penas que se sufren. Yo necesito más que nadie de este alivio, y la dulce calma que debe producir la compasión de una mujer virtuosa me sostendrá cuanto necesito para llegar hasta el fin de mi carrera. Oye, pues, las desventuras y la cadena de aflicciones que han atormentado a Teutila, la desconsolada viuda del virtuoso y bravo Jicoténcal...

—¡Tú, la esposa de ese héroe! ¡Oh cielos! ¿Qué son mis penas en comparación de las tuyas? Ven, respetable matrona, ven a mis brazos...yo conocí a tu ilustre compañero. En esta misma casa, acariciando a mis dos niños, le oíamos sin cesar hablar de su Teutila. "¡Si a lo menos ella tuviera un hijo nos decía—su soledad no sería tan espantosa. ¡Pero, ¡ay!, ¿cómo resistirá su alma sensible el gran vacío en que la han dejado las grandes pérdidas que ha sufrido? Yo solo le quedo en este mundo. ¡Y la suerte me aleja de mi esposa, y tal vez para siempre!... " Y las lágrimas se asomaban a los ojos de aquel guerrero terrible. Considera, ¡oh Teutila!, cuánta pena debe haberme causado su inaudita desgracia ...

—¡Detente! —la interrumpió Teutila—. Quizá vas a descorrer el velo que me oculta las últimas escenas de su vida, cuyos horrores podrán abatir la fortaleza de que tanto necesito. Oyeme.

Teutila, entonces, le hizo la triste relación de sus infortunios, derramando de tiempo en tiempo lágrimas abundantes que aliviaban el peso de su corazón. Y así, llegando al fin de su trágica historia, animada de una serenidad valiente, concluyó en estos términos:

—Yo voy a Tezcuco acompañada sólo de la justicia de mi designio y abandonada a la providencia, que sostiene hasta los más miserables reptiles. Tu amistad sencilla, tus lágrimas y tus demostraciones compasivas han tranquilizado mi corazón. No sabes cuán grande es el beneficio que te debo. Ahora falta sólo que quieras contarme tus infortunios. Quizá su relación me confirmará y me animará en mi noble proyecto y Teutila marchará al templo de la gloria.

—Conozco tus designios, respetable matrona —le dijo la sensible compañera—; ellos han estado aquí en mi pensamiento, pero tengo dos hijos y mi corazón no ha podido resolverse a abandonarlos. Quizá es una flaqueza; pero, si lo es, la ha puesto en nuestras entrañas el Ser que dirige el mundo. Criada en la inocencia y en la virtud, mis padres, complacientes, me dieron por esposo al joven amable y lleno de prendas que había elegido mi corazón; de manera que mi vida ha sido una serie de goces puros y dulces que me han hecho pasar los días sin sentir su curso.

"Amada de mi buen esposo, y la mujer más feliz del mundo, los dos hijos que me dio el cielo me endulzaron la pena que me causó la pérdida de los ancianos autores de mis días, que concluyeron sus vidas en el seno de la tranquilidad y de la virtud. La noticia de esos extranjeros que se acercaban a nuestro país fue la primera alarma que asustó nuestra dicha. Mas nuestros recelos desaparecieron bien pronto a la vista del capitán que se alojó en nuestra casa; su modestia, sus atenciones obsequiosas y, sobre todo, sus caricias a mis hijos tranquilizaron nuestras inquietudes y nos hicieron amable esa raza de monstruos, que, por un efecto de su misma monstruosidad, ha producido un hombre tan bueno como el que conocimos primero.

"Sus gentes lo respetaban y lo amaban, y en los alrededores de nuestra casa todo fue orden y sosiego. Tal vez lo conocerás. Uno de los suyos me dijo que era el mismo que había subido al volcán de

Popocatepec. Y este hombre tan valiente estuvo entre nosotros como un amigo antiguo de la familia. Esta circunstancia nos dio una grande opinión de esos extranjeros; y cuando su último viaje a Tlascala, salimos mi marido y yo a buscar a nuestro buen amigo. ¡Ay! Por desgracia no lo encontramos, y con los corazones en la boca ofrecimos la hospitalidad a uno de esos jefes, que por sus muchos años nos pareció un objeto más respetable y más digno de nuestros pobres obsequios.

"¡Qué diferencia, amiga mía! Su frente arrugada, su entrecejo, su voz ronca, su mirar siniestro, todo asustaba a mis chiquitos, que no se atrevían a moverse de un rincón. El monstruo nos mandaba con insolencia, recibía nuestros presentes con desprecio y nos insultaba con expresiones viles de que no creímos capaz a ningún hombre. Su tropa asoló nuestros sembrados, quemó nuestros árboles, y parecía que el genio de la destrucción y del desorden reinaba en nuestra pacífica mansión.

"Mas, ¡ay!, todo esto era nada todavía. Antes de retirarse dijo a mi esposo: 'Ven acá salvaje, cuéntame tu matrimonio y las circunstancias de tu boda.' Mi buen marido comienza a hacerle una relación de nuestros amores, deteniéndose con complacencia en las épocas más notables de nuestra dichosa vida, cuando lo interrumpe el feo bandido: 'No es eso lo que quiero—le dijo con un gesto amenazador—; no me rompas la cabeza con tus necias e insultantes galanterías. Dime si hiciste ricos regalos a esa mujer, los que le hicieron sus padres y los tuyos, si habéis adquirido nuevas joyas; y no me ocultes nada, que a todos os va la vida en ello.' ¿Por qué te he de ocultar los esfuerzos de nuestra pobreza? Nosotros no ocultamos las acciones que nada tienen de vergonzoso. Anda, querida mía; saca nuestras alhajas y joyas, y que vea este extranjero que el amor sabe hacer más de lo que pudiera esperarse de nuestras cortas facultades.

"El extranjero abre sus ojos torvos y, con una ansiedad devorante, me sale al encuentro y me arranca, más bien que toma, las joyas que yo le presento. Su vista las recorre, y, al encontrar entre ellas algunas piececillas de oro, una sonrisa desagradable cambió las arrugas de su rostro, dejándolo aún más feo, si es posible, que anteriormente. '¿No hay más?' nos dice; y habiéndole respondido que no llama a uno de los suyos, sin quitar la mano de encima de las joyas, y le manda que registre toda la casa. El bruto entra y después de haber recorrido hasta el último rincón, sale con las pocas ropas que teníamos en las manos.

"El viejo asqueroso le dice: 'Repartid ese despojo' y principia a guardarse en sus vestidos nuestras alhajas. Mi esposo, que había sostenido esta escena con una sorpresa y un silencio admirables, le dijo con serenidad, pero con resolución: 'Extranjero: tú me despojas de mis bienes porque eres el más fuerte y abusas de tu poder, yo te los cedo, para aliviarte del peso de una acción tan infame; pero de ningún modo permitiré que te lleves el collar que yo puse a mi esposa el día de nuestra unión. Calla, insolente —le contesta— harto bien librado quedas con que te deje la vida y a tu mujer intacta.'

"Y, tratando de salir, mi esposo se le pone delante para impedir el paso y reclamar de nuevo mi fatal collar. El monstruo, entonces, haciendo un gesto que me hizo retroceder de espanto, tira de su arma reluciente y atraviesa a mi infeliz e indefenso marido, que cae a tierra envuelto en sangre. Yo di un grito espantoso, y el uso de mi razón y las fuerzas me abandonan. Los llantos, las lágrimas y las manecitas de mis dos niños me sacaron de mi desmayo, y, al ver la casa libre de esos bárbaros, mi primer movimiento fue de alegría. Pero, ¡ah!, el cadáver sangriento de mi tierno esposo me hizo ver cuán cara me había costado su presencia.

"Es en vano que intente pintarte mi desesperación, tú la conoces. Mi corazón clamaba por la venganza, y mi resolución fue como la tuya: grande y noble. Cuando la justicia social nos abandona, nos queda la natural; y el que en semejante desamparo no recurre a ella por temor a la muerte, es cobarde, miserable, que no merece la vida. Hice, pues, a mi amado difunto los últimos servicios. ¡Deber triste, pero consolador de las almas sensibles! Y vuelvo a mi proyecto. Mis dos hijitos se cuelgan de mi cuello, y sus lágrimas dulces e inocentes penetran hasta mi corazón. Parece que una voz invisible avisaba a estos dos angelitos los momentos en que debían redoblar sus tiernas caricias.

"Al fin cedí a la naturaleza y sacrifiqué mis justos resentimientos en las aras del amor maternal, encomendando al cielo el castigo del malvado. En esta dolorosa situación me encontraba cuando pasó ese grande ejército camino de Tezcuco. El valiente Jicoténcal ocupó aquella noche este sitio con sus tropas, y, viendo que éstas se habían acampado y que nadie llegaba a la puerta, mandé un recado a su jefe ofreciéndole mi casa; éste me contestó que agradecía mi oferta hospitalaria, pero que el general de Tlascala no se alojaba sino entre sus valientes compañeros.

"Este proceder magnánimo y la fama de sus virtudes me animaron a implorar su protección, aunque extranjera, y le mandé pedir una audiencia para una infeliz viuda. Al instante se presenta en mi casa; la gallardía de su persona, la nobleza de su porte, la moderación en sus expresiones, todo reanimó mis esperanzas de justicia. Le conté mi catástrofe, cuya relación concluí diciéndole: 'Protégeme, ¡ah virtuoso general! Protege a esta infeliz contra el alevoso asesino de mi marido. Bajo tu amparo yo me presentaré al jefe extranjero y sin duda éste me hará justicia. Yo sé que todos ellos no son perversos.' 'Matrona desgraciada —me contestó tu esposo—, el cielo me ha enviado para librarte de nuevas desgracias, si oyes con docilidad mis consejos. El crimen que causa tu dolor es aplaudido por ese bandolero que conduce a tantas naciones ciegas a la esclavitud. Y tú no encontrarás justicia contra el indigno agresor sino en las venganzas del cielo. Si tu inocencia te da esas esperanzas, mi experiencia, una experiencia harto costosa, debe preservarte de acabar de ser la víctima de la brutalidad de esos monstruos. Quizá algún día un vengador terrible te hará la justicia que pides con tanta razón…, o, quizá también, los males de este país seran tantos y tan grandes que tu desgracia se pierda entre ellos, como desaparece una gota de agua en el inmenso océano. Los dioses saben nuestros destinos.'

"El bravo general se quedó conmigo aquella noche, reanimando mi abatido espíritu, y, cual un genio benéfico enviado del cielo, calmó la turbación que agitaba mi alma y me dio fuerzas para arrostrar la infeliz suerte de mi viudez. Tal es el ascendiente que tienen las almas grandes y virtuosas."

—¡Dioses celestiales! ¡Y tú, sombra augusta de mi tierno esposo!—exclamó Teutila cayendo arrodillada—. Permitid que mi brazo sea ese terrible vengador que nos salve a todos de tanta desolación. Anima mi flaqueza, ¡oh Jicoténcal mío!, desde el empíreo, donde estás gozando el premio de tus heróicas virtudes, y no desampares a tu amada Teutila, que, siguiendo tu ejemplo, se encamina a colocarse a tu lado en el templo de la gloria.

"No hay remedio, amiga mía—continuó Teutila levantándose—, el cielo tiene conmiseración de nosotros, y sus rigores van a terminarse. La tormenta se ha disipado, y yo parto. Un momento de dilación podría malograr la grande obra a que estoy destinada. Adiós."

La americana hospitalaria dirigió al cielo sus ruegos, implorando su protección en favor de la heroína, y la recomendó particularmente a una honrada familia de Tezcuco, parienta de su desventurado marido. Teutila se despide, dando mil besos a los dos niños, y la madre de éstos la ve al fin salir de su casa con admiración y con temor sobre los resultados de su resolución grande e interesante.

Los dos viajeros llegan por último a Tezcuco al anochecer de un día nublado y triste. Al pisar las calles de aquella ciudad los cabellos se le erizan a Teutila, un frío glacial embarga sus miembros, que, trémulos y débiles, apenas pueden sostenerla.

—¡Tal vez estoy pisando —exclama llena de horror— la sangre de mi Jicoténcal! —y diciendo así hace esfuerzos por arrojarse a besar la tierra. Su compañero y pariente la sostiene en tan cruel situación y trata de moderar sus transportes, advirtiéndole del peligro que corre si se descubre a sí misma.

—Tienes razón, amigo mío; pero nuestra naturaleza es flaca y no siempre somos dueños de nuestras acciones. Vamos.

La familia a quien iban recomendados los recibió con hospitalidad y con afecto y, en cuanto lo permitían sus escasas facultades, obsequió con esmero a su noble huéspeda. Esta se dedicó el día inmediato a descansar de las fatigas del camino y a fortalecerse con la meditación de sus penas para cobrar el ánimo y firmeza de que tanto necesitaba, y, en el ínterin, encargó a su pariente y amigo que le procurase cuantas noticias pudieran serle útiles sobre la situación y circunstancias del monstruo que motivaba su viaje.

A la noche volvió el honrado tlascalteca y la informó cómo Hernán Cortés ocupaba el palacio de los caciques de Tezcuco, rodeado de una inmensa guardia con las armas en la mano que daba vueltas continuamente alrededor del edificio, de manera que era imposible penetrar en él sin ser vistos y examinados; y que, concluídas ya las grandes embarcaciones que se habían empezado en Tlascala, estaba dispuesto el ejército a salir dentro de dos días.

—No perdamos un momento —dijo entonces Teutila— Adiós, hasta mañana.

Retirada a su cuarto, se hinca Teutila de rodillas y levantando sus manos y su corazón al cielo, exclama:

—¡Dios de bondad, de justicia y de sabiduría! Tú conoces la pureza de mi corazón y la justicia de mi causa. Inspírame para el acierto, fortaléceme en la ejecución y defiéndeme en los obstáculos. Mi causa es la tuya, pues que es la de la humanidad, y el valor superior a mis fuerzas con que emprendo tus venganzas me asegura de tu protección.

Después de esta oración piadosa se sienta serena a reflexionar tranquilamente sobre los medios de llevar a cabo su empresa, y, después de todo bien meditado, se acostó a dormir para conservar sus fuerzas.

A la mañana siguiente manda al ama de la casa al palacio de Hernán Cortés, bien instruída en su importante comisión. Esta buena mujer, que sería como de unos cincuenta años, sufrió con paciencia los insultos de una guardia prostituída y desenfrenada y las burlas y carcajadas con que le respondían a su súplica de hablar al jefe. Al fin su constante porfía llegó hasta los oídos de aquél, que la hace entrar en su habitación, donde la recibe como un monarca, rodeado de la corte de sus bajos aduladores.

Entre estos vio al cacique de Tezcuco, de pie y con un exterior humillado, y a otros caciques menos poderosos que hacían su corte a los subalternos en las antesalas. La buena mujer dijo con respeto al soberano jefe que una matrona distinguida del país le pedía una audiencia para exponerle cosas que tocaban directamente a ella, y que esperaba de la educación de tan grande general le señalase una hora en que pudiese hablarle, y, si era posible, por la noche.

—Que venga cuando mis tropas toquen la retreta —contestó secamente Hernán Cortés.

—Esta matrona —añadió la buena tezcucana—no teme la presencia de todo el mundo para tratar de sus negocios; mas le sería menos embarazoso explicarse delante de pocos testigos y, si estuviera en su arbitrio escoger éstos, se contentaría con vuestro anciano sacerdote y la dama que os acompaña.

—Acordado. ¿Qué más desea?

—Que vuestra bondad le facilite un medio de llegar hasta vuestra persona sin que la detenga vuestra guardia.

Entonces le dio Cortés una orden por escrito, diciéndole:

—Si alguno la detiene, que muestre ese papel y verá cuál es el poder de mi voluntad, que sabe hacerse respetar sin que sea necesaria mi presencia. Parte.

Teutila recibe con alegría el felicísimo resultado de su comisionada, y, llamando aparte a su amigo y compañero de viaje, le dice:

—Amigo mío, el momento de mi triunfo se aproxima; háblame de mi Jicoténcal, refiéreme todas las acciones de su vida que te vengan a la memoria; no temas repetirme los hechos más indiferentes. Quizá es el último servicio que espero de ti. Y, sobre todo, no me abandones.

Así pasó el resto del día en una situación bien difícil de pintarse; mas al acercarse el sol a su ocaso, un valor noble y serio comienza a dar a la fiera Teutila un aire de superioridad y de grandeza que la hacía algo más que humana. La noche cubre el cielo con su negro manto, y la heroína toma su velo, con el que oculta su rostro, su hermoso rostro que no volvió más a ver la luz del día. Registra y coloca la daga de su antiguo amigo Ordaz y espera en pie el momento de partir. La fatal retreta suena, y entonces, sacando de su seno un coco en el que guardaba un veneno infalible, lo traga con serenidad, exclamando:

—¡Oh manes de mi adorado esposo! La compañera de tu lecho no será víctima de tus asesinos, y la muerte que acaba de introducir tu esposa dentro de sí misma le dejará bastante tiempo para completar tu venganza.

Dicho esto sale con paso firme y se encamina al palacio de su terrible enemigo.

Mas ¡oh poder fatal e irresistible de los hados! Cuando aquel esperaba con curiosidad confiada la visita de la matrona, un pequeño alboroto en uno de los cuarteles hizo indispensable su presencia para que no pasase a ser un serio motín; y en el mismo momento entra Teutila hasta su habitación, amparada de su orden. Fray Bartolomé de Olmedo recibió a la heróica viuda diciéndole que el general de las armas españolas estaba ausente por un motivo de importancia, pero que esperaba que ella tendría la bondad de aguardar su vuelta, que no debía tardar.

Teutila se sienta sin descubrirse y sin contestarle más que con una inclinación de cabeza. Esta escena muda duró demasiado tiempo para no alarmar a Teutila con el temor de que se malograsen todos sus proyectos con tan inesperado y fatal accidente. Estos temores muy fundados la hicieron una profunda impresión, y el trastorno que sufrió su máquina aceleró los síntomas del veneno, que comenzaron a dejarse sentir. Doña Marina entra entonces en la sala y, con una modesta y dulce compostura, se dirige a la incógnita, diciéndole:

—¿Será imprudente en mí el tratar de distraer con mi conversación el disgusto que os causará esperar a Hernán Cortés?

Teutila entonces no pudo resistir al placer de abrazar a su arrepentida amiga y, levantándose el velo, se arroja a sus brazos. Mientras ambas sollozaban con tan diferentes sentimientos, el padre capellán se disponía a ir a comunicar a su jefe la extraña visita que lo esperaba; pero una horrible convulsión que atacó a Teutila contuvo su celo, llamándolo al socorro de la humanidad.

El estado de Teutila se hacía cada vez más deplorable, y, cuando ambos bastaban apenas para sujetarla en sus violentas y angustiosas contorsiones, entra Hernán Cortés. ¡Qué espectáculo! La infeliz Teutila, luchando contra las angustias de la muerte, para, como por encanto, el osado arrojo de su cruel enemigo, y la feroz serenidad de éste no pudo soportar la vista de la inocencia. Pálido como un cadáver, el pelo erizado, la boca abierta, los ojos espantados, los brazos medio alzados, sin atreverse a retroceder ni a avanzar, todo trémulo, queda sorprendido, pintando bien en su exterior las mortales angustias de su negra alma. Al fin, tapando su rostro con las manos, exclama con una voz ronca y destemplada:

—¡Qué es lo que veo!…

Este grito vuelve en sí a Teutila, que, dirigiendo sus miradas por todas partes, dijo al fijarlas sobre el monstruo:

—Al fin estas ahí. No soy tan desgraciada.

Fray Bartolomé y doña Marina se separan y quedan atónitos al observar la horrible situación de Cortés. Teutila dirige a éste la palabra y le dice:

—Bárbaro asesino y monstruo el más detestable que vomitó jamás el infierno: tus crímenes inauditos van a expiarse a manos...

Pero las fuerzas faltan a la heróica matrona, y sus miembros, tocados ya de la acción del veneno, se niegan a obedecer a su voluntad. Entonces, más serena y repuesta un poco en su taburete, continúa:

—Escucha, malvado. La esposa de Jicoténcal —Hernán Cortés hizo un estremecimiento convulsivo al oír pronunciar este nombre—, la viuda del valiente y heróico general de Tlascala había jurado vengar con tu muerte el más vil asesinato que cometió jamás la más detestable tiranía. Pero, ¡ah!, su pobre juicio no alcanza a conocer que tu negra e infame sangre derramada por mi mano era un castigo demasiado débil para tan atroces crímenes. El cielo ha tomado a su cargo la venganza, y este torcedor cruel que te atormenta en mi presencia te dice, ¡inicuo vil asesino!, cual es la suerte que te espera en esta vida y te da una idea de la que te prepara en la otra. Sí, monstruo, en este accidente que ha parado mi golpe veo la justicia divina, celosa de que le estorben que su reo sufra su merecida sentencia. Toma ese instrumento que mi ignorancia destinaba a oponerse al brazo terrible de un Dios vengador.

Teutila le arroja la daga, y Hernán Cortés retrocede un paso, horrorizado.

—Estoy contenta, amiga mía —continuó Teutila dirigiéndose a doña Marina—, la sombra de Jicoténcal asalta ahora en este momento a ese miserable, y pronto la de Teutila ayudará también a atormentarle.

La infeliz cayó en nuevas angustias pero en angustias mil veces preferibles a las que martirizaban a Hernán Cortés. Este se paseaba como un furioso por la sala; se daba golpes con los puños en la frente; otras veces se arrancaba los cabellos; hasta que una nueva palabra de Teutila lo deja, por una virtud secreta, inmóvil como una estatua.

Al fin las fuerzas comienzan a abandonar a Teutila, la palidez de la muerte se presenta en su semblante, un sudor frío cubre su serena frente, y, abriendo por última vez sus hermosos ojos, se dirige a Cortés, que no podía separar sus espantadas miradas de Teutila, y exclama con todas sus fuerzas:

—¡Maldito seas, vil asesino de mi Jicoténcal!... ¡Jicoténcal!... ¡Jicoténcal!...

Tales fueron las últimas palabras que pronunció la sensible Teutila al separarse de este mundo.

Hernán Cortés se estremeció de una manera tan espantosa que dio miedo a los dos espectadores. Al fin, rendido de tantos sufrimientos, se tiró sobre un taburete, mientras Marina de rodillas al lado del cadáver de Teutila tenía una de las manos de ésta arrimada a su corazón y estrechándola con las suyas. Fray Bartolomé de Olmedo estaba temblando como un muchacho, sosteniéndose arrimado a una pared.

Un silencio igual al del sepulcro reinó en todo el salón por largo rato, el cual fue al fin interrumpido por un grande y profundo suspiro que se le escapó a Hernán Cortés. Marina entonces se levanta de su puesto y, tomando una mano de Hernán Cortés y en la misma actitud que tenía al lado del despojo de su amiga, le dijo así:

—Señor, aun todavía es tiempo de que vuestro gran corazón se vuelva a la virtud. Mirad ese cadáver frío e inmóvil: la serenidad y la pureza del alma que lo animaba se deja todavía ver en la parte material y bruta. Creed a vuestra humilde esclava: los consuelos que encuentra en sí misma un alma virtuosa son tan puros, tan dulces y tan sin mezcla de pesar ni de disgusto, que parece imposible cómo todos los hombres no amen ciegamente la virtud.

"Recordad, os suplico, los últimos instantes de esa malaventurada: cuando el destino derribaba todos sus proyectos, cuando su venganza se veía malograda y cuando el sacrificio de su vida era ya inútil, la virtud, fecunda en consuelos, le sugiere una idea que endulza las agonías de su muerte. No os hablo de los tormentos que acompañan al criminal: harto os dice una voz más fuerte que la mía. Excusad, pues, tanto martirio, y abrazad una dicha tan pura que se os brinda para haceros feliz. Nada más os costará que querer. Dejad lo restante a vuestra grande alma, y seréis tan heróico en la carrera de las virtudes como habéis sido terrible en la de las victorias.

—Tienes razón, Marina—dio Hernán Cortés, que comenzaba a serenarse—: ¡cuánto cuesta el ser vencedor! Si antes de empezar esta carrera pudiera uno prever los disgustos y las espinas que la siembran, difícil sería que nadie se atreviera a comenzarla; pero ¡es tan duro retroceder!...

Fray Bartolomé de Olmedo, que hasta entonces había guardado el silencio de un novicio, se aprovecha de la tranquilidad de Hernán Cortés y, con su piadosa elocuencia, le hace ver que un milagro patente de Dios lo había salvado del puñal de Teutila, con lo que le advertía la Divina Providencia que su vida estaba tan dispuesta a ceder a la seguridad infalible de la muerte como la de cualquiera otro. Por lo cual debía redoblar su celo por la fe de Dios y arreglar su conducta a sus santos mandamientos.

Este discurso produjo justamente el efecto contrario que se proponía el buen religioso, pues ahogó las chispas de la tierna sensibilidad que Marina había encendido en el corazón de Cortés. Y éste, recobrando su superioridad y tranquilidad ordinarias, se levanta diciendo:

—Acabemos, amigos. Esta dolorosa escena es ya demasiado larga. El camino que conduce al templo de la fama tiene grandes tropiezos y, por lo mismo, es tan glorioso vencerlos. Quizá es más dulce vivir tranquilo y sosegado en un rincón; pero mi destino no es éste. Mañana salimos para Méjico.

Notas

[1][**Moctezuma**]: Emperador de México, nació por el año 1390 y murió en 1464. Debido a la gran variedad de ortografía en las voces mexicanas, el nombre de este monarca aparece escrito de diferentes modos: Moctheuzoma, Moteuhcuzuma; entre los autores españoles, Motezuma o Moctezuma. Era el hijo del rey de los aztecas Huitzilihuitl (murió en 1409) pero no ocupó el trono hasta el año 1436... Moctezuma infundió respeto a todo el Anahuac (Valle de México), y es considerado como uno de los monarcas más ilustres de su país.

[2][**Tlaxcala**]: Uno de los estados que componen la República de México. En este territorio existieron los cuatro estados o señoríos tlaxcaltecas que se mantuvieron unidos en defensa contra los mexicanos. Cuando Cortés llegó al territorio ofreció su ayuda contra los mexicanos y aceptado por el gobernante Maxiscatzin Cortés entró en Tlaxcala. Después de la Conquista Tlaxcala gozó de privilegios no concedidos a otro pueblo y Cortés la trató como aliada.

[3][**Hernán Cortés**]: Militar y célebre conquistador español. Nació en Medellín (Extremadura) en 1485 y murió en Castilleja de la Cuesta, cerca de Sevilla en 1547. Fue secretario y compañero de armas del gobernador de Cuba Diego Velázquez. Decidió éste emprender la conquista de México y eligió a Cortés para llevarla a cabo (1519). En la isla de Cozumel venció Cortés a los indígenas yucatecos quienes le entregaron la india Malinche, conocida luego por Doña Marina. Fundó la ciudad de Villa Rica de Vera Cruz y emprendió el camino de Tenochtitlan (México), donde reinaba Moctezuma Xocoyotzin o *el joven*, venció y atrajo a su partido a los tlaxcaltecas y entró en la ciudad donde fue solemnemente recibido. Usó el conocimiento de la intérprete Marina y las tropas tlaxcaltecas para derrotar a Moctezuma.

[4][**Xacacingo**]: Localidad de la provincia de Zocotlán, que ocupa las fronteras de la república de Tlaxcala.

[5][**Zocotlán**]: Provincia o estado de México desde donde Cortés envió sus embajadores para solicitar paso por las tierras de Tlaxcala.

[6][**Xicoténcatl**]: General mexicano de la época de la Conquista. Era hijo del señor tlaxcalteca del mismo nombre y fue de los que se opusieron con mayor tesón a Hernán Cortés, pero casi siempre le acompañó la desgracia, ya que fue vencido en muchas ocasiones. Hecha por fin la paz con los tlaxcaltecas, Xicoténcatl se presentó a Cortés, que le repuso en el cargo general de los indígenas, entonces ya al servicio de España. Sin embargo, el mexicano, que sólo por la fuerza había aceptado el nuevo estado de cosas, trató varias veces

145

de abandonar el campo español, hasta que fue perseguido por los soldados españoles, que le dieron muerte. Según otros historiadores, fue el mismo Cortés el que ordenó fuese ahorcado, pero, a decir verdad, permanece bastante oscuro cuando se relaciona con este personaje.

[7]**[Maxiscatzin]**: Gobernador del señorío de Ocotetelco a la llegada de Hernán Cortés; permitió que éste utilizara a Tlaxcala como lugar para reorganizar sus huestes.

[8]Gentilicio de **Cempoala** [también Zempoala]. Pueblo cerca de Puebla. Hoy en día en el municipio mexicano de Chiconcuautla.

[9]El texto marcado pertenece a la *Historia de la conquista de México*, de Antonio de Solís.

[10]**Tabasco**: Río donde se libraron batallas entre Cortés y los indígenas que llegaron a formar el preludio de la conquista de México.

[11]Este texto pertenece a la *Historia de la conquista de México*, de Antonio de Solís.

[12]Estas palabras en cursiva pertenecen a la *Historia de la conquista de México*, de Antonio de Solís.

[13]**Cozumel**: Isla del mar de las Antillas, frente a la península del Yucatán (México). Fue descubierta por Grijalba. Hernán Cortés la visitó dos veces durante su conquista de México.

[14]**Fray Bartolomé de Olmedo**: Religioso mercedario español del siglo XVI que acompañó a México a Hernán Cortés. Fue uno de sus más poderosos auxiliares, pues le ayudó a la sumisión de los indios, y de mediador de las disputas entre Cortés y Narváez. Celebró la primera misa que se dijo en México, bautizó a Xicoténcatl y a Calzontzin, último rey tarasco, y convirtió a Moctezuma al cristianismo. Murió después de la toma de Tenochtitlan y fue sepultado en Santiago de Compostela.

[15]**Diego de Ordaz**: Militar y conquistador español del siglo XVI. Pasó a la Nueva España cuando tenía alrededor de cuarenta años y se distinguió por su lealtad a Cortés. Escaló el volcán del Popocatepetl.

[16]Este párrafo pertenece a la *Historia de la conquista de México*, de Antonio de Solís.

[17]**Fernando el Católico**: Reinó desde 1474 a 1516), heredero de la corona de Aragón en 1479 y esposo de Isabel I, reina de Castilla desde 1474. Como resultado de este matrimonio ambas monarquías se unieron, lo que provocó la unidad nacional en España. Durante el reinado de los reyes católicos España entra en la plenitud del Renacimiento. Se dedican los reyes a reforzar la unidad política, la unidad religiosa (se establece la Inquisición y se comienza una reforma clerical) y la unidad lingüística (se publica la Gramática de Nebrija). En 1492 se expulsan los judíos de España, se toma a Granada y Cristobal Colón descubra el Nuevo Mundo con el apoyo financiero de los reyes. Ambos reyes influyen alrededor de Europa y Africa para obtener nuevos territorios y expandir el imperio español.

[18]**Cardenal Cisneros**: Principal impulsor de la reforma religiosa en España y de la apertura hacia el humanismo cristiano occidental. Nació en 1436. Fue nombrado confesor de la reina Isabel I La Católica. Acometió la reforma del episcopado y clero españoles. Logró la apertura de la Universidad

de Alcalá de Henares y la realización de la *Biblia políglota complutense* (1517). Asumió la regencia de Castilla a la muerte de Felipe el Hermoso (1506) y después en 1516 cuando murió Fernando el Católico. Murió en 1517.

[19]**Diego Velázquez**: Político y colonizador español. Nació en Segovia en 1465 y murió en Cuba en 1524. Fue uno de los acompañantes de Colón en su segundo viaje. Llevó a cabo numerosas expediciones en Cuba y México, donde nombró a Cortés como lugarteniente suyo, pero éste al llegar a México negó toda obediencia a su jefe. Para someterlo, Velázquez nombró a Pánfilo de Narváez, pero esto no hizo más que engrosar las fuerzas de Cortés. Al ver que Cortés fue nombrado capitán general de la Nueva España, según historiadores, Veláquez se enojó, se enfermó y murió.

[20]**Rey David**: Rey de Judá y de Israel durante el primer tercio del siglo X A.C. Hijo de Jesé, rico propietario de Belén de Judá. Cuando era aún un niño Dios insufló en él su espíritu por medio del profeta Samuel. En guerra con los filisteos David fue capaz de matar al gigante Goliat armado sólo de una honda. Su fama provocó los celos del rey Saúl, quien trató de eliminarlo y David tuvo que huir. Tras la muerte de Saúl los ancianos proclamaron a David rey de todo Israel. También fue poeta y músico, y se le atribuyen buena parte de los poemas del Libro de los Salmos.

[21]**Teutila**: Personaje literario creado por Varela.

[22]**Trinidad**: Alturas de Cuba, en la provincia republicana de Las Villas.

[23]Texto sacado de la *Historia de la conquista de México*, de Antonio Solís.

[24]**Doña Marina**: India mexicana que vivió en el siglo XVI, célebre en los fastos de la conquista de México. Hija de un poderoso cacique. Odiada por su viuda madre fue vendida a unos comerciantes de esclavos, quienes a su vez la vendieron al cacique de Tabasco. Este la presentó a Cortés para que preparase el maíz para las tropas. La joven poseía gran inteligencia y le costó poco aprender el castellano; era también muy agradable y hermosa, y así fue como Cortés fijó en ella su atención. Vino a ser Marina con el tiempo la amante de Cortés, su intérprete y consejera. Su nombre indígena era *Malintzin* que equivale a *Malinche*.

[25]Este párrafo y las frases en cursiva que siguen son de la *Historia de la conquista de México*, de Antonio de Solís.

[26]**[Veracruz]**: Uno de los estados de la República de México. Se extiende por la ribera del Golfo. Este territorio estuvo poblado por diversas razas, especialmente los totonacos, huaxtecos, chinotecos, etc. A la llegada de los españoles estaba casi en su totalidad sujeto a la autoridad del emperador mexicano Moctezuma.

[27]Estas frases son de la *Historia de la conquista de México*, de Antonio de Solís.

[28]**Catón [Dionisio]**: Poeta latino del siglo III, autor de *Liber Catoris Philosophiae*, una recopilación de sentencias morales. Este severo autor se tradujo a varios idiomas europeos y sus austeros preceptos han formado parte de textos escolares hasta nuestros días.

[29]**Carlos V [I de España]**: Fue el primer monarca austriaco que reinó en España (1516-1556) y recibió una extensa y compleja herencia territorial.

Nieto de los reyes católicos, intentó mantener por la fuerza de las armas un sistema político heterogéneo, económicamente basado en la lana castellana, la plata americana, la industria textil flamenca y el apoyo financiero de los banqueros alemanes y genoveses.

³⁰**La casa de Austria**: La rama española de la dinastía de los Habsburgos que ocupó el trono español durante el poderío imperial ibérico. Carlos V (I de España) fue el primer monarca austriaco que reinó en España (1516-1556) y recibió una extensa y compleja herencia territorial. Su hijo, Felipe II (1556-1598), perdió el título de emperador, pero amplió sus posesiones con la anexión de Portugal en 1580 y la conquista de nuevos territorios de ultramar. Gran defensor del catolicismo. Felipe III (1598-1621) reinó durante el comienzo de la decadencia española. Su sucesor Felipe IV (1621-1665) reinó durante una época de crisis, que culminó con el estallido de una serie de levantamientos y secesiones. Durante el reinado de Carlos II (1665-1700) se precipitó la desintegración del poder español. Su muerte puso fin a la presencia de la dinastía de Austria en España.

³¹Texto de la *Historia de la conquista de México*, de Antonio de Solís.

³²**[Popocatepetl]**: Monte volcánico de México en el este de Puebla. La primera ascensión que se hizo al volcán la emprendió en 1519 Diego de Ordaz, compañero de Cortés, que, hallándose éste en plena expedición, quiso subir al volcán para recoger azufre para fabricar pólvora necesaria; aunque según una carta del propio Cortés, tratábase de averiguar la causa del humo que salía del cráter.

³³**Cholula**: Pueblo del municipio mexicano de Tianquisteno, Hidalgo. Antes de la conquista española fue un gran centro religioso indígena. En Cholula se detuvo Cortés en 1519, y al tener noticia de una conspiración contra sus tropas, tomó duras represalias en la población.

³⁴**[Texcoco]**: Antes de la llegada de los españoles fue capital del reino del Anahuac (Valle de México), y residencia de sus monarcas. Ixtlilxocitl, su último rey, fue aliado de Cortés, quien encontró el país presa de las discordias internas y se valió de aquella alianza para hacer de Texcoco su base de operaciones para la conquista de México. El mismo Cortés residió en esta ciudad en una de las ocasiones en que se hallaba en desgracia con su rey.

³⁵**Cualpopoca**: Cabo en el ejército de Moctezuma.

³⁶**Gualipar**: Villa fronteriza a Tlaxcala.

³⁷Frases tomadas de la *Historia de la Conquista de México*, de Antonio de Solís.

³⁸**Otumba**: Ciudad mexicana conocida anteriormente por Otumba de Terány en la época pre-cortesiana por Otompan. En esta ciudad se llevó a cabo una batalla entre Cortés y los indígenas en 1520.

³⁹**Guatimotzin**: Otro nombre es Cuauhtémoc. Undécimo y último emperador azteca. Subió al trono por muerte de su tío Cuitláhuac. Defendió heroicamente la ciudad de México contra Cortés. Fue vencido y hecho prisionero y se le infligió la tortura de quemarle los pies para que revelase donde escondía sus riquezas. Cortés lo mandó ahorcar en el pueblo de Teotitlac en 1525.

⁴⁰**Tepeaca**: Ciudad del área de Puebla. Está situada en el lugar de la antigua aldea india de Tepeyacac, que fue destruída por Cortés, el cual fundó

sobre sus ruinas la población actual con el nombre de Segura de la Frontera (1520); desde este lugar mandó el Conquistador español su primera carta a Carlos I.

[41]Frases tomadas de la *Historia de la conquista de México*, de Antonio de Solís.

[42]Frases tomadas de la *Historia de la conquista de México*, de Antonio de Solís.

[43]La relación de este hecho sigue a fray Bartolomé de Las Casas.

[44]**[Cuitlahuac]**: Rey azteca de México. Conocido también por **Quetlavaca**; hermano y sucesor de Moctezuma II. A la muerte de éste (fines de junio de 1520) fue proclamado emperador por los mexicanos, y siguió la misma política que su antecesor contra los españoles. Falleció poco después de la batalla de Otumba (8 de julio de 1520) y le sucedió Guatimozin.

[45]Tomado de la *Historia de la conquista de México*, de Antonio de Solís.

[46]**Bruto, Marco Junio**: Escritor y político romano. Nació en el año 85 A.C. Su tío Catón se encargó de educarlo. Luchó contra Julio César en la guerra civil del año 49, pero aquel no le guardó rencor y le ofreció el cargo de propretor. No obstante Bruto siempre se opuso a Julio César y fue uno de los participantes en su asesinato. Bruto fue perseguido por Marco Antonio y Octavio, y antes de dejarse apresar se suicidó.

[47]**Pánfilo de Narváez**: Conquistador español. Nació en 1470 y murió en 1528. Se trasladó a Cuba en 1509, y después de sometida la isla, gestionó y obtuvo en España el nombramiento de adelantado a favor de su protector, Diego Velázquez. Este lo comisionó en 1520 para encargarse del mando de la Nueva España y destituir a Hernán Cortés, quien finalmente lo derrotó e hizo prisionero. Fue puesto en libertad por orden del Consejo de Indias y obtuvo el título de adelantado de varios territorios cerca de la Florida. Pereció en un naufragio.

[48]Palabras textuales de la *Historia de la conquista de México*, de Antonio de Solís.

[49]**Chalco**: Distrito en México en el que se encuentran las famosas montañas de Popocatepetl e Ixtaccihuatl.

[50]**Tacuba**: Localidad cerca de Tenochtitlán en la cual se desarrollaron muchos hechos notables durante la época de la conquista.

[51]Estas dos frases pertenecen a la *Historia de la conquista de México*, de Antonio de Solís.

[52]**Nerón [Nerón Claudius Caesar]**: Emperador romano (37-68 A.D.), nació Lucius Domitius Ahenobarbus en Antium, Italia el 15 de diciembre de 37. Mató a su madre, Julia Agrippina en 59. En 64 después de un fuego que duró nueve días y que consumió diez de las catorce regiones de Roma, culpó a los cristianos y mandó a matar a muchos inocentes. Liberó a Grecia habiendo recibido premios de música y poesía, y al regresar a Roma se encontró conque había perdido el poder. Se suicidó el 9 de junio de 68.
Calígula [Cayo Julio César Germánico]: Emperador romano (12-41 A.D.) conocido por apodo cariñoso que le pusieron desde los dos años los soldados de su padre, derivado del calzado militar *caliga* en forma diminutiva. Su fama se deriva de sus excesos de crueldad y lubricidad, los cuales algunos suponen

provenían de la epilepsia. Anacronismo obvio que incurre el autor en su referencia a los romanos dentro del pensamiento del joven indígena. [Nota de los editores.]
Tanto Nerón como Calígula fueron crueles emperadores cuya conducta excedió la mesura que debía esperarse de personajes que ocuparan tan alto rango.

[53]**[Texmeluca]**: Hacienda de México, al este de Puebla, distrito de San Juan de los Llanos.

Indice Onomástico de la Novela

A

América, 3, 12, 40, 106, 125, 131
América Occidental, 3, 26
Austria, 50, 148 n30
Anahuac, 145 n1, 148 n34
Alcalá de Henares, Universidad de, 146–47 n18
Antillas, 146 n13
Aragón, 146 n17
Africa, 146 n17

B

Belén, 147 n20
Biblia políglota complutense, 147 n18
Bruto, 106

C

Cacumatzin, 79, 119, 124, 125
Calígulas, 129, 149–50 n52
Calpisca, 5, 33, 104
Calzontzin, 146 n14
Carlos I, ver Carlos V
Carlos II, 148 n30
Carlos V, don, 47, 50, 147 n29, 148 n30
Castilleja de la Cuesta, 145 n3
Catón, 42, 147 n28, 149 n46
Cempoala, 5, 8, 50, 79, 82, 88, 146 n8
Cisneros, cardenal, 13, 146–47 n18
Colón, Cristóbal, 12, 146 n17, 147 n19
Consejo de Indias, 149 n47
Continente, 3, 24
Cordero Inmaculado, 12, 110
Cortés, Hernán, 3, 5, 11, 13, 16, 17, 23, 24, 25, 26, 27, 29, 31, 32, 33, 34, 36, 37, 38, 39, 40, 41, 42, 43, 44, 46, 47, 48, 50, 52, 53, 54, 57, 59, 60, 61, 63, 64, 65, 66, 67, 68, 69, 70, 71, 72, 73, 74, 76, 77, 81, 82, 83, 86, 87, 88, 89, 90, 91, 93, 94, 98, 99, 100, 101, 105, 106, 107, 110, 111, 112, 113, 115,

H
Habsburgos, 148 n30
Hidalgo, 148 n33
Historia de la conquista de México, 146 (nn9, 11, 12, 16), 147 (nn23, 25, 27), 148 (nn31, 37), 149 (nn41, 42, 45, 48, 51)
Huitzilihuitl, 145 n1

I
Indias Occidentales, 26
Inquisición, 146 n17
Isabel I, reina de Castilla, 146 (nn17, 18)
Isabel I La Católica, ver Isabel I, reina de Castilla
Israel, 147 n20
Ixtaccihuatl, 149 n49
Ixtapalapa, 125
Ixtlilxocitl, 148 n34

J
Jacacingo, 3, 11, 15, 25, 54, 145 n4
Jesé, 147 n20
Jicoténcal, 5, 6, 7, 9, 11, 15, 17, 19, 20, 21, 22, 23, 24, 29, 30, 31, 32, 33, 37, 38, 39, 40, 43, 46, 48, 49, 50, 51, 52, 53, 54, 55, 57, 58, 59, 60, 61, 62, 63, 64, 65, 66, 68, 69, 70, 71, 72, 73, 74, 76, 77, 78, 79, 80, 81, 82, 83, 84, 85, 86, 87, 88, 90, 91, 92, 93, 111, 113, 114, 115, 116, 117, 118, 119, 121, 124, 125, 126, 128, 129, 130, 131, 134, 137, 138, 140, 142, 145 n6, 146 n14
Judá, 147 n20
Julia Agrippina, 149 n52

K

L
La Habana, 27
Las Casas, Fray Bartolomé de, 149 n43
Las Villas, 147 n22
Liber Catoris Philosophiae, 147 n28

M
Magiscatzin, 5, 6, 8, 9, 10, 18, 20, 21, 22, 28, 29, 30, 31, 33, 36, 37, 38, 39, 48, 49, 60, 61, 64, 67, 68, 69, 70, 74, 77, 81, 82, 83, 86, 87, 88, 90, 92, 93, 97, 98, 99, 100, 104, 107, 108, 109, 111, 112, 113, 115, 145 n2, 146 n7
Malinche, La, ver Marina, doña
Malintzin, ver Marina, doña
Marina, doña, 32, 34, 35, 36, 41, 42, 44, 46, 52, 53, 54, 56, 57, 58, 59, 60, 61, 62, 64, 66, 67, 86, 89, 90, 91, 94, 107, 108, 110, 112, 113, 141, 142, 143, 145 n3, 147 n24
Marco Antonio, 149 n46

Indice Analítico de la Introducción

La abreviatura FV significa Félix Varela.

157

X

Z